HAKI STËRMILLI

―――― ✥ ――――

Sikur të isha djalë

Risjellë në shqipen e sotme
nga Dritan Kiçi

RL Books
2020

Copyright of this translation
© Dritan Kiçi
Brussels, Belgium, 2020
All rights reserved.

RL Books
http://rlbooks.eu
admin@rlbooks.eu
www.revistaletrare.com
info@revistaletrare.com

CIP Katalogimi në botim BK Tiranë

Stërmilli, Haki
Sikur të isha djalë / Haki Stërmilli ;
red. Dritan Kiçi, Ornela Musabelliu.
– Tiranë : RL Books, 2020
216 f. ; 11 x 17.8 cm.
ISBN 978-9928-324-10-8

1.Letërsia shqipe   2.Romane

821.18 -31

Në kapak: Vajzë e ulur, Marubi

Parathënie

"Sikur të isha djalë" është një nga veprat më të spikatura të paraluftës dhe një nga kronikat më të detajuara të Shqipërisë së asaj kohe. Edhe pse inskenuar rreth oborrit të shtëpisë së një tregtari tiranas, shfaq një hartë gjithëpërfshirëse të vendit dhe shqiptarëve të asaj kohe.

Lexuesi thuajse shikon një film të hedhur në fjalë, me një gjuhë të thjeshtë e një rrëfim të rrjedhshëm, që të detyron ta mbash në dorë deri në faqen e fundit.

Nga ana e ndikimit shoqëror, "Sikur të isha djalë" renditet në një raft me "Gjuha jonë" dhe "Bagëti e bujqësi" të Naim Frashërit, "Katërmbëdhjetë vjeç dhëndër" të Çajupit dhe poezinë e Migjenit.

Stërmilli, me anë të një romance tragjike arriti të tregonte se çfarë nuk shkonte me shoqërinë shqiptare, duke i hapur rrugën ndërgjegjësimit për gjendjen e femrës në vend, njëkohësisht me parashtrimin e asaj që duhej bërë dhe u bë, për emancipimin e femrës dhe të shoqërisë shqiptare në përgjithësi.

Romani është gjithashtu një gravurë e përsosur e vendit të asaj kohe dhe, e përdorur si krahasim me të tashmen, nxjerr në pah jo vetëm ndryshimet e mëdha që ka pësuar Shqipëria, por edhe ato plagë që akoma i mbart në trup, edhe pas thuajse një shekulli.

Përse e risolla veprën në shqipen e sotme?

Ndryshe nga shkrimtarët e tjerë të kohës, Stërmilli nuk ka, të paktën në këtë roman, një gjuhë me gjeografi të përcaktuar. Në stilin e tij përzihen disa dialekte, përfshirë këtu dhe përpjekje për të trupëzuar elemente të toskërishtes. Shpeshherë leximi është i vështirë, sidomos për një lexues të rritur me shqipen e sotme. Terminologjia e përdorur shpesh është arkaike dhe vepra është tepër e rëndësishme për të mos iu ofruar gjithë shqiptarëve në një formë më familjare.

Sjellja në gjuhën moderne nuk është rishkrim i një vepre. Të gjithë klasikët, si psh Shekspiri, janë risjellë në gjuhët moderne për t'u bërë më të asimilueshëm gjuhësisht dhe artistikisht nga lexuesi.

Njëjt është edhe në këtë rast. Jam përpjekur të bëj sa më pak ndërhyrje në sintaksën e veprës dhe të kufizohem në përditësimin leksikor të tekstit, duke i lënë njëkohësisht ngjyrimin dhe shijen origjinale të rrëfimit. E kuptoj që ky ribotim mund të shkaktojë diskutime e debat për guximin, por, për mendimin tim, është më e rëndësishme ajo që romani do të sjellë ndër shqiptarët sesa konservatizmi dhe tradicionalizmi gjuhësor.

Lexim të këndshëm!

Dritan Kiçi

Rreth autorit

Haki Stërmilli lindi në Shehër të Dibrës, ku mori edhe mësimet e para. Shkollimin e mesëm e nisi në Manastir, por nuk mundi ta përfundojë për shkak të Luftës Ballkanike. Kur qyteti i Dibrës mbeti jashtë kufijve të vendit, Stërmilli u vendos në Shqipëri dhe nisi punë në administratë.

Pas Lëvizjes së Qershorit mori pjesë aktive në shoqërinë "Bashkimi" si sekretar. Më 6 gusht 1929 u dënua me pesë vjet burg për propagandë të hapur kundër regjimit të mbretit Zog. Pas faljes dhe lirimit hapi një dyqan në "Rrugën Mbretnore", ku shiste llamba elektrike të firmës "OSRAM", deri më 31 korrik 1943, kur u hodh në ilegalitet.

U zgjodh deputet më 2 dhjetor 1945 dhe më 28 maj 1950. Vdiq më 17 janar 1953, pas një sëmundjeje të gjatë.

Vepra

"Dibranja e mjerueshme" (1923), "Dashuni e besnikri" (1923), "Agimi i lumnueshëm" (1924), "Burgu" (1935), "Sikur t'isha djalë" (1936), "Trashëgimtarët tanë" (1950).

Pas vdekjes "Shtigjet e lirisë" (1966) dhe "Kalorësi i Skënderbeut" (1968).

Automobili ikte me shpejtësi e me zhurmë. Herë ngjitej në të përpjetat, herë zbriste tatëpjetat dhe herë rrëshqiste ndër rrafshina. Shokët e mi bashkudhëtarë herë kuvendonin me njëri-tjetrin, herë heshtnin të rrëmbyer e të mahnitur nga bukuritë e rralla që shfaqeshin gjatë rrugës. Boka, kodra, male, skuta, lugina, gryka dhe fusha të bukura dukeshin e zhdukeshin brenda pak kohe e diktonin një kënaqësi të papritur tek udhëtarët, admirues të natyrës. Rrezet e forta të diellit pranveror puthnin ëmbël faqet e gjelbra të gjetheve dhe fletët e shumëngjyrta të luleve, aroma e të cilave kundërmonte e këndshme, e fortë dhe dehëse. Me një fjalë, atë ditë, natyra kremtonte ngadhënjimin e bukurisë së pranverës.

- Aty, në atë skutë blerimi e lulesh të kisha pas një shtëpizë, - tha njëri, duke parë me një lakmi admiruese nga vendi, që e kishte stolisur me aq shije dora hyjnore.

- Një shtëpizë që të ishte si një kuvli, por brenda të kishte edhe një nga zanat e maleve tona, - plotësoi shoku me buzë në gaz.

Ndërsa ata argëtonin fantazitë e tyre me ëndërrim e dëshira për një jetë parajsore, unë mendohesha nën përshtypjen e hidhur që më kish lënë sëmundja e Dijes. Më dukej sikur nuk do ta shihja më. Pakon që më kish dhënë, e kisha marrë me vete. Diçka më nxiste ta hapja dhe të shihja ç›ishte shkruar në atë fletore që më dorëzoi. Më në fund më mundi kërshëria dhe e çela pakon. Brenda kishte një fletore, një shami të bardhë dhe një letër drejtuar zotit Shpend Rrëfesë në Tiranë. Gati tri të katërtat e fletores ishin të shkruara. Menjëherë e njoha shkrimin e imët të Dijes. Në faqen e parë ishte shkruar, me ngjyrë të kuqe, ky titull: "Jeta ime". Vendosa të lexoj disa pjesë sa për të kënaqur kërshërinë.

Hodha një sy në faqen e parë dhe lexova:

"Më shkrepi ta shkruaj jetën time. Ky mendim më lindi duke parë fotografitë e ndryshme që shfaqin Xha Simonin qysh në kohën e fëmijërisë. Pse të mos e shkruaj? Jeta ime për të tjerët ndoshta nuk vlen asnjë dysh, por për mua ka rëndësi, se është e imja, se mund të kalojë nëpër faza të ndryshme interesante dhe dikur, duke i lexuar në këto fletë gëzimet ose hidhërimet e mia, do të kënaqem ose do të mërzitem. Sikurse pëson ndryshime trupi i njeriut duke u lakuar nëpër rrathët e moshës, pa dyshim është kështu edhe me jetën.

Pastaj kapërceva disa faqe e lexova:

Mbasandaj kush mund të pretendojë se nuk ka në mes të meshkujve djem e burra të bukur? Mos kujton ndokush se nuk ka bukuri mashkullore? Sikur të mundej të fliste femra me atë liri gjuhe që kanë meshkujt, kush e di se sa poezi do të vargëzonte për ta përshkruar bukurinë e shokut të vet të gjinisë tjetër. Kush mundet të më sigurojë se nuk ka me mijëra femra, që, duke kundruar mbas kafazit të dritares ose nëpërmjet perçes së hollë, nuk zbrazin nga goja mijëra e mijëra tubëza vjershash për ata që u kalojnë pranë, pa ditur se kanë plagosur rëndë ca zemra të strukura brenda do krijesave të dënuara me burgim të përjetshëm?

Oh, sa e sa sy vashash, nga plasat e dyerve ose nga birat e kafazeve, ndjekin e përcjellin kalimtarë të rinj me rrahje të forta të zemrave, që s'kanë liri e të drejtë argëtimi e dashurimi, megjithëse natyra, edhe ato, sikurse meshkujt, dhe ndoshta më shumë se ata, i ka pajisur me ndjesitë e dashurisë.

Pak më andej, mbasi shfletova disa fletë, ndesha në këtë pjesë interesante:

S'di se çfarë lidhje mund të mbetet në mes të dy bashkëshortëve kur futet ndërmjet tyre mëria me sharje e rrahje. Gruaja që poshtërohet me sharje të rënda dhe rrihet o duhet të jetë lopë, që t'i meritojë, ose të ketë interes apo frikë nga burri, që nuk e këput atë lidhje që i ka bashkuar dikur formalisht e jo shpirtërisht, sepse jeta e përbashkët, në raste e në kushte të tilla, bëhet e padurueshme. Për të shmangur çdo mosmarrëveshje, për të pasur harmoni të vazhdueshme dhe për të bërë një familje të lumtur, ata që do të martohen, përpara se ta bashkojnë fatin e jetën, lypset të jenë njohur; t'i kenë pajtuar karakteret dhe ta kenë dashuruar njëri-tjetrin. Përndryshe s'bëjnë tjetër veçse krijojnë një ferr për ta torturuar veten dhe për t'i përcëlluar në flakët e tij edhe fëmijët që do t'u lindin.

Në faqen 33 të fletores lexova:

Ububu si e pësova! E humba fare. Më duket se më hyri fitili, më duket se më kapi grepi i dashurisë. Mbrëmë vonë më mori gjumi, sepse mendoja, pa dashur, për atë djaloshin e bukur që pashë dje te Irena. Edhe në ëndërr më shfaqej me buzë në gaz dhe, duke m'i ngulur sytë si shtiza, afrohej të më kapte për dore. Po ndjej një farë turbullimi në shpirt. Kujtimi i pamjes së tij s'më hiqet mendsh; fytyra e tij gjithnjë më shfaqet para syve të mendjes, jashtëzakonisht të trazuar. Sikur nuk mjaftonin të gjitha këto ngucje që më bëhen nga duar të padukshme, Irena më tha sot në mëngjes se ai kishte pyetur për mua.

- Ai pyeti për ty Dije, - tha, duke më parë me një mënyrë të veçantë, që s'u ngjasonte atyre të herëve të tjera. Unë, si ato që druajnë se mos u zbulohet e fshehta, ula kokën, por edhe pyeta:
- Ç'pyeti?

Në çast u pendova për pyetjen që bëra. E ndjeva se isha skuqur në fytyrë dhe zemra më rrahu me hov.

- Pyeti se cila je dhe e kujt je, - gjegji ajo.

M'u veshën sytë nga një re e kuqe. U turbullova. M'u shtua kërshëria. Prandaj u vura të kërkoja ndonjë copë tjetër. Hapa disa fletë dhe ndesha në këtë pjesë:

Oh, sa shpejt gabohemi e gënjehemi ne femrat. Një shikim i thekshëm mjafton të na dërrmojë dhe një nënqeshje e ëmbël mjafton të na robërojë. Vetëm se s'guxojmë t'i shfaqim ndjesitë e adhurimit, kemi turp të shpallim se e dashurojmë atë që na e plagos zemrën me një vështrim të mpakët ose me një nënqeshje të këndshme. Zemrat tona janë më delikate se qelqet. Një gur i vogël, i hedhur nga dora e një të adhuruari, i thyen dhe i bën thërrime, për t'u shkelur pastaj nga këmba e tij. Zemrat tona magnetizohen me dy fjalë, shiten me dy pika lot.

Diku më ra në sy kjo përgjigje:

Po ta kisha pasur në dorë, do ta grisja çarçafin dhe nuk do ta lija femrën pa shkollë, sepse gruaja është themeli i shoqërisë njerëzore, sepse ajo është burim i moralit, sepse ajo është nyja e shenjtë e qenies, sepse ajo e mbjell farën e dashurisë vëllazërore mes njerëzve. E kur ajo lihet mbas dore, vuan e gjithë shoqëria njerëzore.

Në faqen 78 pashë këtë shënim, si përfundimi i një mendimi të shfaqur më sipër:

Unë, po të isha djalë, do t'i tregoja botës mashkullore se dora që përkund djepin është ajo që e rrotullon boshtin e fatit të njerëzisë, sepse ajo dhe vetëm ajo e drejton jetën nga horizontet e ndritura apo të errëta. Por, mjerisht, s'jam djalë dhe si femër nuk mundem të nxjerr zë.

Nga mbarimi vura re:

Ne, femrat shqiptare, jemi krijesa të varfra, që, duke kënduar si të hutuara, shkojmë symbyllazi drejt greminës, drejt varrit që na përgatisin të tjerët dhe na shtyjnë të përplasemi brenda. Po. Na duhet të jemi të qeshura e gaztore për t'i kënaqur tekat e burrave, lypset të jemi pa zemër e pa shpirt për t'i ngopur dëshirat e atyre që na kanë monopolizuar. Por edhe në paçim zemër e shpirt, këta lypset të funksionojnë vetëm sipas ëndës së atyre që na robërojnë e jo për ata që ne mund të dashurojmë. Oh, fatkeqësi! Sa e sa breza femrash, që erdhën para nesh, u bënë viktimat e këtij zakoni të egër dhe fli të asaj mendësie, që ka për të vetmin qëllim të kënaqë tekat e një turme injorante, sunduese mbi fatin dhe jetën e atyre femrave të mjera.

Një ta-ta e fortë e borisë së automobilit dhe ulërima e shoferit me zë të egër, më shqitën nga fletorja e Dijes.
- Ç‹është? – pyeta, mbasi ngrita kryet i hutuar.
- Një lopë na e ka zënë rrugën dhe s'do të largohet, - gjegji shoferi dhe ndaloi automobilin.
- Ende s'qenka qytetëruar dreqja, - ia priti njëri nga bashkudhëtarët. Të gjithë qeshën.
Mbasi u mënjanua kafsha, automobili u nis rishtas. E mbështolla fletoren në gazetën e vjetër dhe e futa në çantë për ta hapur sërish në qytet, sepse nga lëkundja e automobilit më kërcenin fjalët dhe vallëzonin rreshtat para syve.
Vonë sosëm në qytetin X. Zura vend në një hotel, që

ishte në kërthizë të qytetit. Pasi hëngra darkë e mbasi bëra një pushim të vogël, u tërhoqa në dhomën time. E mbylla derën nga brenda dhe, pasi u shtriva, hapa fletoren e Dijes. Nisa ta lexoja nga fillimi.

JETA IME

7 mars

Më shkrepi ta shkruaj jetën time. Ky mendim më lindi duke parë fotografitë e ndryshme që shfaqin xha Simonin qysh në kohën e fëmijërisë. Përse të mos e shkruaj? Jeta ime për tjerët ndoshta nuk vlen asnjë dysh, por për mua ka rëndësi, se është e imja, se mund të përshkohet nëpër faza të ndryshme interesante dhe dikur, duke i lexuar në këto fletë gëzimet ose hidhërimet e mia, do të kënaqem ose do të mërzitem. Sikurse pëson ndryshime trupi i njeriut duke u lakuar nëpër rrathët e moshës, ashtu ndodh edhe me jetën. Kush e di se sa mallëngjehet xha Simoni kur sheh fotografinë e vet, dalë në prehër të së ëmës me sy të hapur, që shikojnë çuditshëm nga aparati. Ndoshta ai tani ndjen dhimbje për atë foshnje që u rrit e u mplak duke kaluar përmes shumë rreziqeve dhe duke vuajtur tepër për të ngadhënjyer jetën.

- Ky është Xha Simoni i vogël, moj bijë, - më tha disa ditë më parë, duke ma treguar fotografinë me gishtin e trashë tregues dhe pastaj shtoi: - Oh, më mirë të mos ishte rritur kurrë e të mbetej çilimi në prehrin e ngrohtë të së ëmës.

Kur isha e vogël nuk i kuptoja mendimet e

Xha Simonit të shprehura me këto fjalë, por tani e marr vesh se ai është penduar që është rritur dhe ndoshta edhe që ka lindur, sepse edhe atij, si shumëkujt, nuk i ka qeshur fati aq shumë. Pasi e vështroi edhe një herë foshnjën e heshtur, që ishte strukur në prehër të së ëmës, kaloi tek e dyta.

- Edhe kjo, pothuaj, i ngjason së parës, - tha. - Është e brydhët dhe ka ëndje ta përkëdhelësh. Apo jo? - pyeti.

- Pooo, - iu përgjigja, duke e zgjatur o-në prej kënaqësisë që ndjeja duke e kundruar atë foshnje të bukur.

- Kjo disi ndryshon nga të parat, se duket më i rritur, - shpjegoi dhe kapërceu tek e katërta. Këtu u ndal dhe më hodhi një vështrim me bisht të syrit. Shpërtheva në gaz dhe pyeta:

- Po kjo? Pse e ke zënë hundën me dorë e je habitur? - kafshova buzën që të mos qesh.

- Më pat thënë ime ëmë se kisha dashur të kapja një mizë që më kish mbirë në hundë. Prandaj dola si qyq, me dorë në hundë, - u përgjigj.

Atëherë unë qesha fort, por edhe ai u bashkua në gazin tim. Një nga një m'i dëftoi fotografitë e veta, që janë ngjitur me radhë në faqen e murit. Ndër to shihet çilimi, djalë i ri, student, gjimnazist, i mërguar dhe të mëmë Gjystinës, që është veshur me rroba të bardha e me kurorë lulesh mbi krye, burrë me fëmijë dhe më vonë plak i kërrusur e i thinjur, si është sot. Tani e njoh mirë Xha Simonin, qysh në fëmijëri. Më duket sikur kam jetuar e jam rritur me të, sikur kam luajtur me të shkopaxingthi, guraçokthi, vorba, symbyllthi, varreza etj. Tani ai më është më i afërt e më miqësor. Ja se sa vlerë kanë fotografitë. Unë s'kam asnjë, sepse im atë e quan mëkat fotografinë. E me të vërtetë kam dëgjuar edhe unë se fotografia, në jetën tjetër, do të kërkojë... shpirt njeriu! Të them të drejtën, kurrsesi nuk më mbushet mendja se pikturat do të bëjnë, në jetën tjetër, një kërkesë të tillë. Në një rast të tillë, kështu duhet të jetë edhe pasqyra, qelqi ose uji i kulluar, që na e pasqyrojnë fytyrën dhe shtatin. Sidoqoftë, s'më hyn në punë kjo çështje. Prandaj s'po e nxeh kryet me të. Por, sa për t'u fotografuar, makar një herë, nuk guxoj se më shkallmon im atë me dru. Ne në shtëpi s'kemi asnjë fotografi, makar për be, se nuk lejon im atë. Është shumë fanatik dhe, po t'i zërë syri ndonjë figurë njeriu ose shpendi, menjëherë e gris dhe e flak tej me neveri. Vetëm shqipen e flamurit nuk e trazon. Nuk di a e do, a nuk guxon. Ahu, se ç'kam shkruar! Ç'më hyjnë në punë këto gjepura, siç thonë toskët? Përse merrem me punë të kota, që s'vlejnë t'i përmendësh e jo më t'i shkruash? Hë de! Por ani, se përveç meje kurrkush nuk do t'i lexojë këto fletë.

Të kthehemi ku qemë: po. Sikurse fotografia ta pasqyron trupin në mosha të ndryshme dhe ta kënaq kujtimin, është edhe përshkrimi i jetës prej njeriut vetë; besoj se ta ngop dëshirën për ta rifilluar e ta

përtërirë jetën qysh në fëmijëri. Sa bukur! Prandaj vendosa të shkruaj, herë mbas here, në këtë fletore, ku do të shënoj të gjitha ngjarjet, pësimet, mendimet dhe ndjesitë e mia. Në këtë mënyrë, kjo fletore, dalëngadalë, do të bëhet si arka e të fshehtave të mia. Të bëjë e ta marrë vesh im atë, më grin. Por ai, shyqyr, nuk di të lexojë. Uh, korba unë sa e marrë që jam! U gëzova pse im atë është i paditur. Por jo! Kjo qe një shprehje e çastit, një farë... një farë kënaqësie e shfaqur vetëm për këtë rast. Tani po e mbyll fletoren në arkë, se ma grisin fëmijët.

12 mars

Përshkrimi i jetës sime do të jetë i paplotë dhe do t'i ngjasojë një shtati pa kokë, po të mos i përmend këtu edhe kohët e kaluara, sidomos kohët e arta të fëmijërisë, megjithëse ato nuk kanë qenë dhe aq të arta për mua.

Prandaj mendova t'i përmbledh kujtimet e mia të deritanishme me sa më është e mundur dhe t'i rendis këtu. Po filloj.

Ime ëmë më la katër vjeçe. Vdiq e re. Thonë se nuk i kishte mbushur as të njëzetë e tre vjetët kur ndërroi jetë. Pak e mbaj mend: kish një shtat të hollë e të hajthtë, sy të kaltër, vetulla të holla, fytyrë të bardhë, qafë të gjatë dhe flokë të gështenjtë, që anonin nga e arta. Kaq mund të shënoj për pamjen e saj. Një kohë, kujtoj, mjaft të gjatë, u dergj në shtrat. Shpesh më merrte në prehër dhe më ledhatonte me dashuri. Një mëngjes, pak ditë para se të vdiste, m'i lëmoi flokët dhe u shkreh në vaj. Edhe unë, kur pashë se po qante, s'di se qysh, shpërtheva dhe qava me dënesë të madhe. Qysh atë ditë më rrëmbyen nga shtëpia dhe më çuan te hallë Hatixheja. Atje qëndrova nja një javë.

Disa herë, duke qarë e duke u grindur, kërkova të kthehem në shtëpi, por s'më lanë. Më harronin me sheqerka e me kukulla dhe më kërcënoheshin duke thënë se do të më futshin spec në gojë po të mos rrija urtë. Mbas nja një jave më sollën në shtëpi. Sa u futa brenda thirra: nëno, nëno! Më kishte marrë malli për të dhe doja të më përkëdhelte. E kërkova në të katër anët e shtëpisë dhe s'lashë cep pa parë, me kujdes, se mos më ishte fshehur, ashtu si bënte kur luante me mua symbyllthi. Por s'e gjeta. Im atë edhe hallë Hatixheja më ndiqnin me sy të përlotur dhe përpiqeshin të më ledhatonin e të më ngushëllonin. Më në fund më thanë se ime ëmë kishte shkuar diku në gosti. Atëherë kërkova të më çojnë atje, por ata nuk u bindën. Mezi mundën të ma harrojnë mendjen me lajka e lodra të ndryshme.

Gati një muaj rresht e kërkova time më duke qarë me dënesë, por pa dobi. Oh, ajo kishte shkuar në gosti, kishte shkuar diku larg, shumë larg, tej caqeve të kësaj jete. Ah, sikur të ish e mundur të ngjallej, të pakën për disa minuta, e të shihte se edhe tani, mbas kaq vjetësh, e kam të përvëluar zemrën prej mallit që ushqej për të. Ah, sikur të ngjallej, që të më argëtonte e të më puthte disa herë. Sa nevojë kam për të, megjithëse u rrita. Zjarri i këtij malli, që është ndrydhur në zemrën time, pa dyshim, nuk do të shuhet veçse kur të më mbulojë edhe mua dheu i zi.

Një mbrëmje, në shtëpi kishte lëvizje të jashtëzakonshme. Përveç hallë Hatixhes, e cila ndodhej aty qysh se kishte vdekur nëna, kishte ardhur edhe e shoqja e xha Musait dhe e xha Sadikut. Im atë u kthye në shtëpi më herët se kurdoherë dhe darkën e hëngrëm pa perënduar dielli. Mbas darke më vunë të fle herët, megjithëse unë nuk dëshiroja. Të nesërmen në mëngjes, kur u ngrita prej gjumit, pashë një grua të huaj që po dilte nga dhoma e tim eti me tespihet e tij në dorë. Kur më pa, ndaloi e më përkëdheli. Dora që m'i lëmoi faqet m'u duk e ashpër dhe e ftohtë. Ika me vrap dhe shkova në dhomën e bukës, ku ishin mbledhur të gjithë rreth vatrës.

- Hajde ke halla, - më tha hallë Hatixheja sa hyra brenda dhe desh të më merrte, por unë shkova dhe u ula në prehër të tim eti. Mbas meje u fut gruaja e huaj dhe, pasi ia vuri babës tespihet para, nisi të mbushë filxhanët e kafes. Po e shihja e çuditur këtë grua që s'e kisha parë kurrë. Kërshëria më ngucte që të merrja vesh se cila qe. Prandaj nuk durova shumë dhe pyeta.

- Ajo është jot ëmë. Nga sot, atë do ta thërrasësh nënë, - tha hallë Hatixheja dhe i zgjati duart të më marrë në prehër të vet. Unë u shmanga që të mos më merrte halla dhe ia ngula sytë gruas së huaj. Një copë herë e shikova me frikë atë grua zeshkane dhe më pas thirra:

- Jo, s'është ajo nëna ime!
- Ajo është, - gjegji halla.
- Jo, jo, s'e dua, - bërtita dhe, duke i futur kryet në gji të tim eti, zura të qaj.
- Hesht, moj bijë! Mos qaj, - më tha im atë me një zë të mbytur e të përvajshëm, duke m'i lëmuar flokët. Duket se edhe ai ishte i pa ngushëlluar

nga humbja e nënës. Vonë pushova së qari. Më sollën kukulla, sheqerka, topa llastiku dhe një mace të vogël. Më në fund m'i morën mendtë. Kjo grua e huaj ishte njerka ime, që kishte ardhur të zëvendësonte time më. Ajo ishte, asokohe, një gjysmë grua, nja tridhjetë e dy-tridhjetë e tre vjeç. Kishte trup të trashë, lëkurë të zeshkët, sy e vetulla të zeza, buzë të trasha e nofulla të fryra. Dhëmbët i ishin nxirë dhe ngjanin si thëngjij. Me një fjalë ishte si një katundare e përcëlluar në diell. Një mot më parë e kishte përcjellë burrin e mëparshëm për në jetën tjetër, ku kishte dërguar edhe nja dy fëmijë. Im atë, atëherë, ka qenë nja tridhjetë e gjashtë-tridhjetë e shtatë vjeç. Me time ëmë kishte jetuar vetëm gjashtë vjet. Fëmija i parë - një djalë - që kishte pasur me time ëmë, i kishte vdekur. Unë rrojta. Ndoshta për të vuajtur. Me njerkë, siç duket. Nuk e dua fare, por edhe ajo më urren për vdekje. Oh, sa herë më ka rrahur, sa herë ma ka mbushur gojën me spec që të mos i kallëzoj tim eti, sa herë më ka lënë në rrugë e vetë ka dalë të shëtisë, sa herë më ka lënë pa ngrënë, sa herë më ka dhënë bukë e shëllirë, kurse fëmijëve të vet u jepte gjellë të mira, sa herë ma ka thyer zemrën me fjalë fyese dhe sa herë më ka sharë e mallkuar. Kush i mban mend e kush mund t'i numërojë këto! Vetëm do të përmend se më mundonte si të më kishte halë në sy dhe më shante me një gjuhë shumë të pasur në shprehje të ndyra, me një gjuhë të marrë hua nga jevgat. Vdekja e sime ëme, për mua qe një kob, por martesa e tim eti me këtë shtrigë qe një mynxyrë e vazhdueshme dhe e pambarimtë. S'di se ku e gjetën këtë korbë.

"Fëmija pa nënë, si nata pa hënë", thotë një fjalë e urtë. Sa mirë e ka gjetur shqiptari gjendjen e vajtueshme të foshnjës jetime me këto fjalë. I ka hyrë në palcë, në shpirt dhe na e paraqit fëmijën e mbetur në mëshirën e fatit e në terr të natës pa mbarim. Mjerë ato nëna që lënë mbas vetes fëmijë të vegjël, sepse shumica e etërve nuk kujdesen si duhet për ta dhe njerkat, përgjithësisht, nuk ndjejnë dhimbje për bonjakët që u kanë lënë si trashëgim ato që u kanë liruar vendin në atë shtëpi. Ata bonjakë, që janë rritur me njerka të këqija - se ka edhe të mira ndër to - e kanë kuptuar se sa e hidhur është të humbësh nënën. E këtë provë e kam bërë edhe unë.

Mbas martesës së dytë, im atë e ndërroi qëndrimin kundrejt meje. Nuk e çante kryet fort për mua dhe as që kujdesej të marrë vesh se si më përdorte njerka. Dalëngadalë im atë ndryshoi kryekëput. Shpifjet që trillonte njerka për mua, atij i dukeshin si qortimet apo këshillat e Hazreti Hatixhes. Kur unë mbrohesha ose ankohesha, atij s'i bënte tërr veshi. Shumë herë, në vend që të më ngushëllonte, më shante. Ndryshimi i madh që bëri im atë mbasi u martua me njerkën time, më bëri të besoj se ekziston një fuqi magjike dhe se ai u lumturua e u përhumb me magji prej saj. Ndryshe nuk kam se si ta shpjegoj mospërfilljen e tij kundrejt meje dhe animin nga e shoqja. Në ditët e para të martesës nuk ishte kështu. Duket se ende nuk e kishte hutuar magjia. Shpesh më merrte në prehër dhe, duke më përkëdhelur me dashuri, më thoshte me zë të çjerrë:

- Jot ëmë, Dije, qe e urtë dhe e mirë si një engjëll. Ti i ngjan asaj kryekëput. Edhe kjo, - ma tregonte njerkën me gisht, - do të bëhet për ty një nënë shumë e mirë. Kur ngrija kryet, shihja se sytë e tij ishin plot lot. Më puthte pastaj me një dashuri atërore aq të zjarrtë, sa edhe unë, megjithëse foshnje, e ndjeja nevojën urdhëruese ta rrokja e ta shtrëngoja për qafe me gjithë fuqitë e mia. Sigurisht është forca e magjisë ajo që e ftohu mbasandaj prej meje dhe e bëri të luante mendsh mbas asaj lopës së murrme. Gjendja u vështirësua edhe më fort kur lindi Rizai, në krye të tre vjetëve që ishte martuar. Atëherë im atë u dha kryekëput mbas të birit, duke mos e çarë kokën më për mua. Qysh atë ditë, ime njerkë u bë zotëruesja e plotpushtetshme mbi tim atë dhe tirania më e egër mbi mua. Nuk guxoja as edhe të isha e jo më të shfaqja ndonjë mendim ose dëshirë. Kurrkush mos u rrittë si unë!

Kur i mbusha shtatë vjetët, më futën në shkollë. Një të hënë në mëngjes, kushëriri im, Hamiti, çuni i xha Sadikut, më mori për dore dhe më çoi në shkollë. Njerka nuk kundërshtoi fare. Ndoshta sepse donte të më shporrte sysh. Jeta e shkollës më pëlqeu shumë, për shkak se mësueset qenë si nëna të mira dhe aty gjeta një grumbull shoqesh të dashura. Zonjusha Marie Frani, njëra ndër mësueset, më ledhatonte e më ledhatonte më fort se të tjerat. Ishte jo vetëm një mësuese e mirë, por edhe e bukur e simpatike. Duket se hyu kishte bashkuar në të bukurinë e trupit e të shpirtit. Mbaj mend se kishte një shtat të hollë e të zhdërvjellët, sy të zinj si rrush, vetulla të holla e të harkuara, flokë të zinj si mëndafsh, hundë të drejtë, gojë të vogël, buzë të kuqe dhe dhëmbë të vegjël. Ishte nja nëntëmbëdhjetë-njëzetë vjeç. Sa ëmbël më tingëllonte në vesh zëri i saj kur më këshillonte se si të sillem para prindërve e kundrejt botës. Sa më pëlqente kur m'i lidhte gërshetat, kur m'i mbërthente sumbullat, kur m'i fshinte rrobat që bëja pis në oborr të shkollës, duke luajtur me shoqet. Sa më pëlqente kur më kërcënohej që të mos bëj prapësi dhe më porosiste të jem e urtë, e mirë, dhe e pastër. Shkrihesha nga kënaqësia, sidomos kur më ledhatonte e më puthte me dashurinë e një motre të madhe. Mbas dy vjetësh ajo u shpërngul në një qytet tjetër. Oh, sa qava kur më puthi për herën e fundme! Qysh asokohe s'e kam parë më. Për të edhe tani ruaj një falënderim dhe një mall të pashuar në zemër. Sjellja e mirë e mësueseve, veçanërisht e zonjushës Marie, ma pati pakësuar trishtimin që kisha nga humbja e nënës. Për këtë shkak, më fort më pëlqente të rrija në shkollë sesa në shtëpi, ku më priste njerka me mashë në dorë e me fjalë të këqija në gojë.

Zonjushën Marie Frani e zëvendësoi zonjusha Sabrije Qafëtrashi. Edhe kjo qe mjaft e mirë, por kurrë sa Maria. Drejtoresha e shkollës ishte zonja Sofije Filipiadhi. Si kjo, ashtu edhe zonjusha Kristina Petropullos flisnin toskërisht, se ishin nga jugu. Për çdo mëngjes, kur shkoja në shkollë, sipas porosisë që më kishin bërë mësueset, i puthja dorën tim eti, ashtu edhe njerkës. Kësaj i pëlqente t'ia puthja dorën e zeshkët e të plasaritur, por nuk i vinte mirë kur krihesha dhe rregullohesha me kujdes, që të mos më qortonin mësueset.

- Hajde, shporru më! Mjaft u mertise, se s'je nuse, - më thoshte tërë mllef. Shpeshherë më kapte për krahu dhe më nxirrte jashtë portës pa e larë fytyrën e pa i gërshetuar flokët. Disa herë nuk më lejonte fare të shkoja në shkollë. Më mbante në shtëpi, që t'i përkundja djepin e Rizait dhe më vonë të Ferides e të tjerëve. Gjithë ditën rrija pranë djepit, duke përkundur foshnjën dhe fantazinë time që endej rreth e rrotull shkollës, ku i shihja duke luajtur e gëzuar shoqet e mia të dashura. Nuk ishin të rralla rastet që haja edhe flakërima prej njerkës, sepse unë, e tretur në mendime të ëmbla, duke i ndjekur shoqet e shkollës ndër lodra, harroja dhe e këputja përgjysmë këngën që i këndoja fëmijës për t'i ndjellë gjumin ose, e lodhur krahësh, e ndaloja lëkundjen. Shumë herë më çonte në shkollë zbathur ose me nalle dhe nuk më linte të mbathja këpucët edhe sikur të binte shi ose borë. Një herë më takoi në rrugë kushëriri im, Hamiti, dhe kur më pa zbathur dhe pa çorape në këmbë u lemeris fare, sepse moti ishte i keq dhe po binte borë. Më mori për dore dhe më çoi në shtëpi të vet.

Atë ditë nuk më la të shkoj në shkollë. I kishte folur mjaft ashpër tim eti për mospërfilljen që tregonte kundrejt meje, duke ia rrëfyer edhe ngjarjen e ditës. Kur e pyeti im atë njerkën se pse më kishte çuar në shkollë zbathur, faji mbeti mbi mua, se ajo u shfajësua, duke thënë se unë vetë s'kisha dashur t'i mbath këpucët.

- Unë nuk i kam vu mendjen se a i ka mbathur këpucët apo jo, por edhe në mos i mbathtë, s'kam se ç'ti bëj, pasi nuk mundem të vë dorë mbi të, se më dhimbset, - tha. Kjo grua e ligë, që me qindra herë më kishte rrahur kot, kjo shtrigë që nuk kishte në shpirtin e saj të zi as më të voglën shenjë të dhimbjes e mëshirës, thoshte se i vinte keq të vinte dorë mbi mua! Im atë, si përherë, edhe kësaj radhe i besoi asaj dhe mua më qortoi e më shau, sepse kisha dalë pa këpucë! E unë, e trembur nga shenjat kërcënuese që më bënte njerka prej andej, nuk guxoja t'ia them të vërtetën e hidhur. Në mësime shkova mjaft mirë. Më ndihmoi fati, se në atë shkollë vazhdonte edhe Irena, bija e xha Simonit, fqinjit tonë. Ajo ishte dy klasa më lart se unë dhe më mësonte shpesh e shpesh.

Sonte po mjaftoj me kaq, sepse nga një anë u lodha dhe nga tjetra nuk po mundem t'i përmbledh mirë kujtimet.

13 mars

Më ka thënë xha Simoni se fëmija, kur është në moshën tre deri tetë-vjeçare, ngucet fort nga kërshëria dhe dëshiron të mësojë gjithçka. Me të vërtetë ashtu qenka. Edhe unë kam vënë re se fëmija në këtë moshë pyet pa pushim dhe disa herë bën pyetje e vërejtje të çuditshme. Veç kësaj, fëmijët e kësaj moshe mbajnë mend gjithçka bëjnë, por pastaj harrojnë dhe, për një kohë, e humbin fuqinë e kujtesës. Edhe unë, megjithëse u përpoqa mjaft, nuk munda të përjashtohem nga ky rregull, sepse qysh nga tetë e deri më dymbëdhjetë vjeç, gati-gati, nuk mbaj mend fare. Prandaj po e kaloj në heshtje këtë kohë. Irena asokohe e kishte kryer qytetësen[1] dhe po matej të ndiqte një shkollë më të lartë. Edhe unë doja t'i vazhdoja mësimet, por s'më lanë. Ime njerkë, herë mbas here, i fliste tim eti mbi kotësinë e mësimit për femrat dhe mbi nevojën e mbulesës sime. Por ai, deri atëherë, nuk ia patë vënë veshin. E tani vonë pati nisur të ndrydhet nën ndikimin e saj. Një mbasdarke, pak para se të fillonte viti shkollor, dëgjova njerkën që po i thoshte:

- Ajo lypset të mbulohet tani. Është turp prej botës që ta nxjerrim gocën jashtë si një kaureshë të llastuar e pa fre.

- Mirë, moj grua, por ajo ende është e vogël, - përgjegji ai.

- Kush është e vogël? A nuk shef se është bërë sa një pelë?

- E shoh se ka vënë shtat, por nuk më duket se është bërë për t'u fshehur.

- Dëgjo, burrë! Ajo duhet mbuluar dhe lypset të hiqet nga shkolla tani. Ç'i lypset shkolla asaj? Mos i mësojnë në shkollë Kuran e punë Ahireti? M'u verbofshin sytë në u mësojnë ndonjë punë të mbarë. Ajo, mbas sot, duhet të rrijë në shtëpi, të stërvitet me gatimin, me qepjen e me arnimin dhe si të lajë e të lyejë. Shkurt, lypset të mësojë të mbajë një shtëpi, se nesër do të shkojë në derë të huaj e nuk do të dijë të bëjë amvisën e mirë.

- Ke të drejtë, por...

Ia preu fjalën dhe vazhdoi:

- Kur të martohet, mua do të më shajë bota dhe do ma hedhin krejt fajin, duke parë se ajo s'di kurrgjë se si të mbarështrojë një shtëpi. Veç kësaj, gratë e botës qysh tani pëshpëritin vesh më vesh kur e shohin kaq të rritur dhe më hedhin vështrime me bisht të syrit. E unë nuk mundem t'i mbyll gojët e botës. Mbasandaj, ajo tani duhet të më ndihmojë edhe mua në punët e shtëpisë, se dhe unë s'kam fuqi. Fëmijët, zoti i dashtë, duan hyzmet. E unë kam veçse dy duar.

Një mbas një, njerkës i patën lindur katër fëmijë: Rizai, Feridja, Meti dhe Razia. Pastaj ndaloi! Siç duket u shterpua.

- Mirë, po e mbulojmë, - gjegji im atë dhe e mbylli bisedën.

Të nesërmen në mëngjes shkova te xha Sadiku dhe e lajmova Hamitin mbi sa kisha dëgjuar. Ai u nxeh e u bë prush. M'u zotua se do të përpiqej t'ia kthente mendjen tim eti. Me të vërtetë u mundua, por nuk bëri dobi. Im atë më ndaloi nga shkolla dhe më mbylli në shtëpi. Natyrisht, unë asokohe nuk e çmoja vlerën e mësimit dhe vrazhdësinë e jetës që kalohet në robëri. Vetëm për dy arsye nuk doja të mbulohesha dhe të mos e lija shkollën: pikësëpari s'doja të fshihesha, se do të më duhej të rrija gjithnjë me njerkën, që do ma zbuste shpinën dhjetë herë në ditë. Pastaj më pëlqente të rrija me shoqet e shkollës e të luaja me to. Për mua këto kishin rëndësi të madhe.

Mbas dy ditësh më veshën një çarçaf të zi dhe më vunë në fytyrë një peçe të zezë e të trashë. Atë natë e qulla jastëkun me lotët që derdha. Kisha të drejtë të qaj, sepse më kishin ndarë nga shoqet; më kishin larguar nga sheshi i lojërave zbavitëse; më kishin futur nën zgjedhën e padurueshme të njerkës dhe, më në fund, më kishin dënuar të mbetem gjysmake dhe e robëruar përjetë. Atë natë, si dhe net të tjera, pashë në ëndërr sikur e kisha fituar prapë lirinë dhe sikur kisha hyrë në shkollë. Më bëhej sikur bridhja poshtë e përpjetë, pa çarçaf, duke luajtur me shoqet në oborr të shkollës. E shkreta unë! Sa e shëmtuar m'u duk vetja kur pashë se isha futur brenda atij thesi të zi. Më ngjante vetja plotësisht si sorrë e zezë, por pak e gjatë. Po, sigurisht, një foshnje do të tmerrohej po të më shihte papandehur. Mirë, po kështu donte zakoni, kështu urdhëronte feja, kështu dëshironte njerka dhe im atë. Ajo që s'munda të kuptoj asokohe dhe që ende nuk e kam marrë vesh është shkaku i vërtetë i mbulesës. Dua të them se ende nuk e kam kuptuar qëllimin e vërtetë që në vetvete përbën mbulesa. Çfarë shërbimi apo çfarë dobie na siguron çarçafi? Po të ma bënte ndokush këtë pyetje kur isha e vogël, sigurisht do të përgjigjesha duke thënë se çarçafi na i ruan rrobat nga pluhuri e nga balta e shumtë që kanë rrugët tona. Por kurrë nuk do të thosha se duhet për të ruajtur nderin e femrës. Çarçafi qenka prita, pengesa, mburoja e nderit? Çudi dhe çudi e madhe!...

Deri pak vite më parë, si e mitur, mund të kem qenë foshnje nga mendja dhe më mungonte fuqia gjykuese. Po tani, që i mbusha shtatëmbëdhjetë vjeçët, më duket se jam në gjendje të shoh më qartë dhe të gjykoj më kthjellët. E mua sot, për zotin, nuk më mbushet mendja se çarçafi mundet të ruajë nderin e femrës. Vallë mos ka ndonjë fuqi magjike ai këllëf, që e mbështjell shtatin për t'i ruajtur thesaret e nderit të asaj që është futur në të? S'mund ta besoj. Përkundrazi, kam formuar besimin se çarçafi është mjet turpi e çnderimi. Po! Sa herë kam dëgjuar prej plakave të fisit se jevgat tona ose laviret e tjera, për të mos rënë në sy të botës, vishen me çarçaf dhe, në mes të ditës, shkojnë te ky ose tek ai dashnor. Dhe femra e pambuluar nuk guxon të futet në shtëpi të huaj jo ditën, por as edhe natën, sepse njihet prej shumëkujt. Kuptohet fare lehtë, pra, se çarçafi, në vend që ta ruajë nderin, e lehtëson çnderimin. Prandaj ai nuk vlen, veçse për të mbuluar rrobat e bardha ose të kuqe që ka veshur femra fatzezë nën të. Kam dëgjuar prej pleqsh e plakash se feja urdhëron të mbulohen gjymtyrët e turpshme. Natyrisht edhe moralisti kështu porosit. Mirë, por femrat e krishtera që dalin jashtë pa çarçaf, mos i zbulojnë këto gjymtyrë? Mos dalin lakuriq? Jo, kurrë. Atëherë, çarçafi nuk i shërbyeka qëllimit për të cilin na kanë thënë se është i moralshëm, i shenjtë dhe hyjnor. Veç kësaj, hoxhallarët thonë se zbulimi i fytyrës është i lejueshëm prej fesë.

Pasi feja lejon të zbulosh fytyrën, unë mendoj se nuk i mbetet as më e vogla rëndësi mbulesës së trupit të veshur me rroba, qofshin këto të bukura apo të shëmtuara, të vjetra ose të reja, të arnuara ose jo. Rolin kryesor në bukurinë e njeriut, sikundër dihet, e luan fytyra. E kur kjo lejohet të zbulohet e tregohet, nuk mbetet më as shkak, as edhe arsye të mbështillesh në një çarçaf. Të gjithë kemi dëgjuar të flitet për bukurinë e ndonjë femre. Kur nis përshkrimi i bukurisë nuk fillon as nga këmbët, as nga krahët, as edhe nga shpina. Por nga koka, nga fytyra. Thuhet, për shembull: kishte vetulla si gajtan, sy si filxhanë, hundë si qiri, gojë si kuti, dhëmbë si inxhi, qafë si zambak dhe, më në fund, shtat si selvi. Por shtati, edhe në u mbuloftë, edhe në mos u mbuloftë, nuk e humb as dukjen, as edhe bukurinë. Atëherë, përse vlen çarçafi? Nuk besoj të ketë njeri me tru të shëndoshë që të mundet të shfaqë një arsye për ta vlerësuar çarçafin, këtë shpikje të çuditshme, që nuk ka, pa dyshim, as bazë morale, as edhe fetare dhe që është sajuar nga fantazia e sëmurë e disa njerëzve trundryshkur e ziliqarë. Më në fund, më vjen një pyetje tjetër në buzë dhe, megjithëse më vjen turp, do ta bëj për hir të vërtetës dhe për ta zgjidhur këtë lëmsh kaq të pështjellë. Dua të pyes: pse vetëm femra duhet të mbulohet dhe jo edhe mashkulli? Mos ky gjykim rrjedh nga ajo mendësi e kalbur, që i quan femrat seks i bukur? Oh, sikur ta dinë meshkujt se sa të shëmtuara, të përçudnuara dhe përbindësha ndodhen në mes tonë! E këto krijesa të varfra nga bukuria vetëm sytë tona munden t'i njohin e t'i dallojnë, sepse ne, domosdo, nuk e shohim njëra-tjetrën me sytë e një mashkullit të turbulluar nga pasioni. Pastaj, kush mund të pretendojë se nuk ka në mes të meshkujve djem e burra të bukur? Mos kujton ndokush se nuk ka bukuri mashkullore? Sikur të mundej të fliste femra me atë liri gjuhe që kanë meshkujt, kush e di se sa poezi do të vargëzonte për të përshkruar bukurinë e shokut të vet të gjinisë tjetër. Kush mundet të më sigurojë se nuk ka me mijëra femra, që, duke kundruar mbas kafazit të dritares ose nëpërmjet perçes së hollë, nuk zbrazin nga goja mijëra e mijëra tufëza vjershash për ata që u kalojnë pranë, pa ditur se kanë plagosur rëndë ca zemra të strukura brenda do krijesave të dënuara me burgim të përjetshëm? Oh, sa e sa sy vashash, nga plasat e dyerve ose nga birat e kafazeve, ndjekin e përcjellin kalimtarë të rinj me rrahje të forta të zemrave, që s'kanë liri e të drejtë endje e dashurie, megjithëse natyra edhe ato, sikurse meshkujt, dhe ndoshta më shumë se ata, i ka pajisur me ndjesitë e dashurisë. Prandaj më takon të them se, në qoftë se duhet fshehur femra, lypset të mbulohet edhe mashkulli, sepse edhe ai ka bukuri, sepse edhe ai i nxit lakmitë e femrës dhe ia kilikos dëshirën.

Oh, sa të mjera jemi ne femrat myslimane të qyteteve. Them të qyteteve, sepse ato të katundeve duket sikur janë përjashtuar nga dënimi i robërisë, pasi nuk mbulohen. Ato kanë diçka tjetër kundrejt këtij privilegji: janë ngarkuar me punë të rënda, që nuk i kryen as mashkulli e as edhe kafsha. E ne qytetaret bëjmë një jetë më pak të vështirë, por jemi bërë monopol plotësisht, si hokat e shkrepëseve; jemi si shkrepëset që shkëlqejnë e djegin vetëm kur t'i prekësh ose t'i ndezësh. Ç'të bëjmë? Kështu e lyp zakoni, kështu urdhëron feja, por ajo fe që është bastarduar prej disa njerëzve gjysmakë e të pandërgjegjshëm.

Femra myslimane, e mbyllur brenda katër

mureve, është e mpirë, e dobët dhe e pazhvilluar, sepse është shtypur e mbytur nga zgjedha e rëndë e një edukate që nuk këshillon e nuk porosit tjetër veçse ndalime: mos prek, mos dil, mos fol, mos qesh, mos e mos, sa të dojë edukatori. Është e dobët, sepse nuk merr mjaft ajër, nuk e sheh dielli, nuk lëviz, nuk i kullot sytë në bukuritë e natyrës dhe qesh pak e qan shumë. Me një fjalë është një krijesë fatkeqe, që ta këput shpirtin, sikur të mundet me e zbrazë vrerin e zemrës për padrejtësitë që i bëhen.

Dëshpërimi i saj s'mund të matet kurrsesi. E kjo qyqare, e pashkolluar dhe e robëruar për jetë, si mund të bëhet nënë e mirë, edukatore e denjë? Çfarë aftësie mund të ketë ajo për të rritur fëmijë, ata fëmijë që do të jenë shpresat e nesërme të këtij vendi, mburoja e atdheut dhe krenaria e kombit? Shqipëria ideale, që ëndërruan dëshmorët, do të mbetet si një dëshirë e varrosur bashkë me kufomat e tyre, derisa femra të mos ketë mundësinë të rrisë fëmijë të frymëzuar me shpirtin flakërues e me vullnetin e papërkulur të heronjve tanë. E një brez të tillë vetëm nënat e lira e të miredukuara mund t'ia përgatisin këtij vendi. Çarçafi, pra, kurrë s'mund të jetë i nevojshëm për mbrojtjen e nderit të femrës, se nderi i saj varet nga edukata që i jepet, nga karakteri që i përpunohet, nga morali që i shartohet dhe nga virtyti që i injektohet.

Sonte po mjaftoj me kaq.

14 mars
Po vazhdoj.

Po ta ndjellësh urtë e butë zanën e kujtimeve, ajo nuk vonon të vijë të të marrë nën krahët e saj të artë e të të përkundë me dashuri në djepin e foshnjërisë. Vargu i ditëve të kaluara zgjon në shpirtin tim kujtime të përmallshme dhe përshtypje të çuditshme, që më lënë vraga të pashlyeshme. Oh, sa do të kënaqesha duke i përshkruar këto kujtime sikur të gjitha të ishin të ëmbla e të mira, por mjerisht janë më se të hidhura dhe pezmatuese. Megjithëkëtë lypset të shkruhen. Por duhen përshkruar, sepse janë prona ime, se ashtu plotësohet ditari i jetës sime. Atëherë le të vazhdojmë: mbas një jave e mbuluar shkova te hallë Hatixheja për të bujt disa net. Meqenëse nuk isha mësuar të eci symbyllazi, rrugës desh theva qafën dy-tri herë. Oh, sa qeshën gocat e hallës kur më panë me çarçaf. U shqyen gazit, sepse më një anë nuk më njohën dhe më anë tjetër u habitën nga shkaku se nuk e kishin paramenduar se mund të më shihnin të mbuluar në atë moshë aq të njomë. Kishin të drejtë të mos më njihnin, sepse isha maskuar dhe isha bërë tamam për të marrë pjesë në një "ballo me maska". Samiu, djali i madh i hallës, duke më parë çuditshëm, tha:

- Qenka bërë si ata që dalin në karnavale!
- Uh, marshallah të qoftë moj bijë! Qenke bërë gjallë jot ëmë. Sa hije të paska se?!... - tha halla, duke më përqafuar dhe duke më puthur. Unë me zor i mbajta lotët që donin të më shpërthenin, sepse, megjithëse ende e njomë, e kuptoja se nuk mund të kenë bukuri verigat e robërisë.

Mëmë Gjystina dhe Irena morën e më panë

mirë. Më thanë se çarçafi më kish dhënë një hije të rëndë. Më panë zymtas. E kuptoja se ato ndjenin dhimbje për mua të gjorën që e humba lirinë, por mundoheshin mos e shfaqnin dhembshurinë, që të mos ma thyenin zemrën.

- Pse nuk e gris, moj, atë dreq çarçaf? - ia bëri kushëriri im Hamiti, kur më pa. U nxeh dhe një copë herë shfreu duke sharë herë tim atë e herë fantazmën verbuese që po na shpie në greminë. Gjithë farën e fisin e shëtita me radhë. Diku bujta dy net e diku tri. Më në fund u ktheva në shtëpi për ta vuajtur dënimin e burgimit të përjetshëm që më dha im atë, sipas mendësisë së tij prapanike. Në kohët e para u mërzita shumë. Shpesh rënkoja e qaja duke soditur lirinë, duke kujtuar shoqet e mia që gëzonin jetën, duke luajtur e duke bredhur lirisht. Pastaj, dalëngadalë, nisa të mësohem me robërinë. E me çfarë nuk mësohet njeriu i shkretë në këtë jetë? Oh, sa mizorë janë disa njerëz kundër atyre që i gjejnë më të dobët se veten e tyre! Qysh atëherë hyra plotësisht nën zgjedhën e njerkës. Ajo nisi të më përdorë si shërbëtore. Më vinte të laj enët, të fshi dhomat, të laj rrobat, të gatuaj dhe vetë dilte shëtiste. E që të justifikohej thoshte se më fuste në punë për të më... stërvitur! Kjo grua, nuk di se pse, shijonte e kënaqej - ashtu edhe sot - duke më munduar e më mallkuar. Çuditem se çfarë shpirti ka.

Ajo - ime njerkë - nuk ka rregull në punë të shtëpisë dhe është e hutuar fare. I lë punët pa bërë dhe harron fort. Shumë herë harronte, për shembull, se ku i kish vënë rrobat e Rizait, çorapët e Ferides, këpucët e Metit apo brekët e Razijes. E kur nuk i gjente, më kërcënohej e më binte në qafë, duke më thirrur:

- Ku i vure çorapët e Ferides, mori të preftë kolera! Ku janë rrobat e Rizait, mori të shpërlaftë mortja! Ku i ke brekët e Razijes, mori të marrtë murtaja!...

Ngandonjëherë më thosh:

- Luaji duart, mori t'u thafshin! Ç'e bëre kuzen, mori mos dalsh në fat kurrë!

Po kur më vinte të shtyp kafe? Oh, se sa vuaja! Krahët e mi të hollë e të brydhët nuk kishin fuqi të mbanin shtypësin e hekurt e jo më ta ngrinin përpjetë dhe ta lëshonin me forcë në gur. Mirë, po ku merrte vesh ajo se?! As s'donte të dijë se a mundesha ta bëj atë punë apo jo. Me gulçime e rënkime i mëshoja gurit. Bëhesha qull me djersë dhe më dridhej krejt shtati prej mundimit. Kur këputesha fare, e mbështetja kryet mbi gur për të pushuar sadopak.

Atëherë, djersët e lotët e mi pikonin brenda gurit. Oh, sa kilogramë kafe të bluar me djersët dhe lotët e së bijës ka pirë im atë! Shkurt më vinte shpirti në majë të hundës, derisa e shtypja kafen. Kur i mbaroja punët e shtëpisë ose kur e gjeja veten të ngeshme, shkoja ke xha Simoni për të ndenjur me Irenën. Atë e doja dhe e dua shumë, se më qe bërë si motër dhe më jepte mësim. Të gjitha mësimet e shkollës m'i përsëriste dhe më nxiste ta zgjeroj dijen e paktë që kisha marrë në shkollën fillore. Mirë, por ku më linte njerka. Sa ta merrte vesh se mungoja në shtëpi, më thirrte duke bërtitur me zë të lartë:

- Dije! Dije, mori t'u harroftë emri! Hajde mori, mos e prufsh kryet!

E gjithë mëhalla e pati marrë vesh se çfarë shtrige është kjo grua, por im atë, as atëherë, as edhe sot, nuk e ka marrë vesh. Kur kthehesha në shtëpi, pasi më shante e më mallkonte, shpikte ndonjë punë dhe më urdhëronte ta kryeja.

Derisa i mbusha katërmbëdhjetë vjetët vuajta tepër dhe hoqa të zezat prej saj. Mbasandaj ndërroi disi gjendja ime dhe këtë ndryshim e bëra vetë. Po. Ajo e teproi keqsjelljen e vet ndaj meje, sa s'mund ta duroja më. U mbush kupa deri në zgrip dhe, kur m'u dha rasti, ngrita krye kundër saj. Ja se si: një ditë, para dreke, më urdhëroi të fshija oxhakun e gjellëtores, duke më thënë:

- Merre fshije atë oxhak, se është mbushur me blozë.

- Unë ta fshi a?! - i thashë e çuditur.

- Pse a, unë a?! – bëri, duke më parë tërë inat.

- Po s'përtove mund ta fshish vetë, se unë nuk mundem.

Ishte e para herë që po i kundërshtoja. Iu turbulluan, mbasandaj iu skuqën sytë.

- S'mundesh? - bërtiti me mllef dhe u lëshua të më kapë, për të më troshitur nën grushtet e saj të fortë.

- Në daç bëje vetë, në daç merr një njeri tjetër. Por duhet ta dish se unë kurrë nuk do ta fshi! - i thashë dhe ika fluturim ke xha Simoni. Atje, ta merr mendja, s'mund të vinte të më marrë, pse i vinte turp prej mëmë Gjystinës. Përndryshe edhe unë nuk do të guxoja t'i kundërshtoja, sepse do ta dija se do më merrte zvarrë dhe duke mos m'i kursyer grushtet e shqelmat. Deri në drekë qëndrova aty. Kur erdh im atë e dëgjova se më kërkoi, duke më thirrur emrin, por unë nuk bëzajta dhe s'luajta vendit. Mëmë Gjystina, që i dinte hallet e mia dhe që ndjente dhimbje për mua, më këshilloi t'i ankohem tim eti. Mbas nja një ore erdhi Meti e më njoftoi se më kërkonte im atë. Shkova. Brenda asaj kohe, njerka, natyrisht, do ishte zbrazur kundër meje.

Por edhe unë e kisha vendosë qëndrimin tim për ta luftuar dhe kundërshtuar zgjedhën e saj.

- Ku është tata? - e pyeta Metin kur hyra në oborr të shtëpisë.

- Lart, - gjegji ai dhe iku duke kërcyer.

Vura re se ajo, në atë kohë, po lante enët e drekës në sqoll të gjellëtores. Kishte plot dy vjet që nuk kishte prekur enë me dorë. Sot i ishte përveshur punës, sigurisht, për t'i provuar tim eti se ajo vetë i kryente punët e shtëpisë.

U ngjita lart. Im atë ishte në dhomën e vet. Ishte ulur mbi minder dhe po thithte tym duhani. Dukej i zymtë e i egërsuar. Ngjante sikur po i dilte tym nga koka.

- Ku ishe Dije? - më pyeti sa hyra brenda.

- Ke xha Simoni, - u përgjigja, duke qëndruar në këmbë brenda pragut të derës.

- Përse? - pyeti me zë më të ashpër.

- Sepse donte të më rrahë nana.

Nanë e thërras këtë shtrigë, se ashtu më patën mësuar qysh në vogëli.

- E pse nuk i bën ti punët e shtëpisë?
- Unë dhe vetëm unë i bëj punët e shtëpisë. Por oxhakun nuk mundem ta fshij, se s'kam fuqi dhe druaj se rrëzohem poshtë, - i thashë.
- Mos gënje! – bërtiti, duke i rrudhur vetullat. - Se po t'i bëje ti punët e shtëpisë, ajo nuk do donte të të rrihte.

Fjala "mos gënje" më ra si plumb në kokë. Më kapën rrebet dhe nuk munda ta zotëroj veten. Prandaj shpërtheva:

- Përse unë gënjyekam e nuk gënjyeka jot shoqe, babë? Apo mos është ajo meleq e unë dreq?

Im atë u hutua nga guximi im, sepse kurrë nuk i isha përgjigjur dhe s'kisha bërë makar një vërejtje të vogël. E hapi gojën të thotë diçka, por unë s'i lashë kohë dhe vazhdova:

- Unë kurrë nuk rrej babë. Duhet ta dish se deri më sot, jot shoqe nuk ka prekur me dorë punë shtëpie. Të gjitha unë i kam bërë: unë i kam larë enët, i kam fshirë odat, i kam larë rrobat, kam gatuar bukë, kam zier gjellë, e kam la e lye shtëpinë, kam shtypur kafe, i kam arnuar petkat e këmishët dhe, përmbi të gjitha, i kam larë edhe shpergajt e kalamajve.

- Ti? - thirri si i habitur e me mosbesim.
- Po, po, unë. Unë i kam bërë të gjitha. Por oxhakun nuk mundem ta fshi, se ajo është punë e ndonjë punëtori. E në qoftë se këtë grua e ke sjellë këtu për të më bërë mua shërbëtoren e saj, ma thuaj që ta di, - shtova.

- Mos fol budallallëqe, - thirri me një zë pak të zbutur.

- Këto që po ju them janë të vërteta, babë. Nuk janë budallallëqe. Dhe po të them se unë nuk mundem të punoj më, se jam e dobët nga shëndeti. Në është se nuk të dhimbsem ndopak e më lë në këtë hall, ta dish se do të vijë një ditë që do të pendohesh, - i thashë me një zë të cjerrët.
- Ç'thua mori? A je ndër mend apo jo?
- Babë! - thirra duke gulçuar. - Shtëpinë e nënës e shoi vdekja dhe përveç dajallarëve nuk ka mbetur njeri që t'i vijë keq për mua. Në ju rëndohem shumë, më thoni të shkoj e të strukem ndër ta, përpara se të vdes nga mundimet e përpara asaj kohe që vdiq ime ëmë, - i thashë dhe u shkreha në vaj. Im atë u turbullua fare. U çua në këmbë dhe m'u afrua. Më kapi për dore dhe, duke m'i lëmuar flokët, tha me zë të qetë:
- Edhe unë s'doja që të vdiste jot ëmë, por ashtu urdhëroi zoti moj bijë. Ti mos u dëshpëro e mos qaj. Unë të këshilloj të punosh vetëm për të mirë tënde, se dua të bëhesh e zonja të mbash një shtëpi.
- S'kam fuqi. Jam e dobët nga shëndeti, - gjegja përvajshëm.
- Ç'ke moj bijë? Kurrë s'kam dëgjuar që të kesh qenë sëmurë.
- Kurrë s'ke pyetur që të merrje vesh, – përgjigja me mllef dhe duke e parë me sy të përlotur.
- Pse flet kështu moj Dije? Ç'faj të kam unë? - foli.
- Fajin e ka fati im që më la pa nënë e në dorë të njerkës, që do ma marrë shpirtin para kohe, - i thashë me zë të mbytur prej vajit dhe duke u dridhur prej zemërimit që më kishte mbërthyer.

- Oh, si flet moj bijë! Kurrkush nuk mundet të të shtrëngojë të punosh. Unë qysh sot po e porosis atë, - donte të thotë për njerkën, - që mos të të japë punë. Rri rehat e mos u mërzit, - tha.

Sa e mbaroi fjalën, iku i turbulluar e i shqetësuar. Të nesërmen erdh një shërbëtore në shtëpi. Njerka po pëlciste prej zemërimit, por s'kishte se si shfrynte. Edhe oxhakun e pastroi një punëtor. Qysh atë ditë nuk bëra më punë shtëpie, veçse ndonjë gjellë kur më tekesh ose qëndisja ndonjë gjë që më pëlqente. Pasi shpëtova nga thundra e njerkës, nisa të lexoj gati përditë me Irenën. Ajo m'i jepte mësimet që bënte vetë në shkollë dhe, herë mbas here, më provonte. Në këtë mënyrë vazhdova derisa ajo e mbaroi shkollën. Irena thoshte se jam shumë e zgjuar dhe, e kënaqur nga kjo cilësi e rrallë, përpiqej të më mësojë sa më shumë. Edhe unë iu vura mësimit, sidomos frëngjishtes, me të gjitha fuqitë e mia. Tani mund të them se zotëroj një farë kulture, të cilën ia detyroj Irenës. Herë mbas here lexoj libra të ndryshëm dhe e ushqej trurin. Librat i marr hua prej Irenës ose prej vëllezërve të saj, se vetë nuk mundem t'i ble, mbasi im atë nuk më jep të holla për to. Irena ka tre vëllezër: Gjonin, Markun dhe Kolën. Gjoni parvjet e mbaroi fakultetin e drejtësisë në Vjenë dhe Marku sivjet i kreu mësimet në shkollën e lartë tregtare të atij qyteti. Gjoni është bërë anëtar në gjykatoren e këtushme, kurse Marku ende është pa punë. Kola është 11 vjeç; sivjet e mbaron filloren. Xha Simoni, ati i tyre, është nëpunës i kadastrës me një rrogë të vogël. Mëmë Gjystina është e ama e Irenës dhe e vëllezërve të saj. Këta janë kosovarë, të imigruar prej andej qysh në kohën e Luftës Ballkanike. Kanë blerë shtëpi këtu, ngjit te ne. Nëpërmjet një deriçke hyjmë e dalim te njëri-tjetri. Xha Simoni është shpenzuar shumë dhe është ngarkuar me borxhe për t'i mësuar djemtë e vet. Tani që ata mbaruan, shpreson ta përmirësojë gjendjen.

Ime ëmë - dritë pastë - thonë se ka shkuar shumë mirë me këta. Edhe mua më duan fort. Unë hallet e mia më fort i qaj me mëmë Gjystinën e Irenën sesa me njeri tjetër. Besoj se përshkrova krejt jetën time të deritanishme. Edhe në paça harruar gjë, e shkruaj më vonë.

Ashtu? Po.

18 mars

Dje mbas dreke, Marku fotografoi të ëmën dhe motrën me një aparat që kishte sjellë nga Austria. Pasi i fotografoi veç e veç, dëshiroi të fotografohet edhe vetë me to. Prandaj e përgatiti aparatin dhe ma la mua që ta shkrep thumbin. Kështu u fotografuan të tre, në një grup, nanë, motër e vëlla. Sa mirë e sa kujtim i bukur.

- A do të fotografohesh edhe ti Dije? - më tha Irena, kur po çohej nga karrigia.

- Jooo! - përgjigja.

- Pse? - pyeti.

- Ti e di... Nuk guxoj prej babës.

- Fotografohu, se nuk e merr vesh yt atë. E fsheh unë. E bëj unë, se e dua ta kem si kujtimin tënd, - tha.

- Ç'e do fotografinë Irenë, kur më ke gjallë

këtu e më sheh të paktën dhjetë herë në ditë? – u përgjigja me buzë në gaz.

- Ahu, Dije! Po ti nesër do martohesh dhe unë, kush e di, nuk do të të shoh... veçse në të rrallë. Të gjithë qeshën. M'u vunë shumë. Më në fund u binda dhe u fotografova vetëm. Sot e pashë veten të fotografuar. Ajo paraqiste një biondinë 17-vjeçare, që ka qëndruar në këmbë si e trembur prej dikujt, megjithëse është munduar të buzëqeshë. Filmi u hodh dhe kopjet i mbajti Irena. Në njërën nga kopjet bëra një shënim për Irenën, duke e shprehur krejt dashurinë që ushqej për të. Me këtë mënyrë dhe sipas mendësisë së fanatikëve, dje bëra një mëkat apo faj të pafalshëm, që duhet ndëshkuar rreptë. Po e mori vesh im atë, më hëngri dreqi.

21 mars
Kushëririt të njerkës i paska lindur djalë dhe kjo ishte ngritur sot në qejf. Kishte vendosur të marrë me vete edhe Metin e Farijen. Ndërsa ajo po rregullohej në dhomë të vet, unë i lava fëmijët. Por meqenëse s'dija se ç'duhej t'u vesh, shkova ta pyes. Kur e hapa derën, me habinë më të madhe, pashë se ajo, e zhveshur lakuriq nga mezi e lart, po e lyente pjesën e sipërme të kraharorit edhe fytin me zhivë të bardhë, me qëllim që të dukej e bardhë kur t'i vishte rrobat dekolte. Megjithëse më bëhet si fetare e madhe dhe megjithëse s'lë fjalë pa thënë kundër atyre femrave që e ndjekin modën, s'e ka për gjë ta zbulojë një pjesë të kraharorit, duke u veshur dekolte! Trupi i saj i trashë, si një kërcu, dukej më se i murrmë dhe gjinjtë e mëdhenj i ishin

varur si dy kunguj të zi e të vyshkur. Fytyrën e kish lyer një gisht trashë; mollëzat e faqeve i kish ngjyer me të kuq, duke bërë nga një rrotull sa një tresh turku; buzët i kishte skuqur trashë e trashë; vetullat i kishte nxirë dhe i kish zgjatur deri tek tëmthat! Vetëm dhëmbët e nxirë prej zhivës që përdor nuk kish mundur t'i zbardhte. Me një fjalë ishte bërë një karikaturë e çuditshme, sa me të fut pështirën. Edhe ndër gishta të duarve kish vënë një grumbull unaza argjendi e floriri, si të ish shoqja e grave të liga.

Në çastin e parë u tremba kur e pashë në atë gjendje. Pandeha se mos ndodhem para një gogoli. Por pastaj e mblodha veten. I kafshova buzët që të mos shpërtheja në gaz dhe i fola shpejt e shpejt. U largova që andej me një habi të përzier me gaz. I vesha fëmijët sipas porosisë që më bëri dhe shkova në lulishte, ku nisa të mendohem.

"A beson kjo grua se është zbukuruar me ato ngjyra që ka vënë?", i thashë vetes. Çuditem se sa fort i mungon gustoja kësaj femre. Në na e marrtë mendja se e zbukurojnë ngjyrat një zezake, kemi të drejtë të besojmë se edhe kësaj ia shtojnë bukurinë. Për të, sipas mendimit tim, do të ishte më mirë sikur të mos e tradhtonte ngjyrën e zeshkët të natyrës dhe të mbetej e thjeshtë, sesa të bëhej si një kukull për të trembur sorrat në kopsht. Mirë, por ec e thuaji po deshe! Ajo ndoshta kujton se është tërheqëse dhe e bukur. Ndoshta. Dhe asaj bukurie tani do t'i shtojë edhe vetë diçka ose atë që s'ka ditur t'ia japë krijuesi! Ndër ne nuk është zakon të lyhen e të ngjyhen gocat. Vetëm mbas martese fillon të tregohet aftësia e tualetit. Unë jam kundër këtij farë operacioni, sepse më pëlqen bukuria natyrale, ajo që ka jetë, ajo që nuk zhduket bashkë me errësirën e natës. Fundi i fundit, një tualet të vogël me një çikë krem e me pak pudër mund të mos e neverisë, pasi e mbajnë mirë lëkurën, por kur e kalon këtë masë kuptoj se njeriu, në vend që të zbukurohet, shëmtohet e deformohet. Shumë herë e kam parë njerkën të lyer e të ngjyer, por kurrë si sot. Të them të drejtën u çudita e më bëri përshtypje aq fort, sa nuk besoj ta harroj për shumë kohë.

Tani rri e mendoj se si im atë e dashuron këtë grua, që nuk ka as ndonjë cilësi, as ndonjë meritë ose ndonjë shenjë bukurie dhe habitem se si ai ka bërë me të plot katër fëmijë. Unë, po të kisha qenë mashkull - për Perëndi - do të më vinte efsh ta prek, makar me dorë, atë trup që është si një lëkurë e madhe e mbushur me vaj. Do ta neveritja dhe nuk do t'i afrohesha edhe sikur të më siguronin e të më premtonin kush e din se çka.

Mirë, por im atë e do dhe e dashuron aq fort, sa është bërë vegla e saj e verbër. Duke përfunduar, më vjen të pyes e të marr vesh: im atë është i magjepsur, apo unë jam e verbër e nuk mundem ta dalloj bukurinë e saj?

S'di. Prandaj po hesht.

25 mars
Sot në mëngjes, si çdo vit, njerka e bëri magjinë e zakonshme për t'u mbrojtur nga insektet gjatë këtij viti. Në këtë veprim magjik edhe unë marr

pjesë, sepse me një anë më ka stërvitur ajo qysh në vogëli që të jem ndihmësja e saj dhe më anë tjetër nuk mundem ta kundërshtoj, se s'dua t'i shijoj hidhësitë e një zënke me të. Për shembull, vitin e kaluar u zumë e u bëmë për pesë pare, sepse unë, duke thënë se magjia është një besëtytni dhe marri, s'doja t'i ndihmoja. Prandaj, sivjet iu binda. Mori njerka një spango nja dy pash të gjatë dhe e lidhi në tavanin e gjellëtores. Mbasandaj u drejtua kah unë, duke më parë në një mënyrë, që më dha të kuptoj se ishte gati për të nisur veprimin magjik. Atëherë, unë pyeta:

- Ç'lidh ashtu?
- Buzëkuqet, - gjegji dhe bëri një nyje në spango me besim fetar.
- Ç'lidh ashtu? - pyeta prapë.
- Buzëzezat, - tha dhe lidhi një nyje të dytë.
- Ç'lidh ashtu?
- Brinjëzinjtë, - përgjegji dhe lidhi një nyje të tretë.

Me këtë mënyrë u bë një varg nyjash, për mos të na kafshuar buzëkuqet, çimkat, buzëzezat, mizat, brinjëzinjtë, akrepat, kërcimtarët, pleshtat, rrëshqitësit, gjarpërinjtë, fërshëllyesit dhe mushkonjat. Përveç pyetjeve e përgjigjeve të caktuara, asnjë fjalë tjetër s'duhet folur kur bëhet magjia, se prishet e nuk bën dobi. Gjithashtu nuk lypset të përmenden insektet me emrat e tyre të vërtetë, por me emra të përshtatur. Fjala ven, çimkat përmenden me fjalën buzëkuqet, mizat me fjalën buzëzezat etj.

Kështu njerka, që të sigurohej nga bezdia

pickuese e insekteve për sivjet, por, për fatin e saj të keq, Meti na e kishte zgjidhur e marrë spangon e magjisë. Po. Atij i duhej një copë spango për ballonin që do të vinte në fluturim dhe, duke kërkuar andej e këndej, ia zuri syri spangon e varur në tavan të gjellëtores. Gjen mënyrën dhe e merr. E mori, por i kushtoi tepër shtrenjtë, sepse, kur e mori vesh, njerka e zhdëpi me grushte e me shqelma. Për këtë shkak na u desh ta përsërisnim magjinë, duke lidhur një pe tjetër. Megjithëqë njerka e përsëriti magjinë çdo pranverë dhe megjithëse edhe baba, nga ndonjëherë, ngjit ndër mure nuska të shkruara për këtë qëllim, prapëseprapë na kafshojnë mushkonjat me shoqe dhe s'duan të dinë as për magjitë e njerkës, as edhe për nuska të babës!

28 mars
Edhe sot në mëngjes, si shumë herë, krisi poterja në shtëpinë tonë. Shkaku i zënkës qe kafja dhe mungesa e ca sumbullave në një këmishë të tim eti. Im atë ka disa veti, por, si njeri mishi, ka edhe disa vese e huqe, që nuk i heq sikur t'ia presësh kryet. Për shembull, vetë i lan sytë e nuk do që t'i shërbejë kush, nuk bën potere po të bëhet ndonjë dëm, as edhe nuk zemërohet kur merr vesh se e shoqja ka dalë të shëtisë pa lejen e tij. Por, po gjeti këmishë ose brekë pa sumbulla dhe po iu vonua kafja, nxehet e bëhet prush prej zemërimit. Bindet edhe dreqi nga brirët e tija, sidomos kur i vonohet kafja e mëngjesit. Deri aty, nja një mot më parë, unë i shërbeja tim eti dhe mundohesha

t'ia përmbushja nevojat, por, në një zemërim që pat me njerkën, për shkak të një mungese, më porositi që mbas asaj dite të mos prekja gjë me dorë më. Me këtë mënyrë, ai donte të provonte nëse plotësoheshin prej njerkës porositë e tij apo jo. Sot në mëngjes, nëna - njerka - vonoi t'ia sjellë kafen. Ai u zemërua dhe shfreu duke sharë e mallkuar. Ajo u mundua të shfajësohet, duke thënë se e kishin penguar fëmijët, por ku merrte vesh ai se. Pa u shuar mirë kjo potere, krisi e dyta: pse këmisha që do të ndërronte sot im atë, për fat të keq, kish qëlluar me dy sumbulla mangët. Ushtoi e buçiti shtëpia një copë herë nga britmat e tim eti.

Çuditem me pakujdesinë e kësaj gruaje dhe nuk marr vesh se pse nuk i vë mendjen të përmbushë dëshirat e porositë e të shoqit. Një grua që s'ka rregull në punë, që s'ka kujdes t'i përmbushë nevojat e burrit, që nuk përpiqet t'i kuptojë veset ose cilësitë e bashkëshortit të vet, nuk vlen asnjë dysh dhe nuk meriton të jetë as shërbëtore e jo më zonjë shtëpie. Nga shkaku i grindjeve të shpeshta, që ngjajnë në mes të tim eti dhe njerkës, edhe mua më prishet qetësia dhe më cenohet prehja, pse ajo, e zemëruar me tim atë, kërkon rast që ta zbrazë mbi mua dufin e vet. Për këtë arsye, shpeshherë shtrëngohem të mbrohem nga shigjetat helmuese që hedh me gjuhën e saj të mprehtë. Vetëm jam e kënaqur se ky zemërim që shpërthen në mëngjes me aq forcë e furi, nuk ka fuqi të jetojë veçse deri sa të perëndojë dielli dhe disa herë edhe më herët. Mbas bubullimave dhe shiut lind dielli! Po. Në mbrëmje paqëtohen dhe bëhen... mjaltë e tëlyen, si thotë fjala popullore. Unë, duke i parë në mbrëmje që ligjërojnë ëmblas e me buzë në gaz, shpesh dyshoj se mos kam shkalluar. Nuk i besoj vetes dhe më duket sikur e kam parë në ëndërr atë grindje, që me tingujt e vet kumbues e karakteristikë e ndjejnë edhe fqinjët me veshë të ngritur në dëgjim, por me fytyrë të thartuar. Sidoqoftë, paqtimi më pëlqen. Im atë, megjithëqë pak nopran dhe injorant, ka atë të mirë që nuk mban hidhnim. Veç kësaj edhe kur zemërohet nuk arrin ta shajë rëndë ose ta rrahë të shoqen, ashtu si bëjnë shumë të tjerë gojëprishur e mizorë. Ai kurrë nuk e kapërcen kufirin sa ta fëlliqë gojën me fyerje e poshtërime ose ta humbë ndërgjegjen e veprës për ta rrahur bashkëshorten e vet. Ndokush mund të kërkojë t'ia ulë vlerën kësaj sjelljeje njerëzore, duke thanë se ai e frenon veten për shkak se druan mos bie nga kurora dhe trembet nga porosia e rreptë që bën Kurani për t'u sjellë mirë e njerëzishëm kundrejt grave e jo nga nderimi e dhimbja që lypset të ketë kundrejt tyre si njeri. Një pretendim i tillë ka gjasë t'i përgjigjet së vërtetës, por, sidoqoftë, mua më intereson fakti e jo qëllimi apo shtypja. Pastaj e mira, ngado që të vijë, nuk e vdjerr vlerën dhe lypset të çmohet si e tillë. S'di se çfarë lidhje mund të mbetet në mes të dy bashkëshortëve kur futet ndërmjet tyre mëria në trajtë sharjeje e rrahjeje. Gruaja që poshtërohet me sharje të rënda dhe rrihet, o duhet të jetë lopë që t'i meritojë, ose të ketë interes apo frikë nga burri që nuk e këput atë lidhje, që i ka bashkuar dikur formalisht e jo shpirtërisht, sepse jeta e përbashkët, në raste e në kushte të tilla, bëhet e padurueshme. Për ta shuar çdo mosmarrëveshje, për të pas harmoni të vazhdueshme dhe për të bërë një familje të lumtur, ata që do të martohen, përpara se ta bashkojnë fatin e jetën, lypset të jenë njohur, t'i kenë pajtuar karakteret dhe ta kenë dashuruar njëri-tjetrin. Përndryshe s'bëjnë tjetër veçse krijojnë një ferr për ta torturuar veten dhe për t'i përcëlluar në flakët e tij edhe fëmijët që do t'u lindin.

"Mirë, por femra myslimane është e mbuluar dhe s'është e lejuar të njihet me atë që do të martohet", më pëshpëriti dikush në vesh, me një zë që ngjante sikur vinte nga thellësitë e një varri.

Ndoshta qe zëri i ndonjë martireje myslimane. Ndoshta. Ja edhe këtu del para çarçafi dhe e prish punën krejt. Shpesh kemi dëgjuar të flitet, me përbuzje, për ata djem që martohen me vajza të huaja. Martesa e djemve shqiptarë me goca të huaja, deri diku, është si një farë neveritje që i bëhet femrës shqiptare, sepse ajo, si zogu në kuvli, pret t'i zgjatet një dorë e ngrohtë që ta përkëdhelë dhe t'ia ëmbëlsojë jetën. Por edhe djali - mos na dëgjojë kush - ka të drejtë, sepse nuk mund të martohet symbyllazi pa e parë e pa e njohur atë që do të bëhet shoqja e tij e përjetshme. Për shembull, një student, një djalë që është pajisur me një kulturë të shëndoshë dhe që e çmon vlerën e jetës me bashkëshorten, si mund të martohet me një femër që kurrë nuk ia ka parë fytyrën, që nuk ia njeh veset e vlerat, që nuk ia di gradën e mendjes, që s'ka as më të voglën kulturë dhe që nuk e ka dashuruar? Martesa lypset të jetë akti i lidhjes së dy zemrave, i pajtimit të karaktereve, i përshtatjes së pjerrjeve dhe i bashkimit të të gjitha pikëpamjeve. Përndryshe ndjell kob e mbjell mjerim për palën e bashkuar. Ndër ne ka shumë që ankohen për këtë importim femrash të huaja që bëhet nga djemtë tanë dhe kërkojnë të merren masa ndëshkimi për ta ndaluar hovin. Këta njerëz kujtojnë se e kanë zgjidhur problemin duke u imponuar të tjerëve, me forcë, që të veprojnë kundër vullnetit e dëshirës edhe në çështjet e tyre jetësore. Sa gabohen! Këta, në vend që të bëjnë kundërshtime të kota, do të bënin më mirë sikur të përpiqeshin për emancipimin e femrës shqiptare, për lartësimin e nivelit të saj kulturor dhe për shpëtimin e saj nga verigat robëronjëse të çarçafit, që pastaj të mundet të bëhet e denjë për t'u bashkuar me djalin e kulturuar ndër shkolla të Evropës. Përndryshe kurrë nuk mund të sigurohet një barazim i drejtë dhe i nevojshëm, kurrë nuk do t'i arrihet qëllimit të dëshiruar dhe femra shqiptare, e lënë mbas dore si ndonjë plaçkë e padobishme, nuk do të jetë e meritueshme për t'u bërë bashkëshorte dhe nënë e mirë.

Them femra shqiptare e nuk po bëj ndonjë dallim, sepse edhe katoliket e ortodokset - me përjashtimin e disa të paktave që rrojnë ndër qytete dhe që kanë një farë ndryshimi - janë në një gjendje me femrën myslimane. Unë, po të kisha qenë djalë, do ta ngrija zërin dhe do të kërkoja lirinë e femrës, do të lypja që të provohet kapaciteti i saj për t'i zhvilluar cilësitë e brendshme dhe që të fisnikërohet shpirti i saj i shtypur e i mbytur deri tani, sepse përparimi i një kombi shkon krahas me atë të femrës dhe poshtërimi i femrës e çon kombin në greminë.

Duke përfunduar, dua të them se martesa nuk është një lojë zaresh ose një lotari, që pa kokëçarje të madhe provon fatin e lojtarit; nuk është një lodër symbyllthi, por është një kontratë që lidh përgjithmonë fatin e jetën e dy vetave dhe që efekti i saj shtrihet në të gjithë shoqërinë, pse një shoqëri e lumtur përbëhet nga familje fatbardha e jo nga ato që janë mjeruar.

1 prill

Duke krehur flokët sot para pasqyrës, më shkuan sytë te një shenjë që më ka mbetur në ballë qysh në vegjëli. M'u rrëqeth shtati kur m'u kujtua ngjarja e hidhur, që si trashëgiminë e vet ma la këtë shenjë. Meqenëse e paskam harruar ta shkruaj kur përshkrova jetën time të kaluar, po e shënoj sot, pasi ajo është si një njollë e pashlyeshme për njerkën time zemërgur dhe si një pikë e zezë në këtë ditar që përmbledh në gji të vet të gjitha shfaqjet e jetës sime. Më bie ndërmend se në një mbasdarke dimri, kur unë do të kem qenë nja pesë-gjashtë vjeç, ndodhesha vetëm me njerkën në shtëpi. Im atë kishte shkuar s'di se ku. U ngrita të pi ujë. Kur u ktheva të ulem në vend, më ngeci gishti i këmbës së djathtë në një të grisur të qilimit dhe u përplasa mbi tangarin që ishte plot me push. S'di se qysh, por të dyja duart e mia u rrasën në prush dhe hunda më ndeshi në tehun e tangarit. Një klithmë e thekshme, që u shkëput nga shpirti i përvëluar, plasi nga goja ime si ndonjë dinamit. Pastaj një breshëri lotësh shpërthyen nga sytë dhe u përzien me gjakun që kullonte nga hunda e çarë në buzën e hollë të tangarit.

- Plaç, mori shtrigë, se më trembe! - ma bëri njerka menjëherë dhe më ra me një grusht. Përnjëherë u përplasa përdhe, duke piskëlluar nga dhimbja e hundës që më ishte çarë, nga duart që më ishin djegur dhe nga grushti i njerkës. Kur unë qaja e ulërija nga djega e madhe që kisha, ajo, duke më sharë e mallkuar, më urdhëronte të pushoja.

- Mjaft më, moj buçë, se m'i shurdhove veshët! - thirri më në fund dhe u çua nga vendi si e çmendur. Mori një grusht spec të kuq dhe ma rrasi në gojë me përdhunë. Një gjëmë dy herë mjeruese dhe një dënesë e trefishuar e ndoqi pastaj këtë barbarizëm. Atëherë u mërzit më fort. Më rroku për krahu dhe, duke më tërhequr zvarrë, më çoi e më mbylli në dhomën time, duke më kërcënuar se do të më fuste në pus po të vazhdoja të qaja më. Edhe tani çuditem se si s'plasa atë natë nga dhimbjet e mëdha që pata. Të nesërmen në mëngjes, mëmë Gjystina më bëri do barna dhe m'i lidhi duart e hundën. Një kohë mjaft të gjatë vuajta. Plaga e hundës më la një shenjë dhe kjo dalëngadalë u ngjit deri në ballë. Tani ka arritur mu aty ku fillojnë flokët. S'mbaj mend se si i qe parashtruar ngjarja tim et. Kjo është njerka ime me trup njeriu, por me shpirt prej bishe.

6 prill
Cili qe ai? S'e di dhe as guxoj të pyes se më

vjen turp, se druaj mos vihem në lojë prej Irenës. Ndoshta është i krishterë, i fejuar ose i martuar. Kush e di? Oh, më mirë të mos e kisha parë! Sytë e tij të zinj më ngjau sikur më magjepsën në çast. E ndjeva se u turpërova, pse m'u nxeh shtati përnjëherë. Desha të iki, por s'munda, se s'kisha fuqi. Mbeta shtang dhe u struka në cep të dhomës. M'u duk sikur ma mbuloi shtatin një diçka që më hutoi e më shpërdrodhi nën forcën e vet. Sa bukur e sa ëmbël tingëllonte zëri i tij! Kishte kumbimin e një melodie harmonike, që ta kilikos zemrën. Ishte një muzikë më vete. Ka disa njerëz që s'u vete fare qeshja. Kur qeshin u shtrembërohen turinjtë, u rrudhen faqet, u qajnë sytë dhe shëmtohen aq shumë sa s'ta ka ënda t'i shohësh. Por atij i kishte hije si qeshja, ashtu edhe nënqeshja. Kur fliste, me buzë në gaz, ta merrte mendjen. Shkurt, një ndjesi e panjohur prej meje deri në atë çast ma mbushi shpirtin me... diçka.

- Mos ju trazova Irenë? Duket se zonjusha... - tha kur u fut brenda dhomës papandehur, por s'e mbaroi fjalën. Më hodhi një vështrim të mpakët e të thekshëm. Ma tronditi zemrën.

- Jo, s'ka gjë. Ajo është... - gjegji Irena dhe më shikoi me buzë në gaz. E kuptova se ajo po shpërthente në gaz nga shqetësimi që tregova duke dashur t'i fshihem atij djaloshi të huaj. Më në fund ika, por më duket se diçka lashë aty nga... zemra ime. A thua kështu është dashuria? Jo, or jahu! Ajo do të jetë, kush e di, disi ndryshe.

Mirë, por ç'qe ajo që më lëvizi në thelb të zemrës dhe më bëri tak? Demede kështu qenka dashuria.

Demede e... dua. Por jo. S'është e mundur. Si mund të përftohet dashuria vetëm me një ndeshje, vetëm me një vështrim? Kjo është marrëzi, është foshnjëri... Por ç'po bëj? Më duket se s'jam në rregull. Për cilin po mendoj kësodore?

Kush më jep të drejtë të shprehem në këtë mënyrë për një djalë që është i panjohur për mua dhe ndoshta kushërini i Irenës? Ndoshta ai është ndonjë prej fisit të saj dhe tani, sikundër tha edhe vetë, ka ardhur këtu për të festuar Pashkët. E unë ende po e vras mendjen me marrëzira, që nuk përkojnë kurrsesi me të vërtetën ose me dëshirën. Pastaj, sidoqoftë, mua s'më ka hije të merrem me djemtë e botës. Turp, për Zotin, turp! Oh, si u bëra!

Lëre e mos e trazo më! S'do ta kujtoj dhe s'do ta përmend kurrë. S'kam as arsye që ta lodh mendjen me të. Mos e dashuroj? Jo. Atëherë kalo e mos bëzaj.

7 prill

Ububu si e pësova! E humba fare. Më duket se më hyri fitili, më ngjan se më kapi grepi i dashurisë. Mbrëmë vonë më mori gjumi, sepse mendoja, padashur, për atë djaloshin e bukur që pashë dje te Irena. Edhe në ëndërr më shfaqej me buzë në gaz dhe, duke m'i ngulur sytë e vet si shtiza, afrohej të më kapë për dore. Po ndjej një farë turbullimi në shpirt. Kujtimi i pamjes së tij s'më hiqet mendsh; fytyra e tij gjithnjë më paraqitet para syve të mendjes së trazuar jashtëzakonisht. Sikur nuk mjaftonin të gjitha këto ngucje që më bëhen nga duar të padukshme, po edhe Irena më tha sot në mëngjes se ai kishte pyetur për mua.

- Ai pyeti për ty Dije, - tha, duke më parë me një mënyrë të veçantë, që s'u ngjasonte atyre të herëve të tjera. Unë, si ato që druajnë se mos u zbulohet tinëzia, e ula kokën, por edhe pyeta:

- Ç'pyeti?

Në çast u pendova për pyetjen që bëra. E ndjeva se isha skuqur në fytyrë dhe zemra më rrahu me hov.

- Pyeti se cila je dhe e kujt je, - gjegji ajo. M'u veshën sytë nga një re e kuqe. Isha turbulluar.

- Pastaj? - fola padashur dhe e hutuar.

- Kurrgjë më tepër, - tha Irena dhe pasi më ledhatoi në sup, shtoi: - Mos u shqetëso, Dije, se ai është djalë i mirë. Është biri i një familjeje fisnike, që meriton të nderohet prej kombit tonë si familja që pjell heronj për t'u bërë fli për ideale të larta. Është trashëgimtari i denjë i një ati, që e ka kaluar jetën e vet ndër përpjekje e lufta të lavdërueshme për...

- Hov Irenë! Ç'më interesojnë mua këto? - i thashë me padurim.

Me të vërtetë nuk më interesonte të dija se ai qenka biri i një familjeje fisnike apo trashanike, i një të varfëri. Po plasja nga padurimi. Doja të marr vesh se cili është, ç'është dhe çfarë lidhjesh ka me Irenën. Shkurt më interesonte personi i tij e jo familja nga e cila zbriste. Mirë, por ajo vazhdonte të më flasë për shkallën dhe pozitën e familjes së tij. Me fjalë të tjera, ajo fliste mbi origjinën e trëndafilit, mbi rrënjët, degët e gjethet. Por për trëndafilin vetë nuk më thosh kurrgjë.

- Pse po mërzitesh Dije? - ma bëri kur ia preva fjalën. - Unë doja të të kallëzoja se ai, meqë zbret nga një familje e ndershme, është i... mirë.

- Ahu Irenë! Për mua gjithë njerëzit, derisa të mos e kem provuar ligësinë e tyre, janë të mirë. Sa për rodin...

- Mirë, pra. E lëmë, – tha, duke ma prerë fjalën.

Nuk guxova ta pyes më. Oh, se ç'ma punoi! Doja të fliste, por jo për prindërit e tij. Dëshiroja të më rrëfejë se cili është dhe... deri ku interesohet për mua. Por ajo fliste kot më kot. Më në fund heshti dhe më la në terr. Kujtoi se u zemërova, sepse po më bënte fjalë për të, për një djalë të huaj. Natyrisht nuk mund t'ia merrte mendja se ç'kisha pësuar qysh atë çast që sytë e tij ndeshën në të mitë. Mbeta me gojë hapur dhe e harlisur. Për një çast u humba fare sa, për pak, desh u shemba për mundimin që po më bënte aso dore. Megjithatë e mblodha veten. E ndërroi bisedën Irena dhe s'po prekte andej më. Nuk e kisha mendjen tek ajo. Mendja ime, ndërsa fliste ajo, përpiqej të bënte zbulime dhe zemra uronte që ajo të kthehej rishtazi në kallëzimin e gjendjes së atij djali me vesh të shpuar. Mirë, por ajo nuk pushonte së foluri për sende, që për mua nuk vlenin asnjë dysh. Hov, se ç'ma plasi shpirtin! Por mirë ma bëri, se edhe unë nuk durova pak derisa ajo të shpjegohej ose të lodhej duke folur për prindërit e tij. Po të mos isha ngutur të mësoja me atë vërejtje, tani, pa dyshim, ajo do ta vazhdonte rrëfimin dhe më në fund do të vinte tek ai. E unë tani do të isha çliruar nga ky ankth që më rëndon mbi zemër. Po, do ta kisha marrë vesh se cili është e çfarë është. Për të parën herë i mora mëri Irenës dhe m'u duk sharlatane, mërzitëse, e pamëshirshme dhe... mizore. Si të isha ulur mbi gjemba, shkëpurdhesha në vend dhe uroja të kthehet në bisedën e mëparshme. Më anë tjetër mundohesha të gjeja një hile, një farë pyetje të tërthortë që ta shtyja të fliste mbi çka dëshiroja, po ku i mbeten mend njeriut në raste të tilla? Në ato pak minuta, që më ngjanë si vite, trillova një mijë mendime për ta arritur qëllimin, por prapë s'guxoja nga droja se mos më kupton e mos më heton. Ta pyes kështu? Jooo! Ta pyes ashtu? Prapë jo, se nuk bën, thoja me vete dhe nuk mundesha ta cikja fare çështjen. Ndërkohë hyri brenda mëmë Gjystina. U ul pranë meje dhe, duke m'i lëmuar flokët e kokës, më pyeti për shëndetin. Tani e humba më keq. Natyrisht, sepse nuk mund të flitej faqe saj për një djalë që ishte i huaj për mua. Veç kësaj, ajo nisi të pyeste të bijën për ca punë shtëpie, që për mua ishin të pashijshme, mërzitëse dhe të kota. U mërzita. Mendova të iki e të kthehesha në shtëpi pa e zgjatur atë lëmsh që ma kishte bërë edhe më lëmsh mendjen e zemrën, por nuk më ikej se! Diçka më ndalonte. Po, kisha shpresë se mos marr vesh gjë. Bashkë me zemrën më rrihnin edhe tëmthat.

Përnjëmend isha shqetësuar dhe isha bërë nervoze. Prandaj i mora tëmthat në të dy shuplakat e duarve dhe, e mbështetur me bërryla në tryezë, po mundohesha të qetësohesha. Dalëngadalë kisha humbur ndër mendime. Dikur u çua në këmbë mëmë Gjystina dhe thirri e gëzuar:

- O mirë se erdhe mor bir!
- Mirë se të gjej mëmë! Dje s'të gjeta këtu. Prandaj erdha të të shoh.

Ky bashkëfjalim kumboi në veshët e mi si një pëshpëritje që vjen prej së largu, si zana që dëgjohen në gjumë. Dikush më preku në sup të majtë dhe ma thirri emrin në vesh. Ngrita kryet dhe, si e zgjuar nga jermia, pashë para meje fytyrën e tij që shkëlqente nga një buzëqeshje e ëmbël. Menjëherë u çova në këmbë si e kapur në faj dhe bëra të iki. Duke u rrotulluar, sytë e mi ndeshën në të tijat, mu në atë çast kur e kishte përqafuar mëmë Gjystina. Ika e hutuar dhe me shpirt në hundë. Vraga qe e madhe. Megjithëse kapërceu mesnata, ende s'po fle, se s'më merr gjumi. Nuk di se si u bëra kështu. U skatarita fare. Nuk më hiqet mendsh fytyra e tij e këndshme dhe njëkohësisht pak si e egër. E shoh, si në vegim, të më shfaqet me shtat të plotë e mesatar, me kraharor të gjerë, me kokë vezake, të stolisur me flokë të zinj e të spërdredhur pak. Syri i tij, përherë i qeshur, robëron çdo femër që e shikon. Goja e tij ngjan sikur kullon mjaltë. Veshin e majtë, s'di se pse, e ka të shpuar. Tip i çuditshëm dhe i përsosur. Një tip që ka bashkuar në vete bukurinë dhe egërsinë, ëmbëlsinë dhe ashpërsinë, butësinë dhe vrazhdësinë. I mbylla sytë që të mos e shoh, por nuk mbyllen sytë e mendjes e të zemrës që ai preku me një fuqi tërheqëse. Duket se përnjëmend e... dashuroj.

8 prill
Pata vendosur të mos shkoja sot te Irena, por

a mund të qëndroja se? S'më zinte vendi në vend dhe u bëra si e tranume... Prandaj s'e zgjata. Shkova. Po, shkova, se sot ishte edhe dita e parë e Pashkëve dhe duhej t'ua uroj të kremten. Me këtë mënyrë u justifikova edhe para vetes. Mbasi e urova xha Simonin, mëmë Gjystinën dhe djemtë me radhë, shkova në dhomën e Irenës që ta uroja edhe atë. Kur hyra brenda, pashë se ajo po bëhej gati të luante me violinë një pjesë të një muzikanti të përmendur.

- Hajde Dije, se sot do të gostis me muzikë, - tha, duke më kapur përdore dhe duke më ulur mbi një karrige afër vetes. Ia urova Pashkët dhe u ula, pa dashur, mu në atë vend, ku një ditë më parë kishte qëndruar ai... djaloshi veshshpuar. E mbështeti thuprën Irena mbi tela, duke më parë me buzë në gaz, dhe e luajti dorën menjëherë, si me nervozizëm. Në çast cingëroi violina. Mbasandaj nisi të jehonte, ngadalë, ëmbël e butë, si të donte të më merrte me të mirë, si të më premtonte diçka të mirë, të bukur, të lumtur e... hyjnore. Irena i kishte mbyllë sytë e zinj, më të zinj se rrushi, dhe, me fytyrë të qeshur, qëndronte në këmbë si statuja e Venusit, e tretur, ndoshta, ndër ëndërrime e vegime të një lumturie të pritur. Edhe unë isha dehur. Qëndroja me gojë hapur dhe s'merrja frymë. Kisha tretë fare, e rrëmbyer nga një hare e pashpjegueshme. Zemra më ishte çuar peshë nga ngacmimet e tingullit dhe më dukej sikur fluturoja nëpër hapësirat e kaltra të qiellit, më ngjante sikur s'rroja më në këtë botë, por në një tjetër, ku endeshin miliona fatbardhë me kurora rrezesh mbi kokë dhe me lule ngjyrash ndër duar.

— Mirë e ka Tolstoi kur thotë se duhet të dënohen muzikantët, që e nxisin dhe e cysin shpirtin e virgjër të njeriut, - thashë me vete, kur pashë se isha rrëmbyer nga duar të padukshme dhe isha përplasur ndër oqeanet e paskajshme qiellore.

— A di ti, Dije, se Shpendi interesohet shumë për ty? - tha befas Irena, duke e hequr thuprën nga violina.

— Si the?

— Për Zotin s'të rrej. Ai dje pyeti shumë për ty. Por ti mos m'u hidhëro.

— Cili?

— Shpendi. Ai djali që të ndeshi këtu dje e pardje, - tha, duke më parë ëmbël ndër sy. Shtanga dhe u hutova. Më ngjau sikur më gugulluan veshët.

— Ç'pyeti? - bëra si e rraskapitur.

— Pyeti se cila je, e kujt je, a je fejuar, a ke ndonjë të dashur. Me një fjalë pyeti gjithçka mund të pyetet për një vajzë që është në moshën tënde.

— Ç'e keni ju këtë djalë? - pyeta me shpirtin pezull, sepse nga përgjigja varej fati i zemrës sime.

— Atë e kemi kumbarë. Im atë ia ka qethë flokët, - gjegji.

— Ashtu?!... Xha Simoni qenka nuni i tij?! - pëshpërita me zë të pakët e të dridhshëm.

— Po.

— Si the e quajnë?

— Shpend.

— Çfarë emri ky?

— I bukur, apo jo?

Nuk iu përgjigja, se më rrahu zemra me hov

e s'kisha fuqi. Isha tronditur. Një farë ligështie e dobësie e papërballueshme ma pushtoi shtatin. "Shpend", thashë si në murmuritje dhe e rraskapitur mbështeta kryet mbi tryezë.

- Ç'ke, Dije? - pyeti Irena e shqetësuar, duke më parë të lodhur.

- Kurrgjë, - i thashë mekshëm dhe me buzë të dridhur.

Ajo u tremb se mos u vilanisa. Më kapi dhe më vu në shtratin e vet. Pastaj u zhduk për të marrë ujë. Unë me të vërtetë isha ligështuar aq fort sa s'kisha fuqi as të lëvizja e të flisja. I mbylla sytë që të qetësohem pak. Mbas pak më ngjiti Irena një gotë ujë te buzët. Kur i hapa sytë pashë pranë shtratit xha Simonin, mëmë Gjystinën, Markun, Gjonin, Kolën, Irenën dhe, atje poshtë, Shpendin. I xixëlluan sytë Shpendit kur pa se i hapa të mitë. Më ngjau sikur më shikoi me dhimbje e me... dashuri. Oh, sa kënaqësi më ndjeu zemra kur pashë se nga sytë e tij zbrazej, në mos gabohem, një dhimbje shpirtërore e trazuar me një farë gëzimi të pakufishëm! Oh, se çfarë force, çfarë magneti kanë ata sy që të bëjnë të vdesësh vetëm për një të parë të tyre! Ku e dinë djemtë se sa shumë na bëjnë të vuajmë ne të gjorave kur na hedhin shikime të thekshme. Shyqyr që s'e dinë. Ata kujtojnë se vetëm sytë tona djegin e përcëllojnë. Nuk mund ta dinë ata se sa fort lodhemi ne të ngratat për t'i zbuluar pjerrjet e zemrave të tyre nga vështrimet që na hedhin. Nuk mund ta dinë se neve na duket sikur pasqyrohet në sytë e tyre jeta jonë e ardhshme plot premtime lumturuese ose leqe mjeruese, e gjithë qenia jonë dhe krejt bota e mendimeve, e shpresave dhe e ëndërrimeve tona. Vallë ç'u kish thënë Irena atyre rreth dobësisë sime? A thua e ndjen ai se vetë është shkaktari i kësaj tronditjeje që pësova? A thua se përnjëmend i vjen keq apo më ngjau mua, mendova atë çast kur pashë se po më vërente. Ai kishte ardhur aty në drekë, i ftuar prej familjes.

- Ç'pate moj bijë? Mos të zemëroi Irena? – pyeti xha Simoni, me një zë që kumbonte i dridhshëm.
- Jo, s'më tha gjë ajo, por u ligështova, - thashë, duke e parë Irenën që qëndronte atje tej, e zbehtë dhe e pikëlluar, duke kujtuar se ishte fajtore. U mata të çohem, por s'më la mëmë Gjystina.
- Hiqu mor plak, se s'ka gjë vajza, - ia priti mëmë Gjystina, duke e larguar xha Simonin dhe duke ma fërkuar ballin me dashuri amtare. Pastaj shtoi: - Na e kanë marrë më sysh çikën. Rri e qetësohu pak moj bijë.

Të gjithë, veç Shpendit, qeshën. Mbas pak u çova dhe erdha në shtëpi. Duke u larguar, me një farë mënyre, e ktheva kryet mbrapa dhe e pashë edhe një herë atë që më kishte robëruar përjetë. Edhe ai më ndiqte me sy të turbulluar. Oh, sikur të shihja që ata sy të derdhnin lot për mua. Tani e di se ai s'qenka kushërini i Irenës. Ky dyshim, që ma brente zemrën si një krimb, tani u zhduk, por një varg tjetër e zëvendësoi menjëherë: po.

S'është fisi i tyre, por mund të jetë i krishterë dhe kësisoj bashkimi jonë do të jetë i ndaluar prej fesë. Po në qoftë i fejuar ose i martuar? Po në qoftë se ka ndonjë dashnore? Një grumbull pyetjesh të tilla i bëra vetes me shqetësim dhe s'munda t'u jap asnjë përgjigje.

9 prill
Sot në mëngjes erdh Irena të më shihte. Më gjet duke u veshur në dhomën time.

- Mirëmëngjesi Dije, - më tha duke hyrë brenda.
- Mirëmëngjesi Irenë.
- Hej, si je sot?
- Më mirë.
- Dish Zotin, më thuaj Dije, ç'pate dje? Mos të fyeva me ndonjë fjalë? - pyeti e shqetësuar dhe e trishtuar.
- Jo, Irenë, jo. Dje, qysh më parë se të vija te ju, qeshë pak e dobët nga shëndeti.
- S'e besoj. Do të më mashtrosh.
- Besomë se u ligështova.
- Domosdo u ligështove, por përse?
- Sepse... - bëra duke u menduar se si ta gaboj.
- Sepse u zemërove me mua.
- Jo, për perëndi, jo.
- Po ç'pate?
- Të thashë de! Lere këtë, por më thuaj se ç'ngjau pasi më vure mbi shtrat.
- Asgjë.
- Fare, fare?
- Fare Dije. Ç'mund të ngjiste? Unë, kur të pashë se u dobësove, shkova mora ujë të të flladisja.
- Pastaj?
- Pastaj të gjithë erdhën e u kujdesën për ty.
- A e humba mendjen?
- Jo. Vetëm se u meke fare.

- Po më?

- Im atë më shau duke kujtuar se të kisha hidhëruar. "Ajo është e ajthtë, ndjen fort dhe ti do ta kesh ngucë me ndonjë fjalë të papeshuar mirë, mori e marrë", më tha i egërsuar.

- E pashë se atij i erdhi shumë keq.

- Po, por më fort se të gjithë, për çudi, u pezmatua Shpendi.

- Kush? Shpendi the? - ia bëra me një zë të mpakët, që provonte kjartazi se sa fort isha ndrydhur e shtypur nën forcën e dashurisë, por ajo s'e vuri re.

- Po Shpendi, - gjegji dhe vazhdoi - U zbeh e u bë dyllë i ngrati. I dridhej buza dhe krejt shtati. Unë u tremba se mos mpaket.

Mua përsëri më iku fytyra. E ndjeva se po tronditem. Prandaj u ula, plogshëm, mbi një karrige që u ndodh aty afër dhe pyeta:

- Nga është ai?

- Është kosovar. Ka vetëm një nënë. Tatën dhe dy vëllezërit e tij më të mëdhenj ia kanë vrarë xhandarët. Oh, sikur ta dije se çfarë trimash kanë qenë ata...

E pashë se ajo do të zgjatej në kallëzime mbi trimërinë, burrërinë, besnikërinë apo fisnikërinë e atyre që kishin rënë dëshmorë. Prandaj ia preva fjalën duke e pyetur:

- Mirë, por unë kurrë s'e kam parë atë djalë ke ju.

- Ai parvjet ka ikur bashkë me të ëmën. Ne atëherë shkuam t'i shohim. E mban mend kur shkuam në Shkodër?

- Po, e mbaj.

- Edhe vjet pati ardh Shpendi këtu. Por nuk qëndroi veçse një ditë. Prandaj ti nuk e ke parë.

- Vetëm të ëmën e paska marrë me vete?

- Po ti, më duket, më pate thënë se është i martuar apo i fejuar? - pyeta me një farë mjeshtërie.

- Ai?! Ç'thua moj Dije? Ai ende është foshnje. Tani në vjeshtë i mbush njëzetë e tre vjetët.

- Gabim e paskam marrë vesh, - thashë me qëllim që ta humb gjurmën. Tani isha çliruar nga ato veriga që më lidhnin më parë.

- Jo xhanëm. Ai as është fejuar, as është martuar, - përsëriti Irena me një zë që diktonte siguri të plotë.

U përpoqa të trilloj një farë pyetje që të merrja vesh se a ka ndonjë dashnore, por nuk munda.

- Edhe ai më ka pyetur shumë për ty, Dije, dhe më ka kërkuar aq shpjegime sa u çudita, - tha Irena mbas një heshtjeje të vogël.

- Përse pyeste?

- S'e di, por më duket se...

- Çfarë?

- Mos m'u hidhëro se po të them, por më duket se të... do.

- Më do the? - ia bëra si e luajtur mendsh dhe u hodha në prehër të saj.

- Ç'ke Dije? - thirri ajo e tmerruar.

- Kurrgjë, - thashë me zë të mbytur, gati të përvajshëm.

- Ç'ke moj? Fol!

- Asgjë, - gjegja, duke e fshehur kryet në kraharorin e saj.

Doja t'ia hapë zemrën, por më vinte turp. Megjithëse është një lehtësi e pamohueshme t'ia çelësh zemrën një shoqeje dhe megjithëse ajo nuk e ka fshehur prej meje as dashurinë e Zefit, as edhe kurrgjë, s'mundesha t'i flisja për çka kisha në zemër. Ajo e ngrata u hutua fare. Më përkëdheli dhe u përpoq të më qetësojë. Duke kujtuar se më kishte prekur në sedër e më kishte fyer, u pendua që më foli asodore. Unë s'i thashë gjë. Tani më ngjan sikur më është lehtësuar shpirti, më duket sikur u shkri pjesërisht ai akull që më ishte rrasë në zemër, sepse shpresoj se më dashuron dhe ai s'qenka as i fejuar, as edhe i martuar. Po në qoftë i krishterë? Edhe sikur të rroposet bota nuk mund të bashkohem me të, sepse nuk lejon feja, nuk lë im atë. Ky mendim tani më është ngulur gozhdë në tru. Oh, sa e marrë që jam! Ç'më duhet ta di a asht i krishterë apo mysliman, kur nuk di më dashuron apo jo? Irena, e mbështetur në pyetjet që i ka bërë për mua, kujton se më dashuron, por kush mundet të besojë?

Ndoshta është ndonjë djalë i lig dhe pyet me paramendime e me qëllime të errëta. Mos janë të rralla rastet që djemtë pyesin për gocat që shohin? Natyrisht nga këto farë pyetjesh, që drejtohen me qëllime djallëzore ose për të kënaqur kërshërinë, si për ndonjë teshë që të zë syri në vitrinë të ndonjë magazine, nuk mund të nxirret ai kuptim që neve na pëlqen, nuk mund të kujtohet se ai e dashuron vajzën, për të cilën kërkon shpjegime. Po sikur të më dashurojë? Në më dashuroftë, ku ka mbi mua?! Do të jem e lumtur. Përndryshe sharrova. Oh, se ç'qenka dashuria. Qenka si një mulli që rrotullohet gjithnjë dhe me forca të përtëritura.

10 prill

Prapë sot mbasdreke shkova te Irena me shpresë se mos e shoh Shpendin, por ai s'erdhi. U mërzita tepër dhe po plasja. Kush e di se ku ka shkuar. Ndoshta këtu ka ndonjë dashnore që luan mendsh për të dhe tani është... ndoshta po ia dhuron asaj thesaret e zemrës e të rinisë së vet. Ndoshta tani, i dehur nga forca e alkoolit të dashurisë, e ka humbur vetë dhe e ka harruar krejt botën e jo më t'i bjerë ndërmend për mua.

Oh, sa shpejt gabohemi e gënjehemi ne femrat. Një shikim i thekshëm mjafton të na dërmojë dhe një nënqeshje e ëmbël mjafton të na robërojë. Vetëm se s'guxojmë t'i shfaqim ndjesitë e adhurimit, kemi turp të shpallim se e dashurojmë atë që na e plagos zemrën me një vështrim të shkurtër, me një nënqeshje të këndshme. Zemrat tona janë më delikate se qelqet. Një gur i vogël, i hedhur nga dora e një të pamëshirshmi, i thyen dhe i bën thërrime për t'u shkelur pastaj nga këmba e tij. Zemrat tona magnetizohen me dy fjalë, shiten me dy pika lot. Sa e sa prej nesh janë bërë viktimat e naivitetit dhe të sinqeritetit të tyre, duke u besuar lajkave e premtimeve të gënjeshtërta. Vera, stina e pushimeve shkollore, është koha në të cilën nis të zhvillohet akti i parë i asaj aventure, që, të shumtën e herëve, mbaron tragjikisht për femrat e gjora, të tradhtuara prej të rinjve e sidomos prej disa studentëve që kthehen nga Evropa, sepse këta përdorin një mijë djallëzi për ta thyer qëndresën e asaj që lakmojnë ta mposhtin. Shpesh më kanë rënë në vesh ngjarje të tilla, që e cenojnë kryelartësinë shqiptare.

Dëshiron të dashurojë vajza shqiptare, por brenda caqeve të pastërtisë morale; lakmon të lumturohet e gjora, por brenda kufijve që përfshijnë ligjet e çerdhes familjare; do ta shijojë jetën e ngrata, por duke mos e humbur vlerën e nderit dhe duke mos e cenuar sedrën seksuale.

"Uh, ti qenke e marrë! Qenke nga ato që ende e këndojnë këngën e Mukes! S'qenke e qytetëruar si gocat e Evropës", u thonë djelmoshat, kur shohin se ajo qyqarja mbahet të mos përkulet para lajkave ngacmuese, përpiqet të mos ndrydhet para premtimeve mashtruese, mundohet të mos e shkallmojë magjen e virtyteve, të nderit e të sedrës. E kur i bëhet kjo vërejtje e ashpër, ajo e kujton veten më poshtë se shoqja evropiane dhe, duke dashur të tregojë se është lartësuar në shkallën e saj, dobësohet e bie në lak. Pastaj djali i kthen shpinën duke u zgërdhirë dhe duke e përqeshur. Është e ditur se nuk janë të tillë gjithë të rinjtë, por në mes të tyre ka mjaft asish që e humbin ndërgjegjen kur ndeshin në femra shqiptare. Ndoshta edhe Shpendi është ndonjë bandill që kërkon të mbledhë mjaltë nga çdo lule që shef syri i tij depërtues. Ndoshta edhe ai është ndonjë kusar zemrash e gjuetar nderi. Ndoshta edhe ai ka lënë mbas shpine ndonjë duzinë gocash, që tani qajnë e ulërijnë me dëshpërim prej kobit që kanë pësuar. Ndoshta edhe ai është ndonjë mizor i fshehur nën atë shtat të bukur dhe nuk i nduket ndërgjegjja nga rënkimet e atyre që ka vrarë me... shigjetat e syrit të vet.

Ndoshta, por jo. Ai s'mund të jetë zemërgur, s'mund të ketë shpirt bishe e fytyrë engjëlli. Sytë e tij të vrenjtur, kur unë u këputa në shtëpi të Irenës, pasqyronin dhimbjen që ndjente zemra e tij, tregonin se ka shpirt të mirë e njerëzi, provonin se është i denjë të quhet njeri. Prandaj ai nuk mund të futet në grumbullin e atyre që kanë zemra vagabonde, të atyre që dashurojnë vetëm për të ngopur lakmitë e tyre prej kafshe ose që dashurojnë për... sport. Ai, sigurisht, është nga ata që kërkojnë të kenë një shoqe ideale në këtë jetë, nga ata që përpiqen të ndërtojnë një pallat lumturie në këtë botë, nga ata që e çmojnë kuptimin e lartë të jetës bashkëshortore. Më duket se kanë të drejtë ata që thonë se luan mendsh femra kur dashuron përnjëmend. Edhe unë më ngjan se e pësova.

Më duket sikur kam një vatër me prush në zemër që më shkrumbon. Ç'bëj kështu? Për cilin po shkruaj në këtë mënyrë? Natyrisht për një djalë që ia njoh vetëm dukjen, por që nuk kam as më të voglën dijeni mbi karakterin, mbi moralin dhe mbi mendjen e tij. Për një femër, mos është bukuria e mashkullit i vetmi burim i lumturisë së dëshiruar? Pa dyshim jo. E atëherë, përse po trenohem, duke u kënaqur me ato bukuri që argëtojnë vetëm syrin dhe që zhduken brenda pak kohe? Ato që kanë mend dhe që duan një lumturi të paperëndueshme kërkojnë bukuri shpirti, pajtim karakteresh e qëllimesh. Po unë ç'kërkoj? Unë shkallova fare.

Nuk po përmendem dot.

12 prill

Pashkët shkuan e mbaruan, por ai s'u duk më. Duket se ngeci ndokund. Familja e xha Simonit është mërzitur e shqetësuar shumë për të, sepse nuk dinë a ka shkuar në Shkodër apo mos ka pësuar gjë. Qenka edhe i pasjellshëm. As nuk erdh të përshëndetet me këta kur u largua. Ndoshta është zhytur në ndonjë pellg të ndyrë këtu e s'mund të dalë. Oh, sa keq! Sa keq i vjen njeriut kur sheh se në një trup të bukur ka një shpirt të keq! Megjithëkëtë e ndiej se e dashuroj. E mjera unë. Sharrova! Dashuria e vërtetë qenka si një lulishte e rrethuar me mure të pakapërcyeshme, që ka vetëm një portë dhe që ajo hapet vetëm për të hyrë e nuk çilet kurrë për të dalë. Era e këndshme e luleve të tërheq të të futë brenda. Hyn lehtas, por ngec brenda përjetë. Ja, pata vendosur të mos flas më për të, por nuk e mbajta fjalën. Duket se përnjëmend e dashuroj. A ka zemër ky djalë? Në qoftë se ka, vallë ç'ka fshehur ajo brenda? Kush mundet ta dijë. Ndoshta zemra e tij nuk ndjen kurrgjë, sepse është dhënë mbas epsheve. Ndoshta është mpirë fare, sepse vuajtjet e përpjekjet e ashpra që ka pasur do t'ia kenë shkëmbëzuar. Ndoshta.

Sot, duke kuvenduar me Irenën e me mëmë Gjystinën, ra fjala tek ai. Mëmë Gjystina, e prekur thellë nga zhdukja e Shpendit, foli një copë herë mbi gjasat e një të lige. Pastaj kapërceu te familja e tij dhe rrëfeu se sa herë kishte luftuar i ati i tij, Dan Rrëfeja, kundër turqve e xhandarëve dhe sa herë ishte plagosur. Kallëzoi se si ai nuk i duronte mizoritë e tyre dhe sa fort e urrenin ata. Më në fund shpjegoi se si e kishin rrethuar në shtëpi në një natë vere, si kishte luftuar bashkë me tre djemtë e vet e me të shoqen, si e kishin çarë gardhin e ishin arratisur, si ishin ndeshur pastaj shpeshherë me patrullat, si e kishin spastruar vendin nga disa cuba, që i binin më qafë gjindjes, si ishin rrethuar më në fund në një katund afër kufirit, si ishte vrarë Dani dhe pastaj dy djemtë e mëdhenj, Bardhi e Sokoli, si kishte shpëtuar Shpendi bashkë me të ëmën dhe si e kishin kaluar kufirin. Ajo fliste me zë të përvajshëm dhe me sy të përlotur për këtë familje të mjeruar. Unë u hutova fare. Kur mbaroi, zura të mendohem të gjej se si kishte shpëtuar Shpendi bashkë me të ëmën nga drapri i mortjes. Doja të pyesja, por nuk guxoja. Ajo, si ta kish hetuar pyetjen që më vinte në majë të gjuhës, shtoi:

- Shpendi, moj bijë, ishte në gjimnaz të Shkupit. Qeveria e kishte marrë e çuar në Shkup me bursë kinse për ta mësuar, por, në të vërtetë, e kishte marrë si peng për t'ia rrudhur guximin të atit. Në verë, me rastin e pushimeve, djali ishte kthyer në shtëpi dhe u ndodh aty kur u zhvillua kobi. Kur u rrethuan, si herën e parë, ashtu edhe të dytën, afër kufirit, edhe ai ishte brenda. Mbas vrasjes së Danit, tre djemtë, Bardhi, Sokoli dhe Shpendi, bashkë me të ëmën i vunë zjarrin shtëpisë dhe, duke përfituar nga tymi dhe nga errësira e natës, i mësynë xhandarët. Në rrëmujë e sipër vranë mjaft nga armiqtë, por edhe Bardhi e Sokoli mbetën. Shpendin e mori një plumb në vesh të majtë dhe të ëmën në kofshë. Dy ditë ngelën të ngujuar në një pyll dhe të tretën mundën të kalojnë kufirin. Tani e mora vesh se pse e paska të shpuar veshin e majtë.

- Nëna e di mirë ngjarjen, se asokohe u ndodh në Kosovë, ku patë shkuar të shihte të motrën, – vërejti Irena.

- Po, - ia bëni ajo, duke rënkuar. - Kur e kapërceva kufirin, ata i gjeta në Kukës. Pastaj bashkë erdhëm deri në Shkodër, ku zunë vend.

- Më duket se patën mjaft të holla me vete, - tha Irena, mbasi më pa sikur donte të më tërhiqte vëmendjen.

- Po, – gjegji ajo, - se Dani, dritë i pastë shpirti, e kishte paraparë kobin që po i afrohej. Prandaj ishte mbledhur. Kur u vra, Hija ia hoq qemerin dhe e ngjeshi vetë.

- Kush ia mori qemerin? - pyeta.

- Hija, e ëma e Shpendit, - gjegji mëmë Gjystina.

E hapa gojën të pyes mbi rrënjën e këtij emri, për mua i padëgjuar dhe i çuditshëm, por ma preu fjalën Irena. Pastaj, e turbulluar nga ngjarja e rrëfyer prej mëmë Gjystinës, harrova fare ta pyesja.

- Tani, Shpendi vazhdon në gjimnaz të Shkodrës për t'i mbaruar ato dy klasa që i mbetën pa i kryer në Shkup, - plotësoi Irena.

- Të themi të drejtën, edhe qeveria u kujdes për ta, - foli mëmë Gjystina.

- Është e ditur, - tha Irena, - se ata e nderuan kombin tonë. Tani Kosova u këndon këngë atyre kreshnikëve dhe është krijuar një legjendë popullore rreth ngjarjes.

Një heshtje e ftohtë e mërzitëse pllakosi më tej. Të tria po mendoheshim, natyrisht mbi gjendjen e zhvilluar. Imagjinata kishte ndikuar. Ngjarjet po më kinematizoheshin të pikturuara e të qarta. Zhurmë e potere, britmë e rënkime, sharje e shfryrje, mburrje e lavdërime përzihen në mes të krisjeve të thata të armëve që zbrazen. Krismat e pushkëve dhe bubullimat e bombave dendësohen. Flakë e tym e mbulojnë çerdhen e viganëve dhe duken do hije që vërsulen nga brenda jashtë. Edhe një herë ashpërsohet beteja dhe pastaj shuhet për mos u përsëritur për një kohë në atë rreth. Pastaj shfaqet para syve të mendjes dendësia e një pylli, ku shihen të strukur një nënë spartane me të birin pranë. Një hero e një heroinë ia lidhin plagët njëri-tjetrit, pa bërë zë e pa rënkuar, sepse shpirtlartët e mëdhenj i durojnë hidhërimet dhe dhimbjet me heshtje. Tablo e shëmtuar, por njëkohësisht madhështore për një komb që kërkon liri, për një zemër që ndjen dhimbje. A s'është mëkat që ky djalë hero të jetë shpirtlig e me vese, që e njollosin emrin e atyre që ranë dëshmorë? Fatkeqësi!

14 prill

Sot jam e gëzuar, sepse mora do lajme të kënaqshme. Shpendi paska dërguar letër nga Shkodra. I kishte shkruar xha Simonit se, sipas një telegrami të marrë prej së ëmës, qenka shtrënguar të niset për Shkodër, sepse motra e tij bashkë me të shoqin paskan dalë në Kukës për të ardhur në Shkodër. Kërkonte ndjesë që s'kish mundur të përshëndeste, sepse kish gjetur një automobil gati për nisje dhe kështu s'kishte pas kohë. Motra i paska ardhur mbas dy ditësh. Veçmas i kishte shkruar edhe Irenës. E pyeste për shëndetin tim dhe i thoshte të më përshëndeste nga ana e tij. Irena, duke druar se mos i zemërohem, nuk më tha gjë. Ma dha letrën ta këndoj. Kur i pashë përshëndetjet që më bënte, m'u nxeh e m'u bë prush shtati dhe zemra më rrahu me hov prej gëzimit. Por nuk bëzajta fare. Tani jam penduar plotësisht për çka kam dyshuar për të. Fytyra e tij tani nisi të shfaqet më e qartë dhe më e ndritshme në imagjinatën time. Në sytë e tij tani dallohen shenjat e përvuajtjes, por edhe të krenarisë, të pastërtisë; duken shenjat e gjallërisë, të fisnikërisë e të trimërisë, por edhe të egërsisë së ëmbëlsuar. Vlera e tij morale u dyfishua dhe po më duket si një hero mitologjik, që ka bërë krushqi me perënditë e jo si një njeri i rëndomtë.

- Sa mirë ka bërë që ka ardhur, - tha Irena.

U këput për gjysmë filli i mendimeve të mia.

- Kush? - pyeta.

- Motra e Shpendit. Sa e mirë është se...!

- Cila? - pyeti mëmë Gjystina, duke hyrë brenda.

- Fija e xha Danit, - gjegji Irena.

- Po, - tha mëmë Gjystina. - Fija është yll si në bukuri, ashtu edhe në sjellje. Besa të rralla i ka shoqet.

- Si e quajnë? - pyeta e çuditur.

- Fije, - përgjegji Irena.

- Çfarë emrash paskan këta?! Çudi! Njërës i thonë Hije e tjetrës Fije! Paskan emra...

- Thuajse shqip, - ia priti Irena me buzë në gaz.

- T'ëmën e Shpendit e quajnë Fet'hije, por për shkurtim i thonë Hije. E të motrën e quajnë Sofije, por për ledhatim i thërrasin Fije, ashtu si të thonë ty Dije, kurse emrin e ke Shadije.
- Po këta paskan emra myslimanësh, - thashë e habitur.
- Po myslimanë janë moj bijë, - gjegji mëmë Gjystina.
- A!? S'qenkan të krishterë?! - thashë e mahnitur dhe e harlisur.
- Jo, jo, - tha Irena, duke më parë me vërejtje. Fytyra më ishte zbehur dhe zemra më rrihte me hov. Po. Më shungulloi zemra e trazuar nga ky lajm, që m'i hapte dyert e lumturisë. Për pak desh u përplasa për tokë e vilanisur, por turpi i madh që kisha prej mëmë Gjystinës më bëri të mbahem. Po të mos më vinte turp, të paktën do t'i përqafoja këto që më shpëtuan nga ky kujdes dhe do të derdhja lot gëzimi. Tani më ishte ndriçuar krejt errësira që e rrethonte personin e Shpendit. Më ishte lehtësuar shpirti dhe s'druaja më se mundet të na e pengonte feja lumturinë.

20 prill

Lulet m'i ka ënda fort. Tani kanë nisur të hedhin shtat. Shirat e sivjetshëm, që ranë në gjysmën e fundit të marsit, e penguan zhvillimin e tyre. Vetëm tani kanë filluar të mëkëmben e të forcohen. Sot mbas dreke isha ulur në mes të tyre dhe po lexoja një libër që më huajti Irena. Qershia, ku kisha mbështetur kryet, ka çelur lule dhe ka nisur të lidhë kokrra. Në një degë të saj kish zënë vend një bilbil dhe po këndonte mallëngjyeshëm.

Ndoshta ai s'këndonte, por qante. Kush e di. Ndoshta ai i vargëzonte vjersha trëndafilit dhe e vajtonte

mbarimin tragjik të vetes, që do të jetë lënduar nga ndonjë gjemb i tij. Po ta dija gjuhën e tij, do ta kuptoja mirë poetin e zogjve dhe sigurisht do të merrja vesh se edhe zemra e tij, ndoshta më shumë se e imja, lëngon nga dashuria që e ka pushtuar. Mblodha një tubë lule për t'i vënë në dhomën time. Oh, sa do të dëshiroja të mbledh edhe për Shpendin një tufë. A thua se do të vijë një ditë që ai të kërkojë të ma kënaqë zemrën, duke më dhuruar tufa lulesh të mbledhura nga kopshti i shpirtit dhe zemrës së tij? Kush e di. Atë ditë do të isha femra më e lumtur e botës dhe kurrkujt nuk do t'i kisha zili. Mund ta ndërroja krejt jetën time me një ditë të vetme lumturie që mund të më falë ai, ai që ka në dorë çelësat e parizit tim. Mora një lule dhe nisa t'ia këpus fletët, ashtu si bënte dikur Irena, për të provuar se a më dashuron apo jo, duke thënë: po, pak, aspak, shpirtërisht. Duke i shqiptuar këto fjalë, që për mua kishin një fuqi mistike, vazhdova t'i këpus fletët e lules dhe arrita në petalin e fundit me fjalën: shpirtërisht. Megjithëse e di që besëtytnia është krijesa e imagjinatave të sëmura, kësaj radhe më pëlqeu ta besoj profecinë që bëri fleta e lules dhe më kërceu zemra prej gëzimit. Oh, se ç'qenka dashuria! Ajo të bëka foshnje, të marrë e të mjerë, por njëkohësisht edhe të lumtur. Po, se edhe dashnori i mjeruar nga fati i lig sigurisht do të jetë i lumtur dhe i kënaqur me të vetmet nënqeshje që ka marrë dikur nga ajo, që e ka futur nën zgjedhën e saj të florinjtë. Edhe unë ndoshta do t'i kujtoj me mall të zjarrtë dhe dëshirë përsëritjeje ato të pakta nënqeshje që më ka dhuruar, ndoshta padashur, Shpendi im.

Ndoshta do të jem një e mjerë e lumtur, duke u përshkuar përmes mendimeve përvëluese, por njëherësh edhe përkëdhelëse dhe shijuese. Ndoshta.

24 prill

Irena u fejua sot me Zefin, me atë që dashuronte prej kohesh. Ajo është dhe duhet të jetë e lumtur, mbasi shkeli në pragun e asaj jete që pat lakmuar e ëndërruar për vete. Shumë të rinj i hedhin letrat, i djegin fotografitë dhe i hanë me bukë premtimet që u japin dashnoreve, por Zefi doli besnik dhe nuk tradhtoi. Kjo besnikëri provon se përnjëmend e dashuron Irenën dhe se lumturia e tyre është e garantuar prej zemrave që rrahin për njëra-tjetrën. Të paktë e të rrallë janë ata djem që me të vërtetë derdhin lot për dashnoret e tyre. Të shumtët kërkojnë dashuri nate, një dashuri të përkohshme. Ka gjithashtu shumë meshkuj që i ndërrojnë dashnoret me atë lehtësi që i këmbejnë rrobat e shtatit dhe pastaj s'çajnë kryet për to. Ka plot të rinj që tinëzisht përpiqen të spekulojnë me sinqeritetin e femrave, për t'i shkallmuar burimet e tyre të nderit; ka asi që premtojnë shumë e me bujari të madhe, por s'japin kurrgjë; ka edhe të tillë që, me shkathtësinë e një akrobati, vërsulen mbi femrat për t'i gjuajtur zemrat e tyre me shigjetën e dashurisë, që pastaj të munden t'i mposhtin me lehtësi. Dhe, më fort se kushdo tjetër, këta njerëz, që kanë zemra elastike, guxojnë të akuzojnë femrën, duke thënë se është dreq. Dreq apo engjëll është femra? Kjo krijesë që krijon duke u bërë nënë, ajo që rrit dhe edukon fëmijë me një durim shembullor, ajo që lidh plagë shtati e zemre, ajo që është burim i pashterur ngushëllimi, dashurie e dhembshurie qenka dreq? Do të ishte mirë sikur të ishte dreq kundrejt këtyre tipave, por nuk është se... se natyra e ka krijuar për engjëll. Zefi s'bën pjesë në këtë kategori të bastarduar. Ai është i denjë për Irenën e mirë e të bukur. Unë marr pjesë në gëzimin e tyre, ashtu si merr motra për vëllanë e motrën. Irenën nuk e penguan prindërit e vet në zgjedhjen e shokut të jetës. Ata e kryen detyrën e tyre duke u kufizuar vetëm në qortime e këshilla, por kurrë nuk e urdhëruan e nuk e shtrënguan që të martohej me ndonjë tjetër, ashtu si bëjnë shumë prindër në vendin tonë. Xha Simoni e mëmë Gjystina mendojnë krejt ndryshe dhe nuk u ngjasojnë prindërve tanë. Ata besojnë se e drejta e zgjedhjes së shokut të jetës i përket atij ose asaj që do të martohet, sepse vetëm ai ose ajo do ta shijojë hidhësinë ose ëmbëlsinë e këtij vendimi. Me fjalë tjera, ata nuk duan të marrin përgjegjësi morale para atyre që do të martohen. Sa mirë se! Ata që martohen, simbas mendësisë së xha Simonit e mëmë Gjystinës, lypset të jenë në gjendje ta çmojnë rëndësinë e veprës dhe t'i kuptojnë këshillat drejtuese e ndriçuese të prindërve të vet. Përndryshe paçin veten më qafë.

Fatin e Irenës do ia uroja edhe vetes, por kush e di se ç'ka rezervuar fati për mua. Ndoshta edhe Shpendi është shoku i atyre djemve që përmenda më sipër. Ndoshta ai është edhe më i lig se ata e nuk do të dijë për atë zemër që lëngon prej shigjetave që i nguli me sytë e tij. Por jo. Ai është i mirë, i urtë, i pastër, i ndershëm dhe i... papërlyer nga veset e liga.

29 prill

Jam e dobët nga shëndeti. Një afsh i nxehtë ma ka kapluar krejt shtatin dhe më duket sikur po digjem brenda një furre. Edhe kolla po më cyt mjaft dhe ndjej dhimbje në kraharor. Dje, disa herë pështyva gjak. S'di nëse të gjitha këto janë shenjat e ndonjë sëmundjeje apo të shkaktuara nga i ftohti që mund të kem marrë. Më pëlqen të rri shtrirë e në qetësi. I thashë babës që të më sillte një mjek, por ai i shtrembëroi turinjtë dhe doli duke tundur kokën e murmuritur:

- Sa shpejt bëhet goca për doktor se?! Një çikë t'i dhembë koka ose barku, menjëherë kërkon doktor! Kam frikë se do të kërkojë doktor edhe kur ta zërë lemza!

Ç'ti thosha? Ai nuk i jep rëndësi shëndetit dhe kujton se njeriu është i sëmurë vetëm atëherë kur rrëzohet e bije në shtrat për të... vdekur. Oh, sikur ta kisha pranë Shpendin që të më fërkonte ballin, që më digjet si një saç i nxehtë. Sigurisht do të shërohesha menjëherë kur të prekte dora e tij mbi ballin tim dhe nuk do të ndjeja as dhimbje kraharori, as edhe dobësi trupi. Por ku është? Sa lakmi e kotë.

1 maj

Pranvera e sivjetshme, çuditërisht, ka kaluar me shira dhe ka qenë mjaft e flladshme. Shiu që patë filluar disa ditë më parë dhe vazhdoi me ndërprerje të shpeshta, dje mbas dreke pushoi fare. Dje mbrëmë kemi pas një qiell të kthjellët e të mbushur me yje xixëlluese. Asnjë re nuk dukej në hapësirë. Ishte një natë e këndshme, që do të gdhinte në ditën e parë të majit dehës e ngacmues të zemrave të reja. Ishte një natë që të mbushte plot mall e dëshirime të pakufishme, që ta ëmbëlsonte jetën dhe ta dhjetëfishonte forcën e dashurisë. Ah, sa lakmova ta kisha pranë Shpendin për ta shijuar bashkë bukurinë e natyrës.

3 maj

Po të vihen re, fëmijët kanë ndryshime në mes të njëri-tjetrit dhe njëri i ngjason të atit, tjetri së ëmës. Ngjasimet fizike i shpjegon shkenca dhe teoria e saj mund të pranohet vetëm për sa ka të bëjë me dukjen e me shtatin e fëmijës. Sa për shpirtin, sipas mendimit tim, ndryshon puna. Në të mendoj se ndikon një fuqi tjetër e padukshme, e cila i bën të mirë ose të liq, simbas këtij ndikimi, që për ne është misterioz. Të pakën kështu më duket mua.

Pleqtë e plakat më thonë se unë, si në dukje, ashtu edhe në shpirt, kryekëput i ngjaj nënës. Tim eti i përhij vetëm te gishtat e këmbëve. Rizai i ka ngjarë së ëmës, si në të parë, ashtu edhe në shpirt, kurse Ferideja, Meti e Razija më fort pjerrin nga im atë sesa nga njerka. Qysh tani duken tek ta shenjat e prindërve. Po. Rizai është mjaft grindavec dhe nuk i lë të qetë motrat e vëllanë. Por edhe Feridja duket se do të bëhet kapriçioze, se çdo gjë që e pëlqen, do ta përvetësojë patjetër, qoftë edhe në dëm të të tjerëve. Meti ndryshon fare prej tyre. Ky është lulja e fëmijëve. Fëmijëve tanë u mungon edukata, sepse njerka s'e ka çarë kryet t'i rritë sipas parimeve që japin fryte të dobishme. Një grua, që nuk ka pas vetë një edukatë të shëndoshë familjare dhe as më të voglin mësim, është e natyrshme që edhe fëmijët e vet t'i rritë e t'i edukojë simbas mendësisë së vet të ngushtë e të mykur. Ç'mund të mësojnë fëmijët nga një nënë e paditur? Natyrisht, kurrgjë të mirë dhe shumë të këqija e marrëzira. Fëmijët e një nëne injorante rriten të dobët nga shëndeti, nga mendja dhe nga shpirti, sepse ajo i tremb me gogola, i ushqen me besëtytni dhe i mbush me marrëzira. Për shembull, kur bie rrufeja, u thotë njerka fëmijëve se engjëjt e gjuajnë dreqin me pushkën e zotit dhe kur bie shi thotë se engjëjt luajnë livere në qiell! Për këtë shkak, fëmija e një nëne injorante nuk mund të ketë as ndonjë ndihmë paraprake prej saj dhe rritet e trembur, e shtypur dhe e trullosur. Unë, herë mbas here, përpiqem të ndreq gabimet e fëmijëve, por qortimet e mia nuk bëjnë efektin e dëshiruar, pasi nuk gëzoj ndonjë autoritet kundrejt tyre, sepse veshët e tyre me mijëra herë kanë dëgjuar të shahem e të përbuzem prej nënës së tyre. Veç kësaj, qortimet apo këshillat e mia, simbas njerkës, janë porosi të mbrapshta dhe të dëmshme për fëmijën. Prandaj ajo i porosit që të mos ma vënë veshin. Për shembull, kur mundohem të shpjegoj se ç'është shiu ose rrufeja, ajo i tharton turinjtë dhe më kundërshton, duke më fyer si e pafe. Edhe kur i porosis vajzat që të krihen, nxehet dhe thotë se nuk janë... nuse.

Kështu ngjan edhe kur u kërcënohem që të mos gënjejnë, që të mos i kruajnë hundët, që të mos i hanë thonjtë me dhëmbë, që të mos vishen trashë, që të mos flasin me gojë plot gjellë, që të jenë të pastër dhe që të mos flasin fjalë të ndyta. Është një dhunti e madhe të bëhesh nënë, por një nënë e mirë, që ka cilësitë dhe zotësinë të përgatisë qytetarë të mirë. Parajsa është nën këmbët e nënës, ka thënë Muhameti, përmend dajë Haxhiu. Por unë kujtoj se në këtë shprehje profetike është fjala për nënën e mirë e jo për ato që përgatisin cubat e shoqërisë njerëzore. Nënat e mira i bëjnë të lumtura familjet dhe këto shoqërinë. Që të jetë e mirë një nënë, po e përsëris, ka nevojë për edukatë e mësim. Po të kishte pas një edukatë shkollore ime njerkë, padyshim do të ishte krejt ndryshe, se shkolla do t'ia hiqte veset dhe fëmijët do t'i rriste në mënyrë të pëlqyeshme. Por, mjerisht, asaj i mungojnë të gjitha ato që duhen për të qenë një nënë e mirë. Edhe unë, po të mos isha edukuar në shkollë prej mësuesve të mira e të urta dhe po të mbetesha në duart e saj, sigurisht do ta ndiqja shembullin e saj. Sikur ta kisha pas pushtetin e një diktatori, kurrë nuk do të lejoja të martohen femrat ose meshkujt që nuk kanë një edukatë të shëndoshë, sepse pjella e tyre do ta çrregullonte e do ta pengonte mbarëvajtjen e shoqërisë. Sot ndër ne, as femra s'mund të bëhet nënë e mirë, as edhe mashkulli atë i mirë, se më të shumët janë injorantë, pa edukatë dhe si të tillë vazhdojnë ta ndjekin me besnikëri mendësinë prapanike të prindërve. Me këtë mënyrë, është e ditur, ndyhet shoqëria me jargët e tyre. E unë, sikur të kisha qenë djalë, do të bërtitja e do ta ngrija zërin deri në kupë të qiellit, që të mundesha të siguroja mësimin dhe edukimin e femrës më shumë se të mashkullit, sepse femra është edukatorja e parë e njeriut.

8 maj

Ime njerkë, duke biseduar sot me një zonjë që kishte ardhur në vizitë, po i thoshte se ajo nuk ishte më shumë se tridhjetë e pesë vjeç. U çudita kur dëgjova se njerka po i hiqte disa fasha moshës së vet! Unë mbaj mend shumë mirë se ajo, kur u martua me tim atë, kishte nja tridhjetë e dy-tridhjetë e tre vjeç mbi shpinë dhe quhej gjysmë gruaje prej grave të fisit tonë. E qysh atëherë, në mos gabohem, kanë kaluar nja trembëdhjetë vjet. Njerka ia kishte kthyer shpinën derës. Kur hyra brenda për t'i dhënë kafe zonjës, dëgjova t'i thotë:
- Kur erdha këtu, Dijen e gjeta njikaq të gjatë, - tha dhe bëni shenjë me dorë që të diftonte se sa e madhe dhe e gjatë kam qenë kur u martua me tim atë. U çua pak nga karrigia dhe e ngriti dorën sa mundi lart, për ta matur shtatin tim të asaj kohe. Unë, edhe sot që jam një vajzë 17-vjeçare, nuk jam e gjatë në atë masë që tregoi ajo. I kafshova buzët që të mos qesh.

Përse gënjen? Përse i fsheh vjetët e moshës së vet? Mos pandeh se përtërihet duke mos e thënë të vërtetën?

Mos kujton se, me këtë mënyrë, ndalet rrota e jetës e nuk rrotullohet? Sa të lehta janë ato femra që

mundohen t'i gabojnë të tjerët duke fshehur vjetët e tyre, sepse edhe dëgjuesin e vënë në pozitën e të marrit, pasi ai e kupton përafërsisht moshën e tyre nga dukja. Mirë, por ato kujtojnë se kurrkush nuk e ka kuptuar rrenën dhe as që mundet ta njohë moshën e vërtetë të tyre. Kjo grua, që arrin të gënjejë kësodore një njeri të pa interesuar për moshën e saj, kush e di se si e rren tim atë. Ndoshta atij i thotë se nuk është as tridhjetë vjeç dhe ndoshta ai e beson. Po t'i japim njëfarë përfillje fjalës që thonë se pleqëria është vdekja e femrës, do t'i jepja një farë të drejte njerkës që t'i ulte vjetët e moshës së vet, por jo edhe aq shumë de, se, po të bëhet njëfarë llogarie, do të shohim se ajo bën një zbritje gati njëzetë e pesë për qind. Sigurisht, kurrkuji nuk i pëlqen të mplaket dhe t'i avitet çastit kobar të vdekjes, por jo duke gënjyer veten dhe mashtruar të tjerët kaq trashanikshe de! Nuk besoj të përulem aq shumë sa të arrij t'i gënjej të tjerët mbi moshën time edhe sikur ta di se do t'i humb thesaret e lumturisë sime, sepse më e rëndë më duket rrena sesa mosha e madhe që do të më rëndojë mbi kurriz.

14 maj
Shpendi i kishte dërguar letër sot Irenës dhe

një fotografi familjes. Prapë pyeste për mua dhe më falej me shëndet. Fotografinë ma dëftoi Irena. E mora dhe, mbasi i hodha një vështrim kinse mospërfillës, e fuga mbi tryezë. Me këtë mënyrë doja të tregoja sikur nuk çaj kryet për të, por, sikur të më vinte mendjen, Irena do ta dallonte ndryshimin e madh që pësoi fytyra ime në çastin që ndeshën sytë e mi në fytyrën e tij. Veç kësaj, ajo s'vuri re se unë po e kundroja tinëzisht fotografinë, që e kisha hedhur mbi tryezë posaçërisht në një pozë që të mundesha ta shihja më së miri.

Indiferentë janë njerëzit kundrejt të tjerëve ose sendeve që nuk u interesojnë, por janë të pashqitur dhe të pasionuar kundrejt atyre që pëlqejnë e i dëshirojnë. Ku ta dinte Irena se sa vlerë kishte për mua ajo fotografi, që e hodha me një farë përçmimi. Jo vetëm që nuk i kam dhënë rast për ta kuptuar tinëzinë e zemrës sime, por edhe lumturia e vet, e endur nga dora e Zefit, nuk e lejon të shohë se ç'ngjet rreth e rrotull. Sytë e Shpendit, edhe në fotografi, sikur nxjerrin rreze drite të ëmbla, por edhe gaca zjarri që djegin e përcëllojnë. Ah, ata sy! Ata derdhën në zemrën time helm e nektar dhe më bënë të qaj e të qesh, të rënkoj e të gëzoj. Po të ishte e mundur që ta përvetësoja këtë fotografi, isha gati të bëj fli disa vite nga jeta ime.

Shënimet në datat 17, 21, 24, dhe 30 maj janë fshirë në mënyrë që të mos këndohen. Vetëm në shënimin e fundit dallohen këto pak fjalë, që s'janë fshirë mirë dhe që janë shpërndarë në rreshta të ndryshëm:

"...mbasi i mbusha katërmbëdhjetë vjetët... ...e ndiva veten dhe herë mbas here shihja... ...shihja në ëndërr, shkrihesha prej kënaqësisë, një turbullim shpirtëror dhe një shkrehje të gjymtyrëve. Edhe tani e shoh zemrën... dhe më duket sikur...".

3 qershor

Dje mbasdreke më kishin zënë ethet. Qeshë shtrirë mbi një shilte në një dhomë poshtë, se përtoja të ngjitesha lart të bija në shtratin tim. Kur po përpiqesha nga dhimbjet e trupit dhe të kokës, erdh hallë Hatixheja. Ndenji një copë herë te kryet tim, duke më fërkuar ballin. Kur u largua, nga halli se mos ftohem, e këshilloi njerkën të më mbulonte me diçka. Unë pata të nxehtë dhe s'doja të mbulohem, por nuk bëzana se s'kisha fuqi as edhe të flisja, sepse isha rraskapitur fare. Njerka, që ta çonte në vend porosinë e hallës, më kishte mbuluar asokohe kur më kish kapluar gjumi.

Kur u zgjova dhe hapa sytë, pashë se isha mbuluar me një jorgan të vjetër, që ishte copa-copa e me njolla, që i vinte era uthull e djersë. E hoqa me neveri dhe e hodha tej atë jorgan, që sigurisht do të ishte pasuria e trashëguar prej stërgjyshes plakë e të dergjur në shtrat vite me radhë. Nuk di se qysh nuk e ka diktuar im atë e t'ua shiste tregtarëve të vjetërsirave si jorganin e Adamit.

- A s'gjete një jorgan tjetër, që më kishe mbuluar me atë fëlliqësirë? - i thashë kur u ngrita.

- Pse a s'të pëlqeu a? Ku ta gjeja më të mirin? - ma bëri me buzë të varura.

Jorganë kemi plot, por më të ndyrë e më të

vjetër se këtë nuk kemi asnjë. Edhe unë çuditem se si ka shpëtuar pa u hedhur në plehra kjo vjetërsirë e fëlliqur, që sigurisht përmban miliona mikrobe. Sa shpirt të lig ka kjo grua dhe sa fort më urren. Edhe në gjërat më të vogla kërkon të më hidhërojë, edhe në rastet më të parëndësishme përpiqet të më zemërojë. Duke menduar se unë jam rritur në këtë shtëpi, ku ajo zotëron, çuditem se si nuk kam plasur përpara se të arrij në këtë moshë. Mjerë ata bonjakë që bien në duar të njerkave të tilla. Unë, po të kisha qenë djalë dhe po të hetoja se brenda katër mureve të shumë shtëpive mundohen vazhdimisht bonjakë të njomë, sikundër unë, do ta çoja peshë botën dhe do ta detyroja prokurorin e shtetit që t'i padiste prindërit dhe njerkat e atyre fatzinjve në emër të së drejtës botërore. Po, do të kërkoja dënime shembullore, si për njerkat e liga, ashtu dhe për prindërit syleshë, që nuk kujdesen për mirërritjen e bonjakëve të shkretë, se me këtë mënyrë do t'i shërbeja njerëzimit.

8 qershor

Dajë Haxhiu kishte ardhur te ne sot në mëngjes për vizitë. Ai është daja i nënës. E quajnë Hasan, por unë e thërres dajë Haxhiu, sepse ka qenë në Mekë. Ai është edhe hoxhë dhe shumë i fortë në punët e fesë, por im atë e quan "rafëzi", ndoshta sepse ai i shfaq lirisht gjykimet e veta dhe ndoshta sepse këta nuk pajtohen me konceptin që ka formuar im atë mbi fenë. Për shembull, dajë Haxhiu thotë se vera është e ndaluar të pihet, për shkak se e dëmton shëndetin e moralin e njeriut, por lejohet të përdoret nëse e porosit mjeku për ta përmirësuar shëndetin e një të sëmuri të dobësuar. Im atë e kundërshton rreptësisht dhe thotë se nuk fut në gojë asnjë pikë edhe sikur të jetë duke vdekur, sepse ai që pi verë dyzet ditë dalka prej Imanit!

"Njeriu, sipas fesë, është i detyruar ta ruajë shëndetin e vet, sepse trupi është një ndërtesë hyjnore. Për këtë shkak dhe për arsye se njeriu lypset ta kryejë misionin e vet në këtë jetë, vetëvrasja është e dënueshme rreptësisht prej fesë, si një nga mëkatet më të mëdha. E ata që nuk kujdesen ta ruajnë shëndetin e tyre, me mjete e mënyra që nuk i sjellin ndonjë dëm tjetrit, dita-ditës vazhdojnë ta vrasin veten dhe, në këtë mënyrë, e kundërshtojnë dëshirën hyjnore", thotë ai, por ku merr vesh im atë se?!

Në bisedim e sipër, s'di se qysh, e preku dajë Haxhiu çështjen e mbulesës dhe nevojën e mësimit të femrës. Im atë e pa shtrembër dhe e kundërshtoi me një fjalë të trashë. Atëherë, ai ia priti dhe i tha:

- Profeti porosit që ta kërkojmë dijen qysh nga djepi deri në tabut dhe thotë se titujt më të mëdhenj të nderit në këtë botë janë ata që siguron dija e jo forca ose pasuria.

- Mund të ketë urdhëruar Pejgamberi që ta kërkojmë dijen, por atë të zotit e jo të frëngut, – përgjegji im atë.

- Ai nuk e ka kufizuar dijen vetëm në atë të fesë. Bile, në radhë të parë, e ka vënë dijen e shëndetit dhe pastaj të tjerat, - shpjegoi dajë Haxhiu.

- Sidoqoftë, dija mund t'i hyjë në punë një

mashkulli, por jo femrës, - tha im atë, duke kujtuar se ia lidhi kryet fjalës.

- Jo, mor i uruar, jo, se dija nuk është monopol i meshkujve dhe, po të ishte një privilegj vetëm për burrat, ai do ta shpallte pa u druajtur as prej meje, as edhe prej femrave që mund t'i zemëroheshin. Përkundrazi, thotë se dija është e domosdoshme si për meshkujt, ashtu edhe për femrat myslimane. Veç kësaj duhet të dish, miku im, se historia myslimane është plot me emra femrash, që kanë pas zotëruar një kulturë të gjerë dhe që i kanë sjellë shërbime të çmuara njerëzimit, - tha dajë Haxhiu, por im atë pat thënë një herë jo e nuk mund të thoshte po.

- Ndoshta asokohe ka pas femra të ditura, por tani gruaja s'ka nevojë për dije, - tha im atë, pasi u mendua pak.

- Përse? - pyeti dajë Haxhiu.

- Sepse femra e kësaj kohe është dreqi vetë dhe, po të stërhollohet edhe me mësime, do sajojë djallëzi dhe do na qitë një mijë ngatërresa në ditë.

- Djallëzitë e ngatërresat mund t'i bëjë një femër që s'është zhvilluar nga mendja e nga shpirti me anë të mësimit, por jo ajo që gëzon dije, sepse një femër e shkolluar t'i çmon detyrat dhe i di të drejtat e veta, - ia bëri dajë Haxhiu.

- Ma merr mendja se po ta kishe pas ti në dorë, do t'i zbuloje femrat dhe të gjitha shtëpitë do të na i bëje shkolla, - tha im atë me qesëndi.

- Po ta kisha pas në dorë, do ta grisja çarçafin dhe nuk do të lija femër pa shkollë, se gruaja është themeli i shoqërisë njerëzore, sepse ajo është burimi i moralit, është nyja e shenjtë e qenies, sepse ajo e mbjell farën e dashurisë vëllazërore në mes të njerëzve. E kur ajo lihet mbas dore, vuan e gjithë shoqëria njerëzore.

- Punë e madhe! Do të vuajmë të gjithë, sepse s'dinë të këndojnë e të shkruajnë flokëgjatat! E si kemi jetuar deri sot? Dish zotin, lëri dreqkat, se ne s'dimë vetë, - ia bëri im atë me një farë mërzie.

- Mirë, por ti më një anë mbahesh si fetar i mirë dhe më anë tjetër nuk bën si urdhëron feja, - i tha daja.

- Pse?

- Sepse Pejgameri thotë se çdo gjë është një gjë, por padija s'është kurrgjë. Domethënë se e porosit mësimin. Veç kësaj, në një varg të Kuranit thuhet se kurrsesi nuk mund të ketë barazim mes të diturit dhe të paditurit.

- Pse?! - pyeti im atë i çuditur.

- Sepse njeri rron në dritë e tjetri në errësirë, njëri sheh gjithçka dhe tjetri është i verbër. Pejgameri, që ta theksonte rëndësinë dhe vlerën e dijes, thotë se më i pëlqyeshëm është gjumi i të diturit sesa lutja apo falja e të paditurit.

Im atë heshti e nuk foli më. Dajë Haxhiu është mjaft gjakftohtë dhe shumë i urtë. Nuk nxehet lehtë.

Vetëm kur sheh se po shtrembërohet e drejta ose cenohet e mira, bëhet i egër e nervoz. Kështu ngjau edhe sot kur im atë përpiqej t'i jepte mësim dhe t'ia tregonte rrugën që ai kujton se është e drejtë.

- Mëkati më i madh i juaji, - i tha me zemërim,

- është guximi që tregoni duke ua predikuar të tjerëve fenë sikundër e keni keqkuptuar ose si ju pëlqen. Ju e bastardoni fenë dhe e ulni në shkallën e një zakoni të lig, që nuk ka as ndonjë bazë logjike e morale. Prandaj ju këshilloj që të mos e përsëritni edhe një herë këtë faj. Po ta përsëris edhe një herë se e keqja dhe veprat që nuk i përshtaten logjikës, nuk janë pronat e fesë sonë. E ju, që nuk keni as më të voglin mësim, mos përhapni në popull helm e vrer, se do të jeni përgjegjës para njerëzisë e para perëndisë.

Im atë e pat mbyllur gojën dhe nuk kundërshtoi. Shumë herë e cyt dajë Haxhiun dhe, me padiurinë e vet, përpiqet ta mundë. Im atë, sikundër duket, kujton se zotëron një dije të gjerë mbi fenë, por s'di asgjë. Veç kësaj, bëhet më sheriatçi e më fetar i mirë se hoxha vetë. Sikur të isha në vend të dajë Haxhiut, do ta rrokja flamurin dhe do t'i shpallja luftë asaj turme të pandërgjegjshme dhe injorante, që kërkon ta mbajë femrën nën zgjedhën e padijes dhe ia mohon të drejtat e saj njerëzore.

14 qershor
Pesë ditë e pesë net ndenja te dajë Selimi. Edhe ky është njëri nga dajallarët e nënës. Ma ka ënda të shkoj e të rri tek ai, sepse më duket sikur aty e ndjej voksin e frymës së nënës dhe dashurinë e pastër që ata kanë për bijën e vetme të asaj që e patën si sytë e ballit. Veç kësaj, Xhevrija dhe Sanija, dy gocat e dajës, janë shumë të urta e të shoqërueshme. Me to kalohet jeta ëmbël dhe pa mërzi, sepse kanë një farë cilësie, dhunti prej natyre e ta heqin të keqen

me dy fjalë ose me një buzëqeshje.

- Të lumtur do të jenë ata që do të bëhen burrat tuaj, - u thashë pardje mbasdreke, në bisedim e sipër.

- Kujton ti, Dije, se do të jemi të zonjat t'i bëjmë fatbardhë burrat tanë? - pyeti Xhevrija, duke më parë ëmbël me sytë e zinj.

- Nuk kujtoj, por besoj, Xhevrije, - përgjigja. - Në është se do të keni fat të martoheni me asi që kanë meritën të quhen njeri, me asi që kanë tru e ndërgjegje, do të çmohen cilësitë tuaja të rralla dhe do t'i bëni të lumtur.

- Ku e dimë ne të gjorat se ç'fat na pret. Apo mos kemi të drejtë t'i zgjedhim vetë shokët e jetës? - ia priti Sanija, duke përkulur kokën më një anë dhe duke e palosur me gishtat e hollë kindjen e fustanit të vet.

- Ke të drejtë, - i thashë duke psherëtirë dhe heshta.

Heshta se s'kisha si t'i ngushëlloja, pasi edhe unë isha si ato, pa as më të voglin privilegj dhe pa ndonjë fuqi që të mundesha të fitoja të drejtat aq natyrale që duhet t'i gëzojmë. Më shkoi mendja, menjëherë, te Shpendi dhe m'u rrëqeth shtati kur kujtova vështirësitë që mund të ndesh për ta bërë shok jete. Ah, femra shqiptare myslimane. Ajo përgjithësisht është e varfër shpirtërisht, e pazhvilluar mendërisht dhe e dobët fizikisht, pse nuk i është dhënë mundësia që ta argëtojë shpirtin, ta ushqejë mendjen dhe t'i gëzojë dhuntitë e natyrës për t'u bërë e fortë dhe e dobishme për shoqërinë ku bën pjesë. Ajo s'ka kurrgjë që të jetë e kënaqur dhe krenare; vjen e shkon pa lënë gjurmë në këtë jetë. Edhe po të dojë, s'mundet dhe s'ka se si t'i kushtohet së mirës, së bukurës e të virtytshmes, pse përnjëmend është si një robinë pa kurrfarë të drejte.

- Xhevrijen e kërkoi dikush, por s'e dha tata, - tha Sanija mbas pak, duke e këputur kështu vargun e mendimeve të mia.

- Kush qe ai? - pyeta.

Xhevrija u skuq dhe e uli kryet.

- Një farë Sabri... Dega, - gjegji Sanija.

- A e njihje ti Xhevrije? - pyeta.

Ajo heshti e nuk bëri zë.

- Përse nuk flet Xhevrije? Mos të vjen turp edhe prej meje?

- Jo. Nuk e njihja, - tha ngadalë, pa ngritur kryet.

- Pse s'të dha dajë Selimi?

- Sepse ai qenka pijanik, - gjegji Sanija në vend të saj.

- A!? - bëra si e habitur për vendimin e përshtatshëm që paska dhënë dajë Selimi, duke mos ia dhënë vajzën një njeriu që helmon veten me alkool. Sa mirë paska bërë se?!

- Edhe kjo nuk e donte, - plotësoi Sanija.

- A dashuron ndonjë tjetër? - pyeta.

Ajo u skuq dhe më ngjau sikur u trondit. Nuk bëri zë.

- Po, - ia priti Sanija me atë thjeshtësi që e bën të shquhet ndër shoqe.

- Cilin?

- As ajo s'e di si e quajnë. E ka parë disa kohë

më parë, duke kaluar këndej rrugës.

- Nga është?

- Ku ta dimë ne, - tha Sanija, duke i mbledhur krahët.

- E shkreta vajzë, - thashë me vete dhe e qava, atë dhe veten, sepse edhe unë isha në gjendjen e saj. Po. Edhe unë dashuroj një djalë që e pashë rastësisht në shtëpinë e Irenës, por që nuk kam mundur të flas makar një fjalë me të. Edhe unë, si Xhevrija, nuk e di a më dashuron apo jo dhe se ç'fat e pret dashurinë time. Unë, më shumë se ajo, pata fatin ta mësoj emrin dhe të marr dije mbi familjen e tij, por kurrgjë më shumë dhe asgjë të kënaqshme për sigurimin e lumturisë së ardhshme. Oh, sa vajza si ne lëngojnë gjatë jetës dhe vdesin pa ia kallëzuar kujt sëmundjen e zemrës. Sot, kur po ikja, duke u përshëndetur te porta, më pëshpëriti Sanija në vesh:

- Dashnori i Xhevrijes është me vesh të shpuar.

- Me vesh të shpuar! - thashë me zë të këputur.

- Po. Është i bukur: ka dy sy të zinj që të merr më qafë kur të sheh; ka shtat të plotë e të mesëm; rri me kokë jashtë dhe flokët e zinj i lëshon mbrapa, - shpjegoi Sanija.

- Mos e quajnë...

S'e mbarova fjalën. U pendova.

- Nuk e di se si quhet.

- Ku rri me shtëpi?

- S'e di, jo. Për herën e parë e pamë nga dritarja aty nga mezi i prillit, por mbas katër a pesë ditësh u zhduk. Ndoshta është i huaj, - bëri ajo, duke më shikuar në sy.

Ai është, pëshpërita me vete dhe ika si e hutuar.

Tani dashuria sikur u zhduk dhe zilia, dhe vuajtja shpirtërore u dyfishuan.

17 qershor

Feja e moda, simbas mendësisë së disa trundryshkurve, qenkan shemra që s'pajtojnë kurrë. Unë, të them të drejtën, nuk po mundem të kuptoj arsyen e rrjedhjes së këtij kundërshtimi kaq të ashpër, që zhvillohet në mes të anëtarëve të të dyjave. Për shembull, disa kohë më parë u bë kiameti prej njerkës pse unë kisha prerë një fustan pak të shkurtër. Ajo u bë spec prej zemërimit dhe thoshte se fustani lypset të jetë i gjatë deri tek thembrat e këmbëve. E ai i imi ishte një pëllëmbë nën gju. Megjithëqë qysh atëherë kanë kaluar shumë kohë, ende s'ka pushuar grindja e fustanit. "Do të të veshin këmishë zjarri në xhehenem", thotë njerka dhe këtë kërcënim e përsërit shpesh e shpesh.

Këto ditë ka nisur një grindje tjetër: ajo e flokëve të shkurtër. Shumica e femrave, simbas modës së sotshme, i kanë prerë leshrat dhe i kanë lënë nja një pëllëmbë të gjata. Edhe unë, që t'i përshtatem modës dhe që të mos dukem ndër shoqe si dhi e egër, shfaqa dëshirën t'i pres, por njerka kundërshtoi duke thënë se është mëkat i madh. Dy ditë rresht nuk iu mbyll goja duke folur mbi këtë mëkat. Të tretën u tërbua fare kur pa se unë, kundër porosisë së saj, i kisha prerë. Po. I preva. Ia dhashë Irenës gërshërët dhe iu luta të m'i presë. Njerka tani vazhdon të çirret, duke thënë se u prish dynjaja. Për fat të mirë dhe për çudi, im atë nuk m'u vërsul me atë mllef që më mësyni njerka. Ai më shikoi me një farë përbuzje dhe më tha:

- Ç'paske bërë ashtu moj? Qenke bërë si dhia shute, eh të marrtë mortja!

- Në kohërat tona, - thotë njerka, duke fryrë ndër hundë, - edhe dielli ngrohte më shumë, edhe hëna shkëlqente më fort, sepse ne e kishim frikë zotin dhe nuk bënim kësi maskarallëqesh. Tani hyri dreqi në zemër të njeriut. Këto që bëni ju janë nishane të kiametit.

Të mjerat ne që ia mbërrimë kësaj dite. A thua se me të vërtetë do të bëhet kiameti se i preva unë flokët? A thua se përnjëmend do zemërohet perëndia, pse ne i shkurtuam flokët e gjatë? Nuk besoj dhe nuk kujtoj që zoti të ketë vënë një ligj të posaçëm për ta rregulluar çështjen e flokëve. Nuk e kuptoj se ç'lidhje kanë flokët e mi me lëmshin e dheut. Mos është lidhur lëmshi i dheut në fijet e flokëve të mi dhe, tani që i preva, do ta humbë drejtpeshimin dhe do të rroposet?! Në qoftë se do të bëhet kiameti se unë preva flokët, në qoftë se do të shkatërrohen rrathët e dheut për shkak të flokëve të shkurtra ose të gjata, le të bëhet çika-çika dhe pluhur fare, se edhe neve nuk na vlen më. Disa ditë më parë e pyeta dajë Haxhiun mbi këtë çështje. Ai më shikoi çuditshëm dhe më tha:

- Përse më pyet moj bijë?

- Pyes, se disa thonë se është gjynah t'i presim, - përgjigja.

- E pse qenka gjynah? Ç'ka të bëjë floku i gjatë ose i shkurtër me fenë? Në qoftë se është gjynah për ju, duhet të jetë edhe për ne burrat, se edhe ne i presim, - gjegji.

- Ashtu?! - bëra e habitur nga përgjigja e tij plot logjikë.

- Ashtu po! Bëj si të duash bijë. Vetëm kije ndërmend se zoti interesohet për shpirtin tënd, për veprën tënde të mirë ose të keqe në këtë botë, se sa për flokët e tu të gjatë ose të shkurtër nuk do t'ia dijë, - shpjegoi.

Mirë, por ime njerkë nuk është e një mendimi me dajë Haxhiun. Disa vjet më parë ishte zakon t'ia prisnin flokët vajzës së fejuar ditën që do të nusërohej.

Simbas këtij zakoni apo besimi, vetëm gocat paskan pas të drejtë me mbajtë flokë të gjatë e gërsheta, kurse femrat e martuara lypset të kenë flokë jo më të gjatë se te supet, sepse floku i gjatë, për gruan e martuar, u bëka gjarpër në xhehenem. Më vonë paska ndërruar ky zakon dhe të gjitha femrat, pa u përjashtuar edhe njerka ime, paskan nisur t'i mbajnë flokët të gjatë. Për këtë shkak paskan ndodhur shumë grindje në mes të fanatikëve dhe liberalëve, sa paskan lënë shumë kujtime të hidhura. Tani që moda kërkon t'i shkurtojmë, prapë ka nisur të fryjë ai murran i egër i kundërshtimeve dhe i grindjeve në mes të dy palëve. Qysh nga Eva e deri më sot, sigurisht, mijëra volume do të jenë shkruar mbi bukurinë e flokëve të gjatë të femrës dhe unë, po ta kisha pas në dorë, do ta kundërshtoja modën e prerjes së flokëve, por ja se nuk më pyet e nuk më dëgjon kush!

Dëshira për të shëmbëlluar femrën e qytetëruar ka nisë të ngacmojë edhe femrën shqiptare, por ky farë ndikimi ka mbetur vetëm për sa ka të bëjë me modën e jo më shumë. Duket se edhe burrave u pëlqen veshja e mërtisja e grave simbas modës, sepse po tregohen mjaft tolerues dhe herë e verbojnë njërin sy e herë e shurdhojnë njërin vesh. Me gjithë kundërshtimet e plakave e të pleqve fanatikë, moda i ka futur turinjtë edhe në banesat më të harruara të vendit, duke e shtënë nën zgjedhë shumicën dërmuese të femrave. Me këtë mënyrë, femra shqiptare ka nisur të bëjë një ndryshim të sipërfaqshëm, pa qenë e zonja të bëjë një ndryshim rrënjësor në gjendjen e vet, për t'u bërë shoqe e vërtetë me ato që rrojnë jashtë kufijve tanë. Mos kujtohet se i mungon vullneti ose dëshira për ta arritur atë të qytetëruarën, jo. Ajo do, por pengohet e luftohet. Atë çast që shfaqen shenjat e këtij vullneti, do të ndeshë në kundërshtimin e fortë të atyre fanatikëve që i ka verbuar llumi fetar, i prodhuar dhe i shpikur prej disa njerëzve të paditur e të pandërgjegjshëm, kurse feja, sikundër thotë edhe dajë Haxhiu, kurrë nuk e pengon zhvillimin dhe përparimin e femrës, bile, përkundrazi, e nxit dhe e urdhëron. S'di se kur do të zhduket ky fanatizëm nga vendi ynë dhe cili do të jetë ai fatbardhë që do ta shpëtojë këtë popull nga këto kthetra. Ah, sikur të isha djalë dhe ta merrja unë flamurin e kësaj vepre me të vërtetë madhështore e njerëzore.

20 qershor

Përsëri mori letër Irena nga Shpendi. Ai prapë pyeste për mua. Në mes të tjerave i shkruante edhe se, mbasi ta mbaronte shkollën, dëshironte të shpërngulej nga Shkodra të vijë këtu. Ky lajm më gëzoi tepër, sepse do të mundem ta shoh ngandonjëherë dhe ndoshta do të mundem t'i flas. Më pëlqen ta gjykoj si shenjë dashurie interesimin që tregon për mua, por nuk mundem të besoj kryekëput. Ah, sikur të më dashuronte me të vërtetë! Po të arrija të dashurohesha prej tij e të... martohesha me të, kurrgjë tjetër nuk do t'i kërkoja zotit. Por, ah! Ndoshta ai pyet për mua i shtyrë vetëm nga ndërgjegjja dhe për të nderuar rregullat e etiketës apo të kalorësisë, që tani vonë kanë nisur t'i përvetësojnë të rinjtë e sidomos studentët tanë. Dhe sigurisht kështu do të jetë. Oh, ku kam fat unë e shkreta të bëhem mbretëresha e adhurimeve të atij mbreti të plotpushtetshëm, që sundon mbi zemrën time. Kush e di?! Të them të drejtën, jam me zemër të ngrirë.

24 qershor

Ime njerkë është edhe ziliqare. Po, është edhe fort. Shumë herë e thumbon tim atë dhe kërkon të dijë se ku e kalon kohën, kur qëllon të vonohet të kthehet në shtëpi. Sonte, për shembull, im atë, i zënë me punë të shumta në dyqan, erdh pak vonë. Për këtë shkak, ajo po luante mendsh prej nakarit. Sa shkeli baba në prag të derës, ndeshi në njerkën që e priti me turi të varur dhe me një breshëri fjalë ankimi. Ai u habit dhe, pa e kuptuar shkakun e vërtetë të kësaj furie të papritur, shpjegoi se kishte qenë i ngatërruar me punë tregtie në dyqan. Mirë, por ku i mbushej mendja asaj se! Ai vonë e mori vesh qëllimin e këtyre fjalëve të bëra me një gjuhë aq të fortë. Atëherë nisi t'i flasë shtruar që ta bindë se ai nuk ishte nga ata burra që mund t'i vihej në dyshim nderi. Një copë herë i lodhi fëlqijt duke u arsyetuar dhe duke dhënë shpjegime, por njerka vazhdonte ta këndonte këngën e vet. Më në fund babës iu sos durimi dhe e msyni me një varg fjalë të ashpra sa ia mbylli gojën. E di se zilia apo nakari në dashuri është si kripa në gjellë. Gjithashtu e di se edhe dashnorët ngucen e bezdisen fort kur hanë tepër nga kjo kripë njelmuese deri në helmim. Të gjitha këto i kisha dëgjuar prej atyre që i kanë sprovuar dhe ma merrte mendja edhe mua se shumë herë mundet të ngjajnë keqkuptime e dyshime midis atyre që u kanë futur zemrave të veta nga një kuintal ndjesi flakëruese dashurore. Por nuk ma merrte mendja se krimbi i dyshimit e i nakarit mundet me e brejtë edhe zemrën e një gruaje të mplakur, që disa herë është bërë nënë. Pastaj prej kujt po dyshon se?! Prej një burrit që ka kaluar të pesëdhjetë vjetët e moshës së vet dhe që, deri në fanatizëm, arrin t'i respektojë porositë e fesë. Përmbi të gjitha, ai nuk është as edhe i bukur. Nuk them se është i shëmtuar, por s'është i bukur. Për shembull, ka sy të zinj, por qepallat i ka mjaft të rralla; ka kokë vezake e faqe të plota, por hundën e ka të shtrembër; ka shtat të plotë, por shalët i ka disi të shtrembra, si dy kiza me kurriz jashtë; ka kraharor të gjerë, por ka edhe do duar të mëdha e plot lesh. Disa thonë se leshi ndër duar të meshkujve është shenjë fisnikërie, por mua, për zotin, nuk më mbushet mendja se leshi mundet ta fisnikërojë njeriun. Përkundrazi, do thosha se leshi ndër duar është shenjë primitiviteti, moszhvillimi ose papërsosmërie në pikëpamjen fizike. Unë fisnikërinë e njeriut e kuptoj nga veprat e nga sjelljet e tij e jo nga leshi i duarve. Shkurt, ai nuk është nga ata që mund të admirohet prej një femre si i bukur dhe ta trembi njerkën se mos i rrëshqet nga dora.

Është provuar se jo vetëm njerëzit, por edhe kafshët kanë zili. Gjithashtu është vënë re se femrat janë aq ziliqare sa e humbin mendjen dhe arrijnë të bëjnë gjithçka kur i kafshon grenza e nakarit. Por zili, them, do t'i kishte hije, deri diku, një goce që dashuron ose ndonjë nuseje së re e jo një gruaje të mplakur. Veç kësaj është marrëzi të dyshosh për një njeri, si im atë, që kur kthehet në shtëpi është i lagur këmbë e krye me vaj, me tëlyen, uthull e me të tjera. Prandaj, kurrsesi nuk e gjej të arsyeshëm dyshimin e saj kundrejt tim eti dhe këtë farë zilie ia atribuoj mendjes së saj trashanike, që nuk arrin të gjykojë me kthjelltësi dhe të arsyetojë drejt. Me këtë mënyrë, njerka i ndjell vetes hidhërime e mërzitje pa qenë nevoja dhe pa pas ndonjë shkak të arsyeshëm.

Kësisoj vetë e cenon lumturinë e vet. Po. Ka shumë njerëz të lumtur në këtë botë, që nuk e dinë se janë të lumtur, sepse mendjes së tyre i mungon drita e nevojshme për ta parë jetën e vet ashtu siç rrjedh ritmikisht. Këta tipa, të shumtën e herëve, bëhen maniakë të mërzitshëm dhe vetë kërkojnë jetën dhe bëhen shokë të të mjerëve. Edhe njerka ime hyn në radhën e këtyre mendjelehtëve, ndoshta e shtyrë prej fatit për t'i larë mëkatet e mundimeve që më ka bërë mua. Ndoshta!

27 qershor

Irena është e lumtur. Po. Herë mbas here asaj i vjen i dashuri në shtëpi dhe, orë të tëra, rrinë duke bisedua. Ah, sa lakmoj të isha si ajo. I kam zili. Ajo u fejua me atë që dashuron edhe tani projekton se si ta ngrejë folenë e lumturisë. Ku ka më mirë? Kanë vendosur të martohen në vjeshtë dhe prindërit e tyre e kanë pëlqyer këtë vendim. Prandaj, qysh tash, kanë nisur përgatitjet për dasmë. S'ka dyshim se të lumtura janë ato që i kënaqin zemrat dhe të mjera janë ato që s'munden t'i argëtojnë dëshirat e tyre. Por më të lumtura janë ato që nuk gjejnë asnjë pengim prej prindërve të vet në realizimin e ëndërrimeve të tyre lumturuese. Edhe unë ëndërroj një lumturi, por druaj se do të ndesh në pengime të ndryshme e sidomos në kundërshtimin e pathyeshëm të babës, pse ai, për fat të keq, nuk është në gjendje të çmojë të drejtën e bijës së vet.

2 korrik

— Sihariq, Dije, se erdh Shpendi! — më tha sot Irena sa më pa. Zemra më rrahu me hov dhe shtatin ma kaploi një afsh i nxehtë.

— Përse më thua... sihariq? — i thashë me zë të dridhshëm.

— Kot. Diçka më shtyu. Më fal, në të hidhërova! —

ma bëri ajo e qeshur dhe duke më parë në sy.

I ula sytë, sepse nuk guxoja ta shoh më gjatë. Druaja se mos ma heton atë që fsheh brenda zemrës. Dje paska ardhur bashkë me të ëmën e të motrën. Paska zënë shtëpi këtu. Sot në mëngjes kishte ardhur te xha Simoni për vizitë. E paska mbaruar shkollën, duke dalë ndër të parët. Që tani filluan netët e ëndrrave. Nisën netët që do të kalohen pa gjumë dhe duke i dëgjuar rrahjet e zemrës së pushtuar prej tij. Mbas sot kam për t'i ndjerë më fort se kurdoherë dridhjet e zemrës së dehur prej dashurisë. Mbas këndej do t'i njoh mëngjeset e trëndafilta dhe do t'i shijoj agimet e ndritshme që ka me pjellë imagjinata e dashurisë vajzërore. Mbas sot do ta njoh më së miri botën e fshehtë të dashurisë. Oh, se ç'qenka dashuria! Ajo ta ëmbëlsoka jetën, por të robëron e s'të lë të rrëshqasësh nga prehri i saj. Ja, s'më merr gjumi. Mendoj se ai tash është këtu. Vetëm disa rrugë e disa shtëpi më ndajnë prej tij. Mbas sot, ai do jetojë këtu si bashkëqytetari im.

Mbas këndej edhe ai, si unë, do thithë këtë ajër që prekin butas buzët e mia të nxehta nga ethet e dashurisë. Ja, më duket sikur po thith atë ajër që ai ka nxjerrë nga goja e vet e pastër. Më ngjan sikur e ndjej frymën e tij të ngrohtë, që ma lëmon fytyrën. Ja sytë e tij plot shkëndija gjallërie e flakëruese. Ja fytyra e tij e qeshur. E si mund të fle me zemër të trazuar, që vlon përbrenda? Natyrisht s'mundem. Nuk di se në cilën lagje e në cilën shtëpi banon. Megjithëkëtë u krijua në fantazinë time një banesë që tani ka marrë hijen dhe dukjen e bukur të Qabës së dashurisë sime. Ja e shoh, si nëpër vegim, se ka rënë mbi shtrat e po fle ëmbël, duke marrë frymë lehtë si ndonjë foshnje e padjallëzuar dhe e njomë. Sytë e zinj janë të mbyllur. Qepallat e zeza bëjnë hije mbi fytyrën e tij të bukur dhe rrinë si ushta të zeza, që ruajnë thesaret e grumbulluara në ato dy kupa të ndritshme. Flokët e zinj, palë-palë, i kanë rënë mbi ballë. Krahët i ka nxjerrë jashtë mbulesës së bardhë, ndoshta për t'ia zhdukur asaj bukurinë e bardhësinë. Dorën e djathtë e ka varur, të majtën e ka vënë mbi zemër, si të donte t'i pushonte rrahjet e saj të forta. Buzët, herë mbas here, lëvizin nga pak. Duket sikur flet përgjumshëm, por s'mundet ta kuptojë çdo njeri. Vetëm veshi i zemrës së puthur prej tyre mundet t'i dëgjojë e t'i kuptojë. Është në ëndërr e kuvendon me dikë. Ndoshta me... mua. Ah sikur të isha unë, makar në ëndërr, ajo së cilës i flet aq ëmbël. Më dridhet dora dhe s'po mundem të shkruaj, sepse më është shkrirë zemra. Ajo shungullon përbrenda nga valët e forta që përplasen me njëra-tjetrën me forcë të madhe.

4 korrik

E pashë Shpendin. Kishte ardhur sot te xha Simoni. Ishte ulur buzë dritares së hapur në dhomën e Irenës. Unë nuk e pashë, sepse e kisha kërrusur kokën.

- Irenë! - thirra kur u avita te dera, pa vënë re se kush ishte brenda.

- Dije! - gjegji ajo. - Ç'do? - pyeti.

Pa iu përgjigjur, u futa në dhomë. Edhe kur hyra brenda, s'e pashë. U drejtova nga Irena, që ishte ulur kundrejt tij.

- Më jep një libër, Irenë, se jam mërzitur tepër, – i thashë dhe u afrova te biblioteka. Kapa një libër dhe e hapa.

- Çfarë libri do Dije? - pyeti ajo.

- Një... një që të ma heqë mërzinë e shpirtit, - thashë.

- Jepi një libër vjershash, një libër që të diktojë gaz e hare, një libër që ta këmbejë me një fuqi magjike mërzinë në gëzim, - tha dikush.

M'u duk si zëri i tij. Kur ktheva kryet, pashë se ai po më priste me buzë në gaz. Ai vetë ishte libri i gjallë i porositur prej tij, libri i dëshiruar aq fort prej zemrës sime dhe që ka fuqinë magjike të më lumturojë përjetë. Por kush mund t'i thoshte se?

- A! - bëra e harlisur dhe e mahnitur.

Një këngë e fortë e Irenës ushtoi brenda dhomës me tingujt e hollë të një kristali që thyhet. Bëra të iki, por s'munda. Më ndalën në vend sytë e tij plot shkëndija magnetike. Më mbajtën ata sy, që nuk mundem t'ua duroj shikimin depërtues.

- Përse ikni zonjushë? Ne jemi parë aq herë sa e ka humbur vlerën ai kuptim ose qëllim që ju bën të fshiheni prej meje, - tha.

Unë ende qëndroja në vend, në këmbë. Një hare e ëmbël ma kishte pushtuar shpirtin. Librin që kisha në dorë e kisha rras mbi zemër, sepse ajo më rrihte fort. Sytë e tij të qeshur, por edhe si lutës, ishin ngulur mbi mua, si dy projektorë të fuqishëm, që t'i verbojnë sytë. Fytyra e tij, dalëngadalë, më ngjau sikur nisi të qarkohej me do rrathë rrezesh shkëlqyese. Isha mahnitur.

- Rri Dije, se s'të sheh kush, - më tha Irena, duke më kapur për krahu. Atëherë m'u duk sikur u shkunda nga hutimi. E mblodha veten dhe ika me vrull. Kur u ktheva në shtëpi, u mbylla në dhomën time për ta qetësuar zemrën e trazuar dhe për t'i menduar fjalët që më tha. Një mijë kuptime u dhashë fjalëve të tij dhe një mijë shpjegime u dhashë vështrimeve të tij përpirëse.

7 korrik

Irena, me sa kuptoj, interesohet shumë që ta lidhë zemrën time me atë të Shpendit dhe të sigurojë mundësitë e lumturisë sonë. Sot mbas dreke më thirri dhe, pasi më futi në shtëpinë e vet, më njoftoi se kishte ardhur mëmë Hija, e ëma e Shpendit, dhe se donte të më njohë me të.

- Jo, - i thashë, - më vjen turp.
- Pse të vjen turp? Eja, se ajo është një grua aq e mirë, sa do ta duash sa ta shohësh, - më tha dhe, duke më tërhequr gati rrëshqanas, më futi brenda.

- Hajde Dije, - më tha mëmë Gjystina, sa më pa.

Unë u skuqa dhe mbeta në këmbë, në fund të dhomës, si të isha gozhduar aty. Më ishte nxehur krejt shtati. Përshëndeta vetëm me një të luajtur të kokës dhe pa mundur të nxjerr nga goja asnjë fjalë. Irena përsëri më kapi për dore dhe, duke më tërhequr drejt së ëmës së Shpendit, i tha:

- Nuk e njihni zonjushën Dije. Kjo është shoqja ime e dashur; është fqinja jonë, bija e zotni Sulë Kërthizës.
- Gëzohem që po të njoh, moj bijë. Për ty më

ka folur shumë mirë zonja, - donte të thoshte për mëmë Gjystinën, - dhe Irena, - tha, duke më parë butë e ëmbël.

U avita dhe ia kapa dorën t'ia puthë, por ajo më tërhoqi dhe më puthi në ballë. Pastaj më uli ngatë vetes dhe nisi të më pyesë për vete, për tim atë, për njerkën e për fëmijët. Më në fund më tha:

- Zoja dhe Irena, me sa kam kuptuar, të duan fort, por ti me të vërtetë qenke për t'u dashur, bija ime. Këto paskan të drejtë që të lavdërojnë. Edhe unë do të të dua si Fijen e si Shpendin. Dashtë zoti që të bahesh e lumtur në jetë.

Duke folur kësodore, m'i lëmonte flokët e kokës dalëngadalë.

Mëmë Hija, sikundër do ta thërres ose më pëlqen ta thërres, ishte një grua nja 45-vjeçare, me shtat të lartë, me kokë vezake, me flokë të thinjur, me ballë të gjerë, me vetulla të holla, me sy të zinj, me hundë të drejtë dhe me qafë të gjatë. Duke i kujtuar përpjekjet që kishte bërë ajo me xhandarët me armë në dorë e duke u munduar ta mas guximin e saj, m'u zhduk kërshëria për të. Mora kurajë dhe nisa ta shoh më fort për të gjetur në fytyrën e saj shenjat dalluese të zonjës shqiptare dhe për ta bindur veten se ndodhesha para një heroine.

Shkathtësia në lëvizjen e duarve, xixëllimi i herëpashershëm i syve të zinj, rrudhja e vetullave në raste ashpërimi të fjalimit dhe maturia në të shprehur të mendimit, me një fjalë zhdërvjelltësia e dallueshme në të gjithë gjymtyrët, më bënë të besoj se ajo, përnjëmend, kishte një vullnet të madh, kishte një veçanti dhe se ishte me të vërtetë një kreshnike, një trashëgimtare e Teutës krenare dhe se në dejet e saj vlonte gjaku i nënave Ilire.

Sytë e saj të butë e të ëmbël, herë-herë egërsoheshin, shkrepshin e vetëtinin. Atëherë të dukej sikur po i sheh skenat e tmerrshme, sikur lufton me ata që i vranë burrin me dy djemtë e vet dhe mijëra e mijëra kreshnikë të tjerë. Në këtë rast, nga xixëllimet dhe fikjet e papritura të syve të saj, zbulohej lehtas shqetësimi që ia mbushte zemrën. Shkurt, në sytë e saj pasqyrohej një mall i pambaruar dhe një trishtim i thellë. Kjo grua të bënte ta nderosh dhe ta duash. E kjo ishte e ëma e Shpendit, e atij që unë e dashuroj me gjithë shpirt.

10 korrik

Marr vesh se një farë Fazli Pllaja më paska kërkuar për grua, por im atë, për fat të mirë, nuk kishte dëgjuar të më jepte, sepse ai s'qenka i rodit të mirë. Në kohën tonë e në shoqërinë tonë, të gjithë ata që nuk kanë një pozitë të fituar me pasuri ose me fuqi, nuk janë nga rodi i mirë. Kultura e morali ende s'kanë mundur të ngjiten në kikël dhe të fitojnë çmimin e parë. Kjo ngjarje më bëri të mendohem shumë për fatin tim. Druaj se mos më martojë im atë me ndonjë njeri pa më pyetur fare. Ç'të bëj? Edhe unë nuk di. Kam mbetur në mëshirën e fatit; jam e trembur nga droja se mos më qëllon ndonjë shigjetë vrasëse dhe helmuese.

12 korrik

Prapë u takova me Shpendin. Më gjeti sot duke kënduar një libër te Irena. U çova të iki, por ai qëndroi te pragu i derës dhe tha:

- Ju, zonjushë, ishit njohur me time ëmë dhe ajo, menjëherë, ju kishte simpatizuar. Mbasi u njohët me të, përse nuk dëshironi të njiheni edhe me mua? Unë ju siguroj se s'jam i egër. Jam biri i asaj gruaje që ju njohët disa ditë më parë. E në mos ju pëlqeu ajo, keni të drejtë të më përbuzni edhe mua.

- Jo, - thirra menjëherë, si të isha shtyrë nga një fuqi. - Lypset të krenoheni, zotëri, për atë nënë të mirë që kishit dhe duhet ta ndjeni veten të lumtur në praninë e saj, - i thashë, duke belbëzuar.

- Ju falemnderit shumë për simpatinë që ushqeni për time ëmë, - gjegji dhe pastaj bëri një hap përpara. Ma zgjati dorën duke më thënë:

- Ju lutem më lejoni t'ju paraqitem si...

- Epja dorën, Dije, - briti Irena.

U hutova. E ndjeva se u skuqa, sepse një afsh i nxehtë ma mbuloi shtatin. Me gjithë turpin e madh që kisha, diçka më shtynte t'i bindem dëshirës së tij. Prandaj ia dhashë dorën. Ai u përkul para meje dhe ma shtrëngoi dorën, duke më hedhur një vështrim të ëmbël e të thekshëm. I ula sytë. Vështrimi i tij plot shkëndija e përcëlloi zemrën time. Një frikë e pashpjegueshme, e bashkuar me një kënaqësi të thellë, ma trazoi shpirtin.

- Besomëni, zonjushë, se jam i lumtur në këtë çast dhe lus që të mos ma kurseni këtë lumturi edhe mbas sot, - tha.

- Ju... Ju... - s'munda të them gjë, sepse nuk isha e zonja ta urdhëroj veten e të gjej një përgjigje të përshtatshme. Për fat të mirë më erdhi Irena në ndihmë dhe më shpëtoi nga ajo gjendje kritike. Më kapi për krahu dhe më uli mbi karrige, duke më thënë:

- Rri, Dije, e mos fol, se disa herë heshtja është shprehja më e fortë sesa tallazi i fjalëve që shpërthen nga goja.

Me të vërtetë ashtu është. Mbasi u ula, ngrita kryet dhe e pashë Shpendin që më shikonte me buzë në gaz dhe me një mënyrë të veçantë. Oh, sa i hijshëm më dukej! A thua se përnjëmend është aq i bukur e i dashur, apo më vjen mua pse e dashuroj? Kush e di.

- Mos u tremb! - më tha Irena. - Rri e qetë, se unë po përgjoj prej këtu mos vjen kush. Po erdh jot njerkë ose ndonjëri nga kalamajtë, menjëherë do ta fsheh Shpendin në musëndër.

Shpendi bëri buzën në gaz. Irena, duke e treguar me gisht musëndrën, u ul buzë dritares që shef nga oborri. Unë dridhesha. Doja t'i flas diçka, por nuk dija ç'ti them. Përpiqesha t'i gjeja ato fjalë që natë e ditë me radhë kisha sajuar për t'ia thënë, por të gjitha i kisha harruar. Isha turbulluar fare. I kisha ulur sytë dhe po rrija si ndonjë pulë e squllosur prej shiut të... djersëve. Ai i dha dum se isha hutuar. Prandaj, menjëherë, nisi të flasë. Më pyeti se cilat libra më pëlqenin më fort, a më kandej muzika dhe të tjera si këto. Mu atëherë kur unë kisha nisur të kthjellohem, e ndjeva zërin e njerkës që ma thërriste emrin. U çova dhe ika, mbasi ia shtrëngova dorën. Kur ia shtrëngova dorën, si herën e parë, ashtu edhe tani, më ngjau sikur u preka nga një fuqi elektrike që ta përshkon krejt shtatin me forcë dhe të bën të dridhesh. Pa dyshim ishte fuqia e dashurisë ajo që ma rrëqethi trupin me një të prekur të dorës. Oh, sa fort e dashuroj! Më duket se po shkalloj prej ngucjeve të pareshtura që më bën zemra. Oh, sa i ëmbël e i dashur që është! Oh, sikur të më dashuronte e të bëhej i imi!

13 korrik

Meti është i zgjuar e i dashur. E dua më shumë se të tjerët dhe më duket se kam të drejtë, sepse ai bën disa lodra që të kënaq dhe të tërheq. Ja një shembull: i ishte shqyer sot topi i llastikut dhe s'kishte me se të luante. I kërkoi së ëmës një koronë që të blinte një tjetër, por ajo s'i dha. E pashë se u pezmatua shumë. U ul në një kënd të dhomës dhe nisi të shfryjë, duke folur me vete. M'u dhimbs. U afrova dhe i hodha një koronë. Kur e pa koronën në prehër, menjëherë brofi në këmbë dhe m'u hodh në qafë. Më puthi e më shtrëngoi me dashuri.

- Ta kthej nesër, - më tha pastaj.

- S'e dua. Ta kam falë, - gjegja.

- Ani se ma ke falë. Edhe unë ta fal, - ma bëri, duke më parë me sy xixëllues.

- Mirë, por ti s'ke ku merr se...

- I marr tatës.

- Ai s'të jep përditë.

- Do ta bëj që të më japi, - gjegji, pasi u mendua pak dhe fluturoi për të blerë topin. Mbas darke, kur po rrinim mbi rrogoza të shtruar në oborr, iu avit Meti babës dhe, pasi e vështroi me buzë në gaz, i tha:

- A bëhemi shokë tatë?

- Si the? - pyeti im atë, që s'kish mundur të përfshinte kuptimin e propozimit që i bëhej prej të birit. Të gjithë u habitëm.

- A bëhemi shokë po të them, - përsëriti Meti.

Një habi e bashkuar me një nënqeshje të hollë u duk në fytyrën e tim eti.

- Me ty të bëhem shok a? - ia priti.

- Po, - gjegji Meti me të shpejtë.

- E çfarë shoqërie mund të bëj me ty? - i tha im atë, me një farë përbuzje.

- Pse? A s'ta mbush syrin, a?... - ia bëni Meti i prekur në sedër.

- Jo. S'po them gjë, por nuk marr vesh se si do të bëhesh shok me mua, - shpjegoi im atë.

- Njashtu ma! Si bëhen gjithë bota, - tha Meti.

- Si? Ma thuaj!

Të gjithë prisnim me padurim e me veshë të ngrehur se çfarë përgjigje do të jepte.

- Ja se si: ç'të kem unë, do të ta jap edhe ty e ç'të kesh ti do të ma japësh edhe mua. Kush të të ngasë ty, do të të dal zot unë, kush të më ngasë mua, do të më mbrosh ti, - shpjegoi me seriozitet.

Të gjithëve na shpërtheu gazi. Meti ktheu kryet nga unë dhe ma shkrepi syrin.

- Po ti s'ke kurrë gjë mor horr, - i tha im atë.

- Si s'kam? Eh se ç'kam unë! Por ti s'di gjë.

- Ndoshta. Por ty, veç kësaj, të rreh jot ëmë, yt vëlla e motrat, kurse mua nuk guxon kush të më prekë me dorë.

- E për këto të mira de, dua të bëhem shok me ty, - ia priti Meti.

Gazi shpërtheu përsëri.

- Hajt, pra, po bëhemi, - i tha baba i kënaqur nga përgjigja.

- Ma ep dorën, - tha Meti dhe e zgjati të vetën.

- Përse me ta dhanë dorën?

- Të ma japësh besën se nuk do të ma bësh me hile dhe se nuk do të luash prej fjalës.

- Mirë pra, - gjegji im atë dhe ia shtrëngoi dorën.

Pasi mbaroi lidhja, u ul Meti ngjatë babës dhe zuri të na shihte me krenari për fitimin që kishte pas. Ndërkohë, prapë ma shkrepi syrin, por unë përsëri s'kuptova gjë. Nuk kishin kaluar as edhe pesë minuta qysh nga çasti i lidhjes së shoqërisë, kur ia bëri Meti:

- Më jep një koronë tatë.

- Çka do?

- Një koronë.

- Thyej qafën!

- E! Po ne u bëmë shokë! - tha me buzë të varur dhe shtoi. - A kështu e mban besën?

- Uh, paskam harruar mor Met, - gjegji im atë si i turpëruar.

- Mos harro tjetër herë, - vërejti Meti, duke e parë me kujdes se mos tallej tata me të. Ne qeshnim.

- Na, se e ke hak, - tha im atë dhe i dha një koronë.

- Të falemnderit, or shok, - i tha Meti dhe, me koronën në dorë, erdh pranë meje.

- A të thashë? - ma bëri kadalë dhe me sy të qeshur.

- Të lumtë! - i thashë dhe e putha me një dashuri

të dyfishuar.

- Merre, - më tha mbas pak, duke ma rrasur dorën në prehër.

- S'e dua. Mbaje se ta kam falë.

- Po e mbaj, por mos gabosh të ma kërkosh përsëri, - gjegji dhe u çua. Kërceu nja dy herë prej gëzimit dhe iku të flejë, duke na e uruar natën e mirë. Sikur të edukohej mirë ky fëmijë i zgjuar, kush e di se çfarë shërbime të çmuara do i bënte Shqipërisë e njerëzisë.

16 korrik

Të mërkurën erdh Fahrija e dajë Dautit dhe më mori për të shkuar ke dajë Haxhiu. Unë s'doja të shkoja, se më dukej sikur do të largohem përgjithmonë prej Shpendit, por ajo nguli këmbë dhe më mori. Ndenja tri net. Sot u ktheva. Dajë Haxhiu u gëzua shumë kur na pa. E porositi të shoqen që të na bënte dreka e darka të mira. Pastaj u kthye nga Fahrija dhe i dha të kuptojë se asaj i takonte të më zbaviste me lojna e hoka.

- Luani si në fëmini, - tha, duke u drejtuar nga unë.

- Besoj se ju pëlqejnë lodrat e vegjëlisë, pasi ato jua kujtojnë jetën e ëmbël e pa brenga që keni kaluar dikur.

- Ke të drejtë, - përgjigja unë me buzë në gaz.

- Tani s'kujtoj të jeni, si atëherë, të patrazuara në shpirt, - shtoi, pasi na shikoi gjatë ndër sy, si të donte të hetonte e të zbulonte diçka.

- S'di, - gjegja unë e prekur në shpirt dhe pak e hutuar.

I rrudhi vetullat me një farë dhimbje, si ajo që tregohet për ato që lypset të mëshirohen, dhe tha:

- Luani, gëzoni, qeshni, jetoni.

U largua pastaj, si të ishte i pezmatuar prej gjendjes sonë të vajtueshme. Unë, mahnitshëm, e shikoja atë plak të adhuruar, që na nxiste ta gëzojmë e ta shijojmë jetën. Më dukej sikur e çmonte gjendjen tonë plot mungesa dhe e zbulonte të ardhmen e shëmtuar që na pret.

- Po ne s'jemi të vogla që të luajmë si fëmijë, - i tha Fahrija kur ai po largohej. U kthye. Na kundroi dhe tha:

- Oh, sa mirë do të ishte sikur të ishit të vogla apo të mbeteshit foshnje, të pakën për nja dhjetëpesëmbëdhjetë vjet.

- Përse?! - pyeti Fahrija e çuditur.

- Përse?! Sepse... - e këputi dhe e kapërdiu fjalën. Tundi kryet si me zemërim dhe shtoi mbas pak me një zë të egër: - Ne jemi fajtorë dhe dënimin, sigurisht, do ta vuajmë.

Iku mbasandaj, si ata që nuk duan të shohin mjerimin e të dashurve të vet.

- Ç'thotë xhaja kështu Dije? Ai shpesh flet kësodore, por unë nuk e kuptoj, - tha Fahrija naive, që s'kishte marrë vesh gjë.

- Ku di unë, - gjegja si ndër dhëmbë, sepse s'kisha nge.

Po. S'kisha nge, se mendja ime po përpiqej të shpjegonte fjalët e tij enigmatike. Më në fund solla besim se atij i vinte keq për fatkeqësinë tonë.

- Pse dëshirove të mbetemi të vogla edhe për disa vjet? - e pyeti Fahrija, kur u kthye në mbrëmje.

- Përse? Sepse sot shumica e meshkujve nuk i shohin punët tuaja edhe me sytë e femrës. Ata gjykojnë sikundër u pëlqen pa i përfillur të drejtat tuaja. E brenda dhjetë-pesëmbëdhjetë vjetëve, sigurisht do të ndërrojnë mendim dhe do të arrijnë t'i çmojnë të drejtat tuaja, - shpjegoi dajë Haxhiu, duke folur me një farë nxehtësie, që të bënte të kujtosh se po nxjerr llavë nga goja e jo frymë.

- Beson se për dhjetë-pesëmbëdhjetë vjet mund të ndërrojë kjo mendësi? - pyeta.

- Po, besoj. Brenda këtyre viteve, medoemos do të shembet bota e vjetër e do të krijohet bota e re, - gjegji, duke thithur cigaren me aq forcë, sa të dukej sikur do t'i përpinte krejt hidhësitë e shoqërisë së sotme, për mos ia lënë trashëgim asaj së nesërmes.

- Po mbulesa ç'është dajë Haxhiu? - pyeta unë, mbas një heshtjeje të shkurtër.

- Mbulesa? - bëri duke i rrudhur vetullat. - Ajo është shpikja përçudnuese e disa fanatikëve, që ia kanë ulur vlerën fesë sonë. Është një zakon i mbetur prej mijëra vjetësh dhe që mbrohet prej turmave fanatike si ligj fetar.

- A nuk urdhëron feja të fshihesh e të mbulohesh?

- Jo. Feja nuk robëron, por liron. Vetëm duhet të nderohet porosia fetare e morale që bën Kurani për t'i mbuluar pjesët e turpshme të shtatit.

- Është e ditur.

- A t'i heqim, pra, çarçafët? - pyeti Fahrija.

- Jooo.

- Përse?

- Sepse ju grijnë fanatikët, sepse duhet të vijë koha që të hidhen tej ato llume që ia kanë ngjitur fesë, - gjegji.

- Ç'u thua gocave ashtu mor burrë? - i tha e shoqja, që kishte ardhur pak më parë dhe i kishte qëndruar mbas shpine.

- Të vërtetën moj grua, - u përgjigj, pasi ktheu kryet mbrapa dhe e pa.

- Si? Do t'i nxjerrësh jashtë pa çarçaf?

- Jo, moj e uruar, jo. Unë nuk i qis pa çarçaf, por feja, ajo fe që disa fanatikë thonë se e urdhëron mbulesën, - gjegji.

- Hej! - bëri e shoqja e harlisur.

- Po të kishe pas gocë ti, dajë Haxhiu, a do ta mbuloje? - pyeta.

- Do ta lija të lirë të vendoste vetë e ta zgjidhte njërën sysh: lirinë ose robërinë, - ia bëri dhe u ngrit me dalë.

- E! A e dëgjove se si tha xhaja? - tha mbas pak Fahrija, duke e thyer heshtjen që kishte pllakosur.

- E dëgjova.

- Ç'mendon tani?

- Tani? Tani mendoj sikur të isha djalë.

- Sikur të ishe djalë?! - bëri e habitur.

- Po.

- Ç'do të bëje?

- Do t'i shpallja luftë botës fanatike dhe do të vazhdoja derisa të ngadhnjoja ose të mbaroja.

- Ke të drejtë, - tha dhe heshti. Duket se edhe atë e rrëmbyen mendimet.

Tani që po i shkruaj këto radhë prapë mendoj mbi gjendjen tonë të mjeruar. Ata që kanë mend, që kanë ndërgjegje të pastër dhe shpirt të dëlirë, pa dyshim e shohin me tmerr se sa të vrazhdë, se sa të ndyrë e të shëmtuar e kemi jetën ne sot. Jeta jonë është e zbrazët, e kotë, mërzitëse dhe pa asnjë ngjyrë. Ajo më fort i ngjason vdekjes se sa rrojtjes. Jemi burgosur dhe na është mohuar çdo e drejtë. A ka çarçafi bazë morale dhe a urdhërohet prej fesë? Jo. Atëherë ç'është kjo bolbë për ne të mjerat? A është çarçafi me të vërtetë kështjella e papushtueshme që ruan nderin e femrës? A është çarçafi një shtërrak midis nderit e turpit? Pa dyshim jo. Nderin e femrës e ruan karakteri i saj i fortë dhe jo ajo pece e bardhur ose e zezë që ia mbulon shtatin. Para mburojës së patronditshme të karakterit, patjetër qëndron e pacenueshme virgjëria e pastërtia e femrës. Ajo që është mbrujtur me një edukatë të shëndoshë dhe është pajisur me vlerat morale të trashëguara brez mbas brezi prej stërgjysheve, e ruan nderin si një pasuri të vlershme, që e bën krenare, por jo si një teshë e futur në thes.

Prandaj mbulesa, sikundër tha edhe dajë Haxhiu, është një shpikje që nuk i shërben qëllimit të atyre që e porosisin. Përkundrazi, është një pengesë e pakapërcyeshme për zhvillimin dhe lartësimin e femrës myslimane.

Po të këqyret shoqëria jonë me syrin e pagabueshëm të një studiuesi, lehtazi do të konstatohet se demoralizimi e korrupsioni është më shumë ndër qytete sesa ndër katunde, ku femra nuk është futur nën zgjedhën e çarçafit. Nuk kujtoj se mund të guxojë kush të pretendojë se fusharaket a se malësoret tona janë më pak fetare dhe më pak të ndershme se ne qytetaret. Brezat e ardhshëm padyshim do të çuditen se si e kemi duruar këtë robëri, që na është imponuar me përdhunë. Në një kohë kur bota mundohet t'i kapërcejë kufijtë e stratosferës për t'i kolonizuar planetet dhe përpiqet të zgjidhë probleme me rëndësi kryesore, ne qajmë hallin e çarçafit dhe vrasim mendjen se a duhet ta heqim apo jo. Oh, të mjerat ne! Unë, po të isha djalë, do t'i tregoja botës mashkullore se dora që përkund djepin është ajo që e rrotullon boshtin e fatit të njerëzisë, sepse ajo dhe vetëm ajo e drejton jetën nga horizontet e ndritura ose të errëta. Por, mjerisht, s'jam djalë dhe si femër nuk mundem ta nxjerr zërin.

Sot në mëngjes, pasi ika nga dajë Haxhiu, bashkë me Fahrijen shkova tek ajo, ku qëndrova nja një orë. Ndërkohë erdhi Bedrija, një e njohura e Fahrijes. Kjo ishte një vajzë nja 16-vjeçare, sy e vetullzezë, shtathollë, buzëtrashë, dhëmbëbardhur, hundëdrejtë dhe qafëgjatë. Me një fjalë, ish mjaft e bukur. Kishte ardhur të merrte do figura lulesh për të qëndisur diçka. Mbas përshëndetjes dhe pasi ia dha figurat, e pyeti Fahrija:

- Hej Bedrije! Si i ke punët tani me atë djaloshin që rri në shtëpinë tënde?

- Mirë, - gjegji ajo, pasi shikoi nga unë pak si me droje.

- Kjo është kushërira ime, - tha Fahrija, duke më treguar mua. -   Mos druaj! Fol!

- Mirë pra, - përgjegji Bedrija, me buzë në gaz dhe duke u spërdredhur. -   Tani ka filluar të më flasë ëmbël e...

- Beson se të do? - pyeti Fahrija, duke ia prerë

fjalën.
- Po. Dje i dhashë një letër dhe kërkova të takohem me të.
- Po pse i shkrove letër, kur ti e ke në shtëpi dhe e takon për çdo ditë?
- Në letër i kam shkruar edhe diçka tjetër. Mbasandaj më vinte turp t'ia them me gojë.
- A! Po a shpreson se do të të përgjigjet?
- Medoemos, se... më do.
- Hej! - bëri Fahrija dhe, pasi u mendua pak, pyeti:
- A e more vesh se nga është?
- Po. Është kosovar. Ka vetëm një nënë plakë dhe një motër.
- Po emrin a ia mësove?
- Po. Shpend e quajnë, por unë e thërres veshshpuar, pse e ka të shpuar veshin e majtë.
- A! - bëri Fahrija si e topitur dhe e mpirë.

Sikur të më kishte rënë pika apo të më godiste rrufeja, nuk do të tronditesha më fort sesa kur dëgjova prej gojës së Bedrijes se dashnori i saj qenka Shpendi, ai djaloshi që pak ditë më parë më foli me një gjuhë që shprehte kënaqësinë e zemrës për njohjen e bërë me mua. M'u drodhën leqet e këmbëve dhe qeshë duke u rrëzuar për dheu pa pikë fryme. Sedra, ajo krenari që ka femra dhe që nuk e lejon të përulet edhe para shoqeve të saj, më mbajti në këmbë. Po të mos më vinte turp prej asaj Bedrijes, që nuk e njihja, sigurisht do të kisha thirrur me shkul të zemrës dhe do të isha përplasur përtokë si e vdekur.

Dëshpërimi m'i veshi sytë me një hije të zezë dhe

nga thellësia e zemrës ndjeva të ngjitet përpjetë një valë përvëluese për t'u zbrazur nga sytë e mi si një lëng i nxehtë e helmues. Prandaj i ula sytë. Po, i ula se nuk doja të më diktojë ajo që unë tani e urreja si shemrën time. Megjithatë nuk qava dhe, duke i kafshuar buzët, e frenova furinë. Kur i ngrita sytë pashë se edhe Fahrija ishte zbehur fare.

- Ç'ke - e pyeta padashur.
- Kurrgjë, - gjegji me një zë të mpakët.

Kuptova se edhe ajo kishte qenë shigjetuar prej veshshpuarit. Ika pa e zgjatur më dhe e tronditur, sepse edhe me Fahrijen qenkemi shemra. Kur ktheva në shtëpi, shfreva duke derdhur lot për dashurinë e humbur e pa fat që e ka pushtuar zemrën time të shkretë. Thonë se femrën e mundon shumë nakari. Po. Kjo qenka e vërtetë, por qenka e vërtetë edhe ajo që, kur dashuroka, femra arrin të sakrifikojë edhe shpirtin. Më mirë t'i kisha thyer këmbët e të mos kisha shkuar te Fahrija, se sa shkova dhe vrava veten.

17 korrik

Sot në mëngjes erdh Irena te ne. Pasi më përshëndeti, m'u ankua se pse nuk shkova ta shoh kur u ktheva dje në shtëpi. Më në fund e shfaqi çudinë e vet se si kisha ndenjur tri ditë e tri net larg... shtëpisë. Më duket se ajo e ka hetuar se çka është grumbulluar në zemrën time që flet kësodore, megjithëse pak mbylltas. Ajo, natyrisht, habitet se qysh kisha ndenjur tri ditë larg Shpendit e jo larg shtëpisë, por këtë nuk e tha. Të them të drejtën, s'doja të rrija, por më mbajtën. Dhe u mërzita aq shumë sa desh plasa. Megjithëkëtë, me mend e me zemër jetova këtu, pranë atij që e dashuroj me të gjitha fuqitë e shpirtit e të zemrës. Si thashë edhe më lart, kuptohet se Irena e ka pikasur dashurinë time, atë dashuri që Shpendi shpirtzi kërkon ta shfrytëzojë me lajka dhe pastaj të më kthejë shpinën. Oh, mizor! Kush e di se sa Bedrije, Fahrije e Xhevrije ka si unë nëpër skutat e Tiranës, që i lajkaton për t'i futur në kurthin e poshtërimit. Sido që të ngjajë, mua nuk mundet të më përulë, sepse unë do ta ndrydh në zemër atë dashuri dhe s'do ta shfaq edhe sikur të pëlcas prej këtij lëngimi. Irena e pastër, natyrisht, nuk dinte gjë për sa kam marrë vesh mbi atë djaloshin e rrezikshëm. Prandaj ajo fliste shkoqur dhe ankohej pse nuk kisha shkuar ta shihja. Ku ta dinte ajo se unë nuk shkova nga droja se mos hasem me Shpendin. Kam vendosur që të mos e shoh më dhe zemrës t'i vë një gur të rëndë.

- Ti shkove ke daja, Dije, por Shpendi ma lodhi kokën me pyetje të pareshtura që më drejton për ty, - tha ajo mbas pak.
- Ç'pyeste? - thashë me mllef.

Ajo nuk i dha dum zërit tim që doli jo nga gurmazi, por nga thellësitë e zemrës së plasur.

- Gjithçka: ku është? Ku ka shkuar? Pse ka shkuar? Sa do të qëndrojë dhe një varg të gjatë si këto. Ai gjithnjë pyet për ty dhe tani besoj se të njeh fare mirë, - gjegji Irena.
- Nga më njeh?
- Të njeh prej meje, se unë i kam thënë.
- Ti? Çudi! Përse i flet atij për mua?
- Sepse më pyet.

- Në të pyet, ti mos iu përgjigj.
- A mundem se?!
- Pse s'mundesh?
- Sepse më vjen keq.
- Të vjen keq? Pse?!

Doja ta zbraz vrerin e zemrës duke i kallëzuar se sa djalë i lig ishte Shpendi, por e mbajta veten, se s'doja ta pezmatoja.

- Pse atë e kam si vëlla dhe ty si motër. Ndoshta ai... - tha dhe u hodh e më rroku për qafe.

Një copë herë më shtrëngoi e më puthi me një dashuri shumë më të madhe se atë që ushqen për mua. Më ishin mbushur sytë me lot, sepse e ndjeja dashurinë e pastër të saj dhe sepse zemra ime, e plagosur rëndë nga marrëdhëniet e Shpendit me Bedrijen, valonte prej dëshpërimit. Mbas pak çastesh u shkreha në vaj dhe qava mirë e mirë, plotësisht si ato që duan të shfrejnë e të shpaguhen në vetvete për gabimin trashanik që kanë bërë, duke i dhënë llas zemrës. Irena më përkëdheli dhe u përpoq të më qetësojë. Kërkoi të marrë vesh shkakun e këtyre lotëve të derdhur me aq furi, por nuk ia thashë. Po, nuk i thashë, se dua ta ndrydh brenda zemrës atë tinëzi që deri sot për mua qe mëse e shenjtë dhe mbas sot do të jetë si një plagë vdekjeprurëse e trashëguar nga një betejë e humbur... Eh jetë. Qofsh shuar! Eh dashuri... Qofsh mallkuar!

21 korrik

Qysh atë ditë që ktheva nga dajë Haxhiu nuk kisha shkelur në shtëpi Irenës, megjithëqë ajo më ishte ankuar dhe më kish ftuar. Nuk kisha shkuar, por, me thënë të drejtën, ky vendim më kushtoi shumë shtrenjtë, sepse e pagova me disa mijëra rënkime dhe me ca litra lot. Më një anë droja se mos e ndesh atë... – ah atë – dhe më anë tjetër doja ta shoh, të paktën, për së largu. Shpesh më kapnin rrebet dhe e dëshpëruar qaja duke e mallkuar veten. Disa herë bëhesha fare foshnje: kërkoja ta mbys, por me kusht që ta ngjall rishtazi!

Mëmë Gjystina dhe njerka, qysh dje, kishin vendosur të shkonin sot diku në vizitë. Njerka, përpara se të nisej, më porositi ta mbyll portën nga brenda. Meqenëse edhe fëmijët nuk ishin në shtëpi, sa doli ajo, e mbylla portën dhe u ula në lulishte, ku kujtoja se do t'i qetësoj nervat duke lexuar një libër. Pa kaluar shumë kohë erdhi Irena dhe më ftoi të shkoj në shtëpi të saj për të më treguar diçka interesante. Refuzova dhe një copë herë nuk iu binda, por më në fund u përkula nga lutjet e saja. I shkova mbrapa. Kur hymë në dhomë të saj pashë se aty, ngjatë bibliotekës, qëndronte në këmbë Shpendi. Sa e pashë bëra të zmbrapsem, por më pengoi Irena, duke më kapë për dore e duke më thënë:

– Ku shkon Dije?

– Liromë, se do të shkoj në shtëpi, – gjegja, duke i hedhur Shpendit një vështrim të egër dhe plot mllef e duf.

– A prej meje ikni zonjushë? – pyeti ai me zë, që tregonte se ishte shqetësuar.

– Po prej teje, – thirra tërë mllef.

– Përse? – pyeti i prerë.

- Sepse ti je katil! - thirra me të gjithë forcën e urrejtjes, që më kishte grumbulluar zilia në zemër.

- Ç'thua Dije? - ma bëni Irena, duke më shkundur për krahu.

- Rri ti Irenë, - i thashë asaj dhe i dola para Shpendit me një hov të guximshëm, që epte të kuptohet se doja të matem me të për t'u shpaguar. Fytyra e tij menjëherë u zbeh. Mbasandaj u mbulua nga një hije melankolike. Edhe sytë e mi ishin errësuar prej lakmisë së shpagimit kundrejt atij që kishte qenë idhulli i zemrës sime. Prandaj po e shihja turbull, si të ishte mbështjellë prej reve të zeza.

- Unë qenkam katil!? Cilin vrava? - pyeti i turbulluar.

- Gjithë botën, - i thashë duke u dridhur prej nervozizmit.

- Gaboheni zonjushë. Unë i dua njerëzit, - gjegji me zë të këputur.

- Po. Tregohesh sikur i do që t'i mbysësh mbasandaj, duke i përqeshë mbas shpine, - ia bëra me qesëndi.

- S'është e vërtetë. Më thoni se cilin vrava?

- Mua, mua, or i pashpirt! - brita si e tërbuar.

- Unë ty të kam shpirt, - thirri dhe më rroku për duarsh.

- Shporru! - klitha dhe u rrëzova ndër krahët e tij.

Të gjitha femrat janë të ndjeshme, por unë jam më fort se çdo tjetër. Menjëherë përshtypem dhe e humb fuqinë e qëndresës. Edhe kësaj radhe më dërmoi dobësia e nervave dhe u vilanisa. Kur i hapa sytë, pashë se Shpendi dhe Irena qanin te kryet e mi.

- Hej! Si je Dije? - më pyeti Irena me zë të përvajshëm, duke ma fërkuar ballin me dashuri.

- Hov! - ia bëra dhe ktheva kryet nga muri, për t'u fshehur prej Shpendit.

- Shih, Dije, se si qan Shpendi për ty, - më tha Irena.

- Qan për Bedrijen, i... poshtri, - gjegja me zemërim, por me zë të këputur.

- Për cilën Bedrije? - pyeti ajo e habitur.

- Për atë që ka në shtëpi, - thashë dhe bëra të ngrihem për me shku në shtëpi.

- Për shpirt të babës e të vëllezërve nuk dua tjetër veç teje, o engjëll, - thirri Shpendi me zë të përvajshëm dhe më kapi për duarsh.

- Gabohesh, Dije, se Shpendi s'do njeri tjetër veç teje. Të betohem se ai prej kohësh ma ka hapë zemrën dhe më ka thënë se të do si i marrë, – shpjegoi Irena.

- Do të ta provoj se nuk e dua Bedrijen e marrë dhe mërzitëse, - tha ai me dëshpërim.

Dridhej si thupër dhe qante me dënesë. Ai djalosh, që kish luftuar me pushkë në dorë kundër xhandarëve, ai që nuk ishte përkulur edhe para vdekjes, tani qante para meje dhe betohej se nuk dashuronte njeri tjetër veç meje. Një fllad sigurie e përkëdheli zemrën time të përvëluar dhe shpirti nisi të lehtësohet nga ajo peshë e madhe që rëndonte mbi të. Ktheva kryet dhe e pashë. Sytë e tij, të mbushur me lot, shprehnin përvuajtjen e atij që kërkonte mëshirë duke thënë:

- Besomë se të dua o shpirt! Kij dhimbje për mua.

Thonë se femra pezmatohet më shpejt e më shumë se mashkulli. Unë, sikundër duket, e kam më të zhvilluar ndjesinë e dhimbjes, se menjëherë ndrydhem para atyre që qajnë.

- Mjaft më Dije! - më tha Irena dhe u zhduk.
- Mjaft më! Më beson? A më do? - tha Shpendi me zë të përvajshëm dhe i kërrusur mbi kokë time. Lotët e tij pikonin mbi mua. M'u sos durimi.
- Po! - thashë dhe i mbylla sytë.
- O shpirt! - thirri ai, më një zë që ngjante sikur dilte nga magjet e një zemre të zhuritur prej flakëve shkrumbuese të dashurisë. Buzët tona ishin bashkuar dhe lotët ishin përzierë me të njëri-tjetrit. Gjithë dyshimet kishin avulluar në çast dhe retë e zeza ishin zhdavaritur nga qielli i mendjes sime. Kishte lindur dielli i lumturisë dhe buzët tona këndonin këngën e dashurisë për ta përhiruar ngadhnjimin e zemrave tona. As Leka i Madh, që e pushtoi botën, as Napoleoni, që i mundi gjeneralët më të madhej të kohës së tij, nuk ngadhnjyen sa unë, sepse ata fituan tokë e kështjella duke derdhur gjak, kurse unë, duke derdhur lot, pushtova një zemër që vlen më shumë se mbretëritë e tyre.

27 korrik
Tani, gati çdo ditë takohem me Shpendin. Ndihma e Irenës, në këtë mes, ka luajtur rolin kryesor. Ajo, sikundër e lehtësoi afrimin dhe e përgatiti sheshin e bashkimit tonë, tani vazhdon të na përkrahë, duke na dhënë lehtësira të ndryshme

për t'u takuar me njëri-tjetrin. Ajo është e kënaqur pse arriti të na shohë të marrë vesh në mes tonë dhe të dehur nga dashuria. Na rrëfen se si e ka zbuluar dashurinë tonë, si është kujdesur që të mos hetohemi prej të tjerëve dhe, më në fund, si është përpjekur të na bashkojë. Pasi mbaron kallëzimi, nis të na përqeshë duke imituar sjelljet e gjestet tona. Atëherë, ne shpërthejmë në gaz dhe qeshim me të madhe. Vë në shpoti më fort dobësinë e nervave të mia dhe tallet me krizat që kam pas duke u vilanisur. Oh, sa cytanike është bërë Irena tani! Bën një mijë lodra për të na tallur, por edhe për të na afruar më tepër. Jam e lumtur që kam një shoqe kaq të mirë. Tash atë e dua më fort se përpara, pse është edhe shoqja e tinëzive të mia. Të gjitha retë e dyshimit e të mosbesimeve, që rrinin vjerrë e pezull mbi kokën time, tani janë zhdavaritur. Shpendi e ndërroi shtëpinë. Iku prej Bedrijes, prej asaj që me rrenat e saj qe duke na bërë të luanim mendsh. Ai më dashuron me gjithë shpirt dhe ndoshta më fort sesa meritoj. Ai tani më duket më i ëmbël, më i shoqërueshëm dhe më i afërt te zemra ime. Disa herë, orë të tëra kalojmë duke fjalosur vetëm e vetëm për ta matur dashurinë e njëri-tjetrit. Tanimë jetojmë bashkë, pse edhe në gjumë ëndërrojmë për shoqi-shoqin. Unë e ndjek dhe e përcjell me mend në të gjitha orët e ditës. Sigurisht, edhe ai si unë është. Çdo punë e çdo mendim kërkojmë t'ia përshtatim dashurisë sonë. Ajo që nuk pajtohet me natyrën e dashurisë sonë, për ne nuk ka vlerë, nuk ka jetë. Oh, se ç'qenka njeriu që dashuron! Qenka një pus i pashteruar ndjesish dhe goja e tij një kovë shprehjesh dashurie. Se ku gjinden të gjitha ato fjalë! Edhe unë çuditem se nga burojnë gjithë ato dëshira e lakmi, që për ndokënd do të ishin foshnjarake, por për ne janë tepër të çmuara dhe të arta. Sa shpejt ikën ora se?! Nuk ndihet fare dhe, kundër dëshirës tonë, fluturon me krahë të lehta krahas rrezeve të shpejta të diellit.

30 korrik

Befas u hap sot mbas dreke porta e shtëpisë dhe hyri brenda Rizai bashkë me një katundar që kishte sjellë një kalë të ngarkuar me qymyr. Unë, njerka dhe hallë Hatixheja asokohe ndodheshim të ulura mbi një rrogoz në lulishte. Hallë Hatixheja menjëherë e mbuloi fytyrën me dorë dhe, duke u kthyer nga ne, thirri:

- Uh, u shoftë! Na pa... dreqi.

Unë u çova në këmbë dhe mbeta e habitur, megjithëse halla më bërtiste:

- Ik e fshihu moj qyqe!

Njerka vrapoi nga gjellëtorja që të fshihej, por duke nxituar u pengua dhe u rrokullis si ndonjë tinar. Sa turp dhe punë e shëmtuar është kur rrëzohet femra me këmbë përpjetë. Këtë e provova sot me njerkën. S'munda ta mbaja gazin dhe qesha me të madhe kur pashë se njerka u plandos dhe desh e theu qafën. Katundari ishte një plak nja shtatëdhjetë vjeç, me shtat vigani, me mustaqe të mëdha dhe pak i kërrusur. Brekushet e zeza i kishte të grisura dhe aty-këtu të arnuara. Xhoken e vjetër e kishte hedhur mbi kalë. Kësula e tij, dikur e bardhë, ish nxirë prej pluhurit të qymyrit dhe ish zhulosë rreth e rrotull prej djersës. Flokët e thinjur të kokës kund-kund ishin nxirë prej pluhurit të qymyrit. Duart dhe fytyrën i kishte të murrme e të nxira prej diellit dhe prej qymyrit.

Djersët e fytyrës, herë mbas here, i fshinte me pëllëmbën e dorës ose me kindjen e mëngës. E shkarkoi qymyrin dhe u largua pa parë në asnjë anë, si të ishte njeri i pangacmuar prej kërshërisë dhe si i mpirë prej brengave të jetës. Kush e di se ku e kishte mendjen i ngrati kur ne shkëpurdheshim të iknim e të fshiheshim prej tij. Kush e di se ç'bluante në trutë e tij të lodhur nga vuajtjet e jetës kur njerka dhe halla po shfreheshin duke vrapuar e shembur. E pse e përbuzshin dhe e mallkonin të ngratin? Sepse i kishte parë. Çudi! Ndoshta sytë e tij nuk panë kurrgjë, pasi mendja e tij, sigurisht, do të ketë qenë e grabitur prej halleve të sigurimit të jetesës së fëmijëve. Ndoshta ai nuk dëgjoi gjë, sepse mendja e tij, pa dyshim, do jetë përpjekur të bëjë llogarinë e atyre sendeve që do të blinte me të hollat e qymyrit për kalamajtë e vet të zhveshur, të zbathur dhe ndoshta edhe të uritur. I shkreti katundar! Njerkën zinjoshe apo hallën e rrëgjuar nga mosha do shihte qyqari? Fytyrën e zezë të njerkës apo fytyrën rrumbullake të hallës, që është plot rrudha, tamam si një... sahan sultiash?... Oh, sa fanatike janë këto plakat tona.

Kur u mbyll porta, duke kërcitur me zhurmë mbas shpinës së tij, krisi poterja brenda shtëpisë. Njerka e rroku Rizanë dhe ia zbuti shpinën, sepse ai kishte hyrë brenda me burrin e huaj pa lajmuar fare. Po! Pastaj u kthye nga unë dhe nisi të më shajë, sepse nuk isha fshehur menjëherë prej katundarit. Edhe halla u bashkua me të. Një copë herë më shanë dhe më paralajmëruan se do të digjesha në flakët e pashuara të xhehenemit, pasi më kishte parë ai katundari. Vallë ç'do të thoshte një shoqe e qytetëruar evropiane po ta shihte këtë skenë dhe po t'i dëgjonte këto përbuzje e kërcënime? Kush e di. Ndoshta ajo nuk do t'u besonte syve e veshëve dhe do të kujtonte se ka parë një... ëndërr të keqe.

2 gusht

Dje Meti, duke u zënë me Feriden, kishte thyer një xham. Për këtë shkak, njerka e rrahu, ashtu si më rrihte mua dikur, duke i rënë me grushte kresë dhe duke e përplasur për muri. M'u dhimbs djali që ulërinte. Prandaj shpejtova ta shpëtoja, por ajo nuk e lëshonte, se donte ta rrihte e të ngopej në të. Fjalët e lutjet e mia nuk mundën ta zbusin. Vazhdonte t'i binte. Më në fund e kapi djalin për fyti me të dyja duart dhe nisi ta shtrëngonte.

Metit iu këput zëri dhe iu zgurdulluan sytë. Ë pashë se po e mbyste fëmijën e vet kjo shtrigë. Prandaj e rroka për duarsh dhe, duke e tërhequr me gjithë fuqinë time, e shqita prej çunit.

- Hiqu! Shporru! - bërtiste kjo arushë e egër dhe vërsulej ta kapte djalin, që u struk në një cep të dhomës. Foshnja dridhej prej tmerrit dhe cingëronte nga dhimbja e grushteve. Turinjtë i ishin përlangur nga gjaku që i kishte shpërthyer nga goja e hunda. Gjendja e tij ishte aq e dhimbshme sa ta copëtonte zemrën, por ajo bishë, që e kishte pjellë këtë fatzi, nuk ndjente dhimbje për të. Përkundrazi, e urrente dhe donte ta shqyente. Trupi im delikat, natyrisht, nuk mund të kishte fuqi përballuese e penguese për një kohë të gjatë kundrejt atij shtati vigan. Prandaj i thirra djalit:

- Ik Met! Ik e shko ke tata në dyqan!

Djali, i trembur në fillim, u mat, por nuk guxoi nga droja. Pastaj, mbas porosisë së përsëritur, u çua dhe, duke parë trembshëm, iku e shpëtoi. Atëherë njerkën e kapën rrebet më fort dhe nisi të më kërcënonte.

- Pse s'më le ta mbytja? Ç'ke ti? Kush je ti që më pengon? - thoshte si në të përçartë e me zemërim të madh. Përpiqej të më mposhtte për t'u shfryrë mbi mua. - Ç'ke ti? Pse ma shpëtove? - briti përsëri, si e luajtur mendsh.

- Më dhimbset se e kam vëlla, mori shtrigë, – i thashë më në fund, me të gjithë dufin e urrejtjes që më ishte grumbulluar në zemër. Pastaj bëra të shqitem. E përmblodha krejt fuqinë dhe, pasi e shtyva me hov, u tërhoqa mbrapsht. Pa humbur kohë u vura të iki, por ajo m'u turr si një bishë e egërsuar për së tepërmi dhe më kapi mu në prag të derës.

- Ku shkon mori dosë? - më thirri me një zë të vrazhdët, duke më kapur për zverku me dorën e saj të madhe, si ndonjë shputë arushe. Më mëshoi me të gjithë forcën e vet dhe më përplasi përdhe. Klitha e lemerisur dhe mbeta si gjysmë e vdekur. Ndërkohë arriti mëmë Gjystina dhe Irena. E larguan njerkën dhe qëndruan te kryet e mia. Të dyja më shikonin me dhimbje të thellë. Më ndihmuan të çohem e të laja fytyrën që më ishte ndragë, pse edhe mua më kishte shpërthyer gjaku nga goja e nga hunda. M'i ndërroi rrobat Irena dhe bashkë me mëmë Gjystinën më çuan në shtëpi të tyre. Im atë as më pyeti se si ndodhi ngjarja. Më hodhi ca vështrime të egra dhe zuri murmuriste në shenjë zemërimi. Me kaq mori fund ngjarja, por unë jam e dobët dhe vazhdoj të nxjerr gjak. I thashë tim eti që të më sillte një mjek, por s'e çau kryet fare. Sonte kam ethe, dhimbje koke dhe jam e rraskapitur fare. Veç kësaj kam qitë edhe mjaft gjak nga goja. Më duket sikur po më shkatërrohet kraharori. Shkaktarja e këtij lëngimi është ime njerkë. Dhe përse? Sepse doja të shpëtoja të birin nga vdekja e sigurt, që ajo vetë donte t'i shkaktonte. Kësaj gruaje, që s'ka dhimbje e mëshirë për fëmijën e vet, është e ditur se nuk i vjen keq për mua. Duke menduar se sa fort kam vuajtur prej saj, çuditem se si kam shpëtuar pa vdekur ndër duart e saja.

6 gusht

E kishte marrë vesh Shpendi ngjarjen që u zhvillua mes tim eti dhe njerkës disa ditë më parë. Ia kishte thënë Irena me të gjitha hollësitë dhe ia kishte kujtuar detyrën që të vraponte të më shpëtonte sa më parë nga thonjtë e njerkës. Ai ishte pezmatuar jashtë mase. Kur e pashë sot, më ngjau sikur qante me sytë e zemrës dhe i lëngonte shpirti. Mbas shumë mendimesh që u këmbyen, duke qenë gati edhe Irena, martesa u zgjodh si mjeti më i mirë për shpëtimin tim nga njerka. Për t'ia mbërritur qëllimit vendosën që më parë të merret leja e së ëmës së Shpendit me anën e mëmë Gjystinës dhe mbasandaj të shkojë xha Simoni tek im atë si shkes. U ngarkua Irena që të fjaloset me mëmë Gjystinën dhe pastaj me xha Simonin. Shpendi ka vendosur të shkojë në Itali për të ndjekur mësimet në një shkollë ushtarake. Prandaj është i mendimit që martesa të bëhet sa më parë dhe, kur të vijë viti shkollor, të shpërngulemi në Itali. Unë jam turbull. Jam e shtangur nga droja se mos na dalin pengime.

7 gusht

Mëmë Gjystina ishte takuar dje me të ëmën e Shpendit dhe kishte folur me të rreth çështjes së martesës sonë. Ajo e kishte pëlqyer dëshirën e Shpendit dhe ishte gëzuar kur kishte marrë vesh se ne e dashurojmë njëri-tjetrin. Tani, mëmë Gjystina do të kuvendojë me xha Simonin, që ta çojë tek im atë për të kërkuar pëlqimin e tij për bashkimin e Shpendit me mua. Zemrën, s'di se pse, e kam të ftohtë dhe më duket sikur do të ngjasë ndonjë e papritur.

9 gusht

Kushëriri im, Hamit Kërthiza, është hidhëruar me tim atë qysh asokohe që ai më hoqi nga shkolla dhe më futi në çarçaf. Qysh atëherë këmba e tij nuk ka shkelur në prag të portës sonë. E shoh vetëm kur i shkoj në shtëpi tinëz tim eti. Hamiti zotëron një kulturë mjaft të gjerë, ka një gjykim të mprehtë e të kthjellët, karakter të fortë, ndërgjegje të pastër dhe është idealist. Mbi të gjitha ka edhe një veçanti që e bën të dallohet ndër shokët: është njeri i sakrificës dhe e ndjen detyrën kundrejt të tjerëve. Po të duhej bërë një farë krahasimi midis njerëzve, duke marrë si bazë zhvillimin mendor e kulturor të tyre, sigurisht im atë do i përkiste shekullit të pesëmbëdhjetë e Hamiti atij që vjen. Në këtë ndryshim, rolin kryesor, pa dyshim, e ka luajtur, bashkë me natyrën, edhe shkolla. Natyra kapriçioze për njërin është treguar koprace e për tjetrin bujare. Edhe shkolla njërit ia ka hapur dyert dhe tjetrit ia ka mbyllur fare. E di se Hamiti më do shumë dhe se për mua arrin të bëjë edhe sakrifica të mëdha. Prandaj shkova sot t'i lutem të pajtohet me tim atë që pastaj të përpiqet ta bindë për martesën time me Shpendin.

Por më erdhi turp e s'munda t'i them gjë. Ai më priti, si përherë, me buzë në gaz dhe duke më shfaqur dashuri prej vëllai. Më pyeti edhe se pse isha zbehur pak dhe si shkoj me njerkën. Nuk i thashë gjë mbi sa kisha pësuar prej njerkës, sepse e dija se do të pezmatohej shumë. I thashë se kisha ardhur kot, sa ta shihja e të çmallesha. Ika pa i folur gjë mbi qëllimin e vërtetë të vizitës.

Irena, së cilës ia rrëfeva çështjen, u zotua të shkojë e të flasë me Hamitin në vendin tim. Më anë tjetër vendosëm që të mos shkojë xha Simoni tek im atë përpara se Hamiti të jetë pajtuar me të. Të shohim se si do të zhvillohen ngjarjet.

11 gusht
Razijen e kanë zënë ethet. Njerka ia lagu fytyrën me finjë dhe mbrëmë e çoi dhe e la këmishën e saj

te varri i Dervish Hatixhes, që t'ia veshë për t'u shëruar! Veç kësaj, sot i lidhi në dorë edhe një pe me shumë nyje, të fryrë e të bekuar nga një plakë, që ka për mjeshtëri të yshtë ose të kushitë. Unë e kundërshtova, por ajo s'u bind. Lufton bota e re me të vjetrën, por fiton ajo që duhet shembur një orë e më parë, në daçim të rrojmë si njerëz.

12 gusht

U takua Irena me Hamitin dhe ai u pajtua me tim atë. Nesër, në një kohë të caktuar, do të shkojë në dyqan të babës dhe mbas pak do të vejë xha Simoni të më kërkojë në emër të së ëmës së Shpendit. Përgatitjet e planet janë bërë mirë, por nuk di a do të kemi fat të ngadhënjejmë. Sa e largët më duket dita e nesërme. Më ngjan sikur nuk do të vijë kurrë e nesërmja e kësaj dite plot shqetësime.

14 gusht

Nuk u bind im atë që të martohem me Shpendin.
- S'mundem t'ia jap gocën një muhaxhiri, - kishte thënë.
- Ai është prej një familje fisnike dhe ka mjaft të holla, - i ish përgjigjur xha Simoni.
- Sikur të jetë edhe bir pashai dhe sikur të ketë një thes me flori, nuk ia jap time bijë një djaloshi që është shkulur nga vendi i vet, se guri, miku im, është i rëndë në vend të vet, - kishte thënë im atë. Në vend që të shfaqte një dashuri e stimë të veçantë për ata të shkretë, që i kanë lënë trojet në duart e armiqve dhe kanë ardhur këtu për të shpëtuar nderin e jetën, në vend që të ndjente

dhimbje për ata të mjerë dhe t'i ngushëllonte me mikpritjen shqiptare, po i përbuz si të ishin armiqtë tanë. Sa keq! Sa turp! As gjykimet e xha Simonit, as arsyetimet e Hamitit nuk kishin bërë efekt. Për këtë shkak jam e dëshpëruar. Edhe Shpendi nuk është më mirë se unë. Irena sajoi ta lajkatonte njerkën dhe të kryente punën me anën e saj, por unë nuk e lashë, sepse e di se ajo nuk e dëshiron lumturinë time. Jemi turbulluar fare. S'jemi në gjendje të marrim një vendim që të mundë t'ia mbërrijmë qëllimit. Hov moj nënë! Po plas! Do të më lehtësohej shpirti ndopak po të mundesha të shfryhem duke qarë. Por, sikundër duket, edhe burimet e syve janë shterur. Oh, sikur ta kisha gjallë nënën dhe, duke mbështetur kryet në kraharorin e saj, të qaja derisa të qetësohesha. Oh, fatkeqësi!

16 gusht

Hamiti ende përpiqet për t'ia mbushur mendjen tim eti që ta pëlqejë martesën time me Shpendin. Ai shpreson ta bindë. Sot më kishte çuar fjalë me anë të Irenës që të mos e humb shpresën dhe të kem besim se, më në fund, do të zhduken të gjitha pengimet. Më anë tjetër, Shpendi mendon t'i dërgojë tim eti një shkesë tjetër, ndonjë njeri që i peshon e i shkon fjala më fort. Unë jam e ngrirë dhe e shtangur. Më duket sikur më qëndrojnë mbi kokë një turmë resh, gati të përplasen për të më gjuajtur me ndonjë rrufe vrasëse.

19 gusht

Edhe plani i dytë dështoi e ra në ujë. Njeriu që zgjodhi e dërgoi Shpendi, duke shpresuar se do të mundej ta bindë tim atë për martesën tonë, nuk pati sukses. Ai nuk dëgjon kurrsesi. Tani e humbëm fare. Im atë as që e sheh të udhës të më pyesë a dëshiroj të martohem me Shpendin. Është zot absolut mbi mua, si të kisha qenë dhi, por një dhi që nuk vlen fare. E simbas Sheriatit, që ai pretendon se i beson, është i detyruar të më pyesë.

Hamiti, si më së fundmi, mendon e propozon që ta njoftojë tim atë mbi dashurinë që kemi për njëri-tjetrin. Me këtë mënyrë, ai pandeh se do të bindet im atë. Unë jam frikësuar fort. Prandaj s'mund të them as po, as edhe jo. Shpendi e pëlqen mendimin e tij dhe kujton se im atë do e vërë gishtin në tëmth dhe dorën në zemër po ta marrë vesh dashurinë tonë.

- Në rast të kundërt, - thotë ai, - nuk kemi se ç'humbim, pasi ai ka vendosur ta kundërshtojë martesën tonë.

Kam frikë se zemra ime e trishtuar nuk do të mundet t'i durojë këto mundime dhe do të pëlcasë para se të arrijë të gëzojë. Eh, fat i lig!

21 gusht

Krisi poterja. Edhe plani i Hamitit dështoi. Ai ia kishte zbuluar babës dashurinë tonë dhe ia kish kujtuar detyrën që i takon, si at, për ta pëlqyer dhe bekuar bashkimin tonë. Por ai, në vend që të mendohej ndopak mbas këtij zbulimi, ishte zemëruar dhe egërsuar keq. Ishte zënë me Hamitin dhe s'kishte lënë fjalë pa i thënë.

Hamiti i shkretë, për hatër tim, e kishte duruar dhe nuk e kish prishur me të. Ai ende shpreson se do ta ndreqë punën me të mirë. Kur erdhi im atë në mbrëmje, ishte krejt duf e mllef. Më shikoi me një farë egërsie që kujtova se më përpiu.

- Rri urtë, se eshëhedubil-lah ta marr shpirtin, moj murtajë! - ma bëni dhe u turr të më qëllojë. Unë ika dhe u mbylla në dhomën time. Ai vazhdoi të flasë me zemërim e me zë të lartë.

Sot në mëngjes, duke i theksuar fjalët dhe duke u mëshuar rrokjeve me zë të fortë, i tha njerkës që të më porosisë për të mos shkelur më në shtëpi të xha Simonit. Unë, e shtangur dhe e trishtuar, e dëgjoja nga dhoma ime. Ky ndalim më pezmatoi shumë, sepse nuk do të mundem të shoh e të kuvendoj më me ata që më duan e sidomos me Shpendin. Tani u burgosa dhe u robërova plotësisht. Për këtë shkak, një kohë të gjatë derdha lot dëshpërimi dhe e zbraza krejt vrerin e zemrës. Edhe tani, që dukem si e qetësuar, sytë e mi janë plot dhe pikat e lotëve bien mbi këto fletë që po shkruaj. Oh, sa fatzezë paskam qenë! Sigurisht i vjen keq tim eti për varfërinë e mjerimin e një njeriu, por nuk i vjen keq për mjerimin shpirtëror që do t'i shkaktojë së bijës; ma merr mendja se i dhimbset i sëmuri, por nuk i dhimbset e bija që lëndon nga zemra; besoj se i vjen keq për të çmendurin, por nuk do të kuptojë se po e shkallon të bijën me kryeneçësinë e vet të paarsyeshme; pa dyshim e urren vrasësin, por nuk e merr vesh se vetë po e vret të bijën me pengimet që po i nxjerr për mos u martuar me dashnorin e saj. Përse tregohet kaq i keq, kaq i egër, kaq i padhembshur? Përse nuk pajtohet shpirti im me të tijin? S'di.

23 gusht

Ishte shqetësuar Irena, duke kujtuar se jam sëmurë. Prandaj erdhi sot e më pyeti se pse nuk kisha shkuar ndër ta. Ia shpjegova shkakun me pikëllim të madh dhe u shkreha në vaj. Edhe ajo s'u mbajt. Qau për mua e për fatkeqësinë time. Lotët e saj, për mua të ngratën, qenë si pika shiu mbi një lule që kërruset e nis të vyshket. Ndjeva një farë ngushëllimi kur pashë se ajo ndjente dhimbje dhe qante për mua. Ata lot, për mua, vlejnë më shumë se një varg margaritarë të kushtueshëm. Kur u ndamë, e porosita, me zemër të copëtuar, që ta përshëndetë Shpendin nga ana ime. U puthëm me dashuri dhe u ndamë me sy të mbushur plot me lot.

25 gusht

Sot në mëngjes kishte ardhur te ne Kumja, e shoqja e xha Cenit, që kemi fqinj. E kishte marrë me vete edhe djalin e saj motak. Kumes nuk i rrojnë fëmijët. Shpesh i është djegur zemra, duke mbuluar nën tokë ajkën apo pemën e jetës së vet.

- Zoti i ep, zoti i merr, - thotë ajo me një besim të plotë, kur bëhet fjalë mbi vdekjen e fëmijëve të saj. Kur i sëmuren fëmijët, nuk merr doktor. Përpiqet t'i shërojë me prime plakash dhe me hajmali. Doktori kurrë s'ka shkelur në shtëpi të saj, megjithëse i kanë vdekur aq fëmijë. Salihun -

emri i djalit - e ruan si dritën e syve dhe mundohet ta rrisë mirë, ashtu si e kupton ajo këtë të mirë. Që ta mbrojë çunin nga mortja shtrigë, i ka varur në qafë një grumbull hajmali, si ndonjë varg gështenja. Kur fle foshnja, natyrisht, e vrasin këto dhe s'e merr gjumi. Ajo kujton se është sëmurë dhe s'do të besojë se mund ta vrasin hajmalitë. Kur e sheh njeriu këtë foshnje me shumë shenja të nxira në shtat, i bëhet të besojë se ajo dikur ka qenë e burgosur dhe e lidhur me vargoj hekuri. Në ballë i ka vënë një gjysmë napoloni dhe një gisht të zi, të marrë nga fundi i fteres! Në kraharor, përveç hajmalive, i ka varur një thelb hudhër me një copë shtipz, të mbështjellë në një pece të ndyrë. Vargu i hajmalive, bashkë me shukun e hudhrës, ngjajnë si dekorata. Ai që e sheh, ka përshtypjen se ndodhet para një... personi të madh të dekoruar dhe, patjetër, e ndjen nevojën ta përshëndesë me nderimet përkatëse. Të gjitha këto, simbas Kumes, vlejnë që të mos sëmuret dhe mos e marrin sysh çunin. I thashë t'ia heqë e t'ia vari në djep, por ku i mbushesh mendja se?   E pashë se i u prish qejfi. Prandaj nuk e zgjata shumë. Kështu rriten dhe kështu mbyten fëmijët tanë.

Kumja ka edhe një motër që banon diku, atje tej. Ajo, megjithëqë është martuar gati pesë vjet më parë, s'ka fëmijë, sepse s'ka pjellë kurrë. Kur flet me të mbi këtë çështje, të përgjigjet:

- S'do zoti.

Kush e ka fajin? Ajo apo i shoqi? Zoti e di, do të përgjigjem unë, pse mjeku s'i ka vizituar kurrë. Kështu rrokulliset shqiptari në këtë jetë.

27 gusht

Ditët u bënë të zeza dhe netët edhe më të zeza. Mërzia më ka mposhtur dhe dëshpërimi më ka mbërthyer me kthetrat e veta për mos më liruar ndoshta kurrë. Jam shumë turbull. Shpirti më cingëron, zemra më rënkon dhe sytë më qajnë. S'jam e zonja as edhe t'i përshkruaj ndjenjat e mia ndër këto fletë. Disa herë, kulmi i mjerimit ta mbyll gojën.

30 gusht

Tani është mbyllur deriçka që na shërbente për vajtje-ardhje në shtëpi të xha Simonit. Vetë im atë ia ka vënë shulin dhe ka porositur që të mos e hapë njeri. Me një fjalë u mbyll dera e atij pallati, ku përbuji dhe u argëtua zemra ime.

Tani s'mundem ta shoh më xha Simonin e mirë, atë plak që më ka dashur si Irenën e vet. Tani s'mundem të kënaqem më me përkëdheljet e mëmë Gjystinës, që më ish bërë si nënë e dytë. As nuk mundem të kuvendoj me Irenën, që ma patë dhënë gjysmën e zemrës dhe patë marrë pjesë plotësisht në gëzimet dhe hidhërimet e mia. Gjithashtu s'mundem t'i shoh vëllezërit e saj, që edhe për mua qenë vëllezër, e Shpendin e mirë jo se jo.

Im atë i mbylli për mua dyert e kësaj familjeje, por ai s'mendon se zemrat e tyre s'i kanë mbyllur dyert për Dijen, që aq fort e kanë dashur. Oh, sa mallëngjehem kur i dëgjoj nga oborri zërat e tyre! Oh, sa dëshiroj të më ngushëllonte mëmë

Gjystina, duke m'i lëmuar flokët! Oh, sa do të kënaqesha sikur të mundesha të përqafoja Irenën dhe t'i thoja në vesh se sa fort më ka marrë malli për Shpendin! Ndoshta im atë pandeh se me këtë mënyrë i vuri gardh dashurisë sime me Shpendin. Oh, sa shumë gabohet! Demede s'e ka provuar ndonjëherë dashurinë, që ta njohë fuqinë e saj të papërballueshme. Ndoshta ai kujton se masat e ndalimit do të munden ta shuajnë flakën e fortë të dashurisë që valëvitet në zemrat tona. Ndoshta ai mendon ta prarojë zemrën time me jargët e ndonjë bandilli që i pëlqen, duke kujtuar se zemra është një enë bakri e jo një magje ndjenjash e lakmish të pastra. Ai demede nuk e di se atje ku shkrep dashuria e vërtetë hapet një vullkan i pashueshëm përjetë. Llava e këtij vullkani janë lotët dhe krateri i tij sytë. Ky vullkan, edhe kur duket si i shuar, ndizet e digjet përbrenda për të gufuar më vonë më me forcë. Ai do të ndizet, do të digjet dhe do të grafëllojë, pse ashtu e ka krijuar natyra, sepse ashtu shfren e kënaqet.

2 shtator

Xha Meta e xha Ceni, dy fqinjët tanë, kishin ardhur te ne sot në mëngjes për vizitë. Mbas shumë bisedimesh që u zhvilluan mbi bujqësinë, u ndërrua kuvendi me lajmin e papritur që dha xha Ceni: një katundar e paska vrarë të bijën, sepse ajo qenka dhunuar nga një fshatar. Rreth kësaj ngjarjeje u shtjelluan mendime të ndryshme. Në fund, të gjithë dhe njëzëri e justifikuan atin që e kishte vrarë të bijën. Me fjalë tjera, femra e dhunuar të gjykohet si fajtore e pafalshme dhe të dënohet me vdekje.

Natyrisht, kurrkush nuk mundet të flasë, makar një fjalë, për t'i dalë zot një femre, që, duke mos i frenuar senset e veta, arrin të poshtërohet dhe dënimi i saj, megjithëse tepër i rreptë, është i justifikueshëm. Vetëm dua të di: pse dënimi rëndon vetëm mbi femrën e gjorë? Në është se ajo u dhunua ose bëri kurvëri, mashkulli ç'bëri? A nuk bëri edhe ky bikni? Kush mundet të na sigurojë se femra qe ajo që i nxiti pasionin mashkullit dhe e ndolli në kryerjen e asaj vepre, që e dënon shoqëria e sotshme me fjalët: ilegale dhe e turpshme?

Sikur të kishte pas njerëzia një histori turpesh, natyrisht të shkruara prej duarsh të pastra e të pa dridhura nga ndikimi ose kërcënimi i të tjerëve, do të vinim re se, qysh nga Adam-Eva e deri më sot, femra është ngucur e gabuar prej mashkullit për t'u bërë vegël dëfrimi për të. Megjithëkëtë, kur është diktuar, është dënuar, ndërsa mashkulli s'është trazuar. Përse ajo ndëshkohet dhe ai nuk trazohet? A nuk kanë bërë mëkat ose faj të dy së bashku? Apo mëkati i mashkullit është i falshëm? Mos është edhe zoti me burrat apo vetëm i burrave, që mban anë nga ata? Çudi! Katundari i jonë e gjeti veten të fyer e të turpëruar, pse i qenka dhunuar e bija. Ka të drejtë. Por katundari tjetër ndoshta as nuk u skuq në fytyrë kur e mori vesh veprën që kreu i biri. Në është se i pari e vrau të bijën për ta larë turpin me gjakun e saj, a nuk duhej që edhe i dyti ta vriste të birin për ta shlyer atë njollë që djali i tij vulosi me gjakun e një të ngrate? Në u quajt ajo lavire ose fërshëndi, a nuk lypset të quhet edhe ky njëmitar ose bik? Përse rëndon vetëm nga femra balanca dënuese e drejtësi mashkullore?

Apo nuk është i njënjëshëm faji për të dy? Nuk di, por më duket se, të pakën në këtë punë, mashkulli nuk lypsej të kishte një privilegj.

Vepra e ndaluar dhe e turpshme padyshim u krye prej të dyve dhe dënimi, po në atë mënyrë, lypsej t'i përballonte që të dy, se po të mos kishte marrë mashkulli pjesë aktive në veprën e kryer, nuk kishte se si bëhet turpi. Po, se që të bëhej turpi lypsej të bashkohej mashkulli me femrën. Përndryshe nuk do të ekzistonte turpi në këtë mes dhe sot nuk do të derdhte lot nëna e shkretë mbi kufomën e bijës së shuar nga dora e atit të vet. Katundaret tona vuajnë nga mizoria e burrave dhe e prindërve të paditur, rënkojnë nën ndrydhjen që u bëjnë zakonet e egra dhe gabimet e tyre shpërblehen rëndë. Kanunet e maleve nuk i mëshirojnë aspak të ngratat dhe nuk u japin asnjë vlerë e për këto të shkreta kurrgjë e mirë s'është bërë deri më sot.

Sikur të kishte qenë në dorë të femrave sundimi i botës, a do ta gjenin të drejtë meshkujt një dënim të tillë e të njëanshëm kur t'u jepej atyre nga femrat në një rast kësodore? Sigurisht jo dhe nuk do linin mjet pa përdorur për ta fituar, të pakën, barazinë. Po ne? Oh, ne të shkretat nuk lejohemi ta nxjerrim zërin për të drejta më natyrale e fillestare e jo më për këto që kanë një karakter të shëmtuar. "Kur lind femra, qajnë trarët", thotë një fjalë popullore. Në këto pesë fjalë shprehet krejt përbuzja e skotës mashkullore kundrejt femrës së shkretë. Ky mendim i padrejtë dhe çnjerëzor na ka hyrë në shpirt edhe neve femrave dhe e themi me aq besim, si të ishte ndonjë varg i Kuranit ose i Ungjillit. Kjo përbuzje kaq trashanike, që i bëhet femrës prej mashkullit, synon të qëllojë mu në shpirt e në palcë: në sedër. Për atë që është burimi i jetës dhe shtylla e ekzistencës njerëzore, bëhet kjo përbuzje kaq e poshtme dhe e varfër nga vlera mendore e morale. Mashkulli, biri i femrës, ia përplas në fytyrë asaj këtë fyerje kaq të rëndë, për t'ia therur zemrën mizorisht. Eh, fatkeqësi! Mashkulli, që mburret me aventurat e veta, duke thënë se ka mashtruar e ka gabuar këtë ose atë femër, ka guximin e paturpshëm edhe ta përbuzë, edhe ta dënojë atë për gabimin që bën, gabim në të cilin ai vetë e shtyn.

Lypset të ngrejmë krye, duhet të çohemi peshë e t'i luftojmë këto ligje e zakone, që na i grabisin të drejtat tona më se natyrale, që na poshtërojnë dhe na ulin në shkallën e një robëreshe të neveritur, që na i shkullojnë dhe na i shterin burimet e sedrës e të krenarisë si femra e si njerëz, që na e shtypin pamëshirshëm ndërgjegjen dhe shpirtin. Duhet t'u japim të kuptojnë se përparimi i një kombi matet me zhvillimin e femrës dhe se kjo lypset të zërë një vend të konsiderueshëm në shoqërinë njerëzore.

A s'ka zemra që të ndjejnë dhimbje për pësimin tonë? A nuk ka veshë që ta dëgjojnë klithmën tonë? Ah, sikur të isha djalë! Po, sikur të mundesha të metamorfozohesha e të bëhesha djalë, do të mundesha të ndërmerrja një lëvizje të gjerë për të luftuar rreptësisht pengesat e fatbardhësisë së femrës shqiptare dhe t'i siguroj asaj liri të plotë e njësim të të drejtave. Kjo përpjekje e ashpër besoj se do të më kënaqte; kjo luftë e rreptë sigurisht do ma lehtësonte ndërgjegjen e dërmuar prej fyerjesh e padrejtësish të përditshme që i bëhen femrës së shkretë. Dhe zemra ime atëherë do të mbushej plot afsh e zjarr për t'i përvëluar kundërshtarët e këtij ideali të shenjtë. Po, zbrazësia e asaj zemre që lëngon nga mungesa e lumturisë së dëshiruar, do të mbushej atëherë plot lëng zjarri, për t'u zbrazur pastaj mbi ata që e kanë monopolizuar shijimin e jetës dhe gëzimin e të drejtave në këtë botë.

Nuk jam e zonja t'i shqiptoj mendimet e ndjesitë e mia, sepse s'kam pas fat të zhvillohem në një shkollë të lartë ose në një rreth ku mbretëron drita e pashueshme e kulturës. Por e ndjej se kam një shpirt, që me të gjithë forcën e vet më shtyn të luftoj të ligën dhe padrejtësinë; kam një vullnet që më nguc për t'i rënë kresë mendësisë së mykur, asaj mendësie që na ka lënë trashëgim errësira qindra shekullore e injorancës, ajo që edhe sot na pengon në kryerjen e veprave të shkëlqyeshme fisnike dhe nuk na lejon të kalojmë një jetë të ëmbël dhe të bukur.

Femra shqiptare sot s'ka ndryshim të madh nga ato që jetuan disa qindra vjet më parë dhe, në disa raste, është baras me skllavet e motshme, pasi nuk i gëzon të drejtat e veta. Sikur të dinin e të mundeshin të shkruanin skllavet e motshme, kush e di se çfarë kryeveprash do na kishin lënë, sepse në to do t'i përshkruanin vuajtjet e veta dhe ndjesitë shpaguese që ushqenin kundrejt zotëve të tyre. Kush e di se sa helm e vrer kanë pas grumbulluar zemrat e tyre të plasura! Kush e di?! Sigurisht, ato do të kenë vdekur më tepër prej pezmit e dëshpërimit që i ka bërë të plasin, sesa prej sëmundjeve. Por edhe sot, thuajse, kështu është femra, sidomos femra shqiptare. Sikur të guxonte kush të zbulonte dufin dhe urrejtjen që ka zemra e saj, do të lemerisej e gjithë bota dhe atëherë do të kuptonte skota mashkullore se deri ku ka arritur padrejtësia që i bëhet asaj.

Po të kisha qenë djalë, do t'u mëshoja me grushte turinjve gjithë atyre që kërkojnë të kenë privilegje dhe që duan ta përdorin femrën herë si kafshë dhe herë si... mjet dëfrimi. Por nuk jam. Dhe perëndia, sikundër duket, nuk e ka mendjen të bëjë mrekulli.

5 shtator

Sot në mëngjes, duke u endur nëpër lulishte, dëgjova një trokitje të lehtë.Ktheva kryet dhe pashë nga deriçka që është ndërmjet nesh dhe shtëpisë së xha Simonit. Një pës më ra në vesh dhe mbas pak dëgjova të thërritet emri im. E njoha zërin. Ishte i Irenës. U avita në mënyrë që të mos hetohesha prej të shtëpisë sime.

- Merre këtë letër, - më tha dhe futi nën pragun e deriçkës një letër të mbështjellë në një pece.

Irena e kishte gërryer truallin nën prag që të siguronte një mjet komunikimi me mua. E mora letrën dhe u largova dalëngadalë, si të mos kisha gjë. Shkova e u mbylla në dhomën time. E hapa letrën me duar të dridhura dhe me të rrahura të zemrës. Ishte prej Shpendit. Ja se ç'më shkruante:

E dashura Dije,
Fati i lig që na lufton, besomë se do të përkulet e do të ndrydhet para vullnetit që buron nga zemrat tona të mbushura me flakë dashurie. Po ta kisha paramenduar se do të dështonte iniciativa jonë dhe do merreshin kaq masa kundër nesh, po ta kisha ditur se do këputet përgjysmë ajo lumturi që patëm nisë të shijonim, shumë më mirë do të ishte që të mos e trazonim tët atë me propozimin e martesës. Po ku ta dinim se. Një milion herë më mirë do të ishte përjetësimi i asaj jete, ashtu sikundër ishte, sesa kjo gjendje që nuk na lejon as të shihemi me shoqi-shoqin. Atëherë kur ne besuam se do ta kurorëzojmë lumturinë, u mjeruam. Megjithëkëtë nuk duhet të dëshpërojmë, se më në fund do të ngadhnjojmë. Unë po marr masa të tjera për t'i a mbërritë qëllimit.

Herë-herë mërzitem pa masë dhe më duket sikur do të rroposet krejt bota e ëndrrave tona lumturuese, ajo botë e bukur që krijuan zemrat tona. Por fotografia jote, që më ka pas dhënë Irena me lejen tënde - e mban mend? - më sharton shpresa në shpirt, më mbars me vullnet dhe më përtërin në fuqi. Qartësia e syve të tu të kaltër e të qëndisur, që duket edhe në fotografi, ka forcën magjike me mbytë e me zhdukë çdo hidhnim, duke e këmbyer atë në gëzim.

Sot jam mjaft i mërzitur, sepse mbrëmë -

vetëm mbrëmë - nuk të pashë në ëndërr. Edhe në gjumë jetoj me ty. Nuk di se në ç'gjendje je ti, o lofka e zemrës sime! Të lutem mos u mërzit dhe kij shpresë. Edhe ime ëmë është mërzitur shumë nga refuzimi i bërë prej tyt eti për martesën tonë. Fillimi i ëmbël i këtij mëngjesi, sigurisht, do të dojë të t'i sjellë puthjet e nxehta të kësaj zemre, që është plot mall e dashuri për ty, o engjëlli im. I joti përjetë:
Shpend Rrëfeja

Disa herë e lexova dhe disa herë e putha atë letër. Mbasandaj e futa në gji me një besim fetar që ta qetëson shpirtin e tronditur, ashtu si të ishte një hajmali e shkruar prej dorës së një shenjti ose të profetit.

7 shtator

Gjumi më është prishur. Gati gjithë natën rri me sy hapur. Edhe shija e bukës më është prishur dhe gjellët më duken të zbarta. Sot pata ethe dhe volla pak gjak. Kanë nisur të më qarkohen sytë prej një rrethi të zi dhe fytyra më është zbehur. Prandaj i thashë tim eti që të më sillte një mjek për të më vizituar, por ai bëri sikur nuk më dëgjoi.

10 shtator

U martua Irena. Sot erdhi Zefi vetë, bashkë me krushqit, dhe e mori. E çuan Irenën në shtëpinë e atij që dashuron. Unë nuk e pashë. Kërkova të shkoja ta takoja dhe ta përshëndesja për herën e fundme, sepse e dua si një motër. Dalëngadalë po këputen vargjet e lidhjes që kam me Shpendin. Mbas sot nuk ka kush të interesohet për të na mbajtur në marrëdhënie me njëri-tjetrin. Tani e ndjej veten me të vërtetë të shkretë, si një bonjake të mjerë, që nuk i qesh njeri. Oh, fat i zi!

14 shtator

Tani nuk druaj se më hidhërohet baba po të shkoj në shtëpi të Hamitit, pasi janë paqtuar. Prandaj, sa herë që dua, mund të shkoj pa ndrojtje. Sot shkova kinse për të bërë një vizitë, megjithëse vajta për t'u parë me Hamitin, me shpresë se mos më jepte ndonjë lajm të mirë mbi fatin tonë. Mëmë Sybja, e ëma e Hamitit, ashtu edhe gocat e djemtë më pritën me gëzim. Fëmijët e vegjël të Hamitit, si përherë, më duan fort. S'di se pse simpatizohem kaq shumë prej të vegjëlve. Mëmë Sybja u çudit e u pezmatua kur më pa të dobësuar dhe të zbehur në fytyrë. Nuk u mbajt pa më pyetur se pse isha ligështuar. Hamiti s'ishte aty dhe, megjithëqë prita shumë, nuk erdhi. U ktheva në shtëpi e dërmuar moralisht.

16 shtator

U shemb e u gremis pallati i lumturisë sime, që kisha ndërtuar në zemër me duart e Shpendit. Tani u zhdukën të gjitha shpresat dhe u përmbysën të gjitha kështjellat e ëndrrave tona. Ëndrrat e lumturisë, si të ishin re të lehta, u avulluan dhe u zhdavaritën prej një murrani të egër. Po, të gjitha mbaruan, vdiqën. Po. Sot më fejoi im atë me një farë Qazim Krandja, tregtar në shkallë të parë. Im atë kishte shkuar sot në zyrën e Sheriatit dhe, si përfaqësuesi im fuqiplotë, kishte dhënë pëlqimin për kurorëzimin tim me atë farë tregtari. Edhe kadiu, pa pasur nevojë të më pyesë mua se a e pëlqej këtë kurorëzim, i bëri formalitetet duke e bekuar bashkimin tonë.

Hallë Hatixheja dhe disa plaka tjera të fisit kishin ardhur te ne sot qysh në mëngjes herët. Nuk më thanë gjë. Edhe mua, natyrisht, s'më shkoi mendja kund. Kur u kthye im atë në shtëpi, aty pak para mesdite, i dolën para plakat dhe e përgëzuan. Fytyrat e tyre të qeshura dhe përhirimet e urimet që i bënin tim eti, duke i thënë "ndjefsh edhe në të tjerët", më futën në dyshim, por nuk mund të pyesja. Prandaj u tërhoqa më një anë dhe nuk bëzana. Mbas pak plakat, bashkë me hallë Hatixhen, erdhën pranë meje dhe, pasi më përqafuan, më uruan dashuri e lumturi me burrin, të cilin nisën ma lavdëruan, duke thënë se është tregtar i madh, shumë i pasur, i rodit të mirë dhe një varg të gjatë...

Unë, në fillim, shtanga dhe u mpiva fare. E humba fuqinë e gjykimit dhe nuk qeshë e zonja të çmoja shkallën e fatkeqësisë që më kishte kapërthyer. Sytë m'u turbulluan dhe m'u veshën prej një reje të zezë. Plakat i shihja të zhytura në një dendësi tymi, si të ishin rrethuar prej një turmë mjegullash ose si të ishin sorra të strukura pranë meje.

Tëmthat më rrihnin me forcë dhe veshët më gurgullonin. E vura dorën mbi zemër për ta ndaluar hovin e rrahjeve të forta e të parregullta. Një copë herë mbeta e hutuar dhe e harlisur. Mbasandaj shpërtheva në vaj dhe qava me të madhe, duke bërtitur se nuk e doja atë njeri për burrë. Mbas asaj shtrëngate lotësh e britmash u plandosa në një kënd si gjysmë e vdekur. Vajin tim ato e kujtuan të natyrshëm dhe si të gjithë atyre që qajnë në raste të tilla nga njomësia e ndjenjave e nga foshnjëria e gjykimit, por jo si shenjë hidhërimi e dëshpërimi. Sa për gjysmë zalisjen që pata, besuan se ajo m'u shkaktua nga dobësia e shëndetit, që u trondit nga ky gëzim i papritur, megjithëse unë protestoja kundër asaj padrejtësie që më ishte bërë. Edhe tani që po i shkruaj këta rreshta, po derdh lot. Sytë e mi më duket se mbas sot nuk do të shterin më, veçse kur të mbyllen për t'u hapur në jetën tjetër. Im atë duket i kënaqur që arriti të fejojë të bijën. Për atë, natyrisht, nuk ka rëndësi as edhe vlerë zemra. Ai i fut asaj një thikë dhe s'e çan kryet fare. Zemra, simbas mendjes së tij, pa dyshim është si një lodër fëmijësh që mund të përdoret për çdo lojë simbas dëshirës së zotëruesit dhe dashuria një kanistër, që mund të përftohet ose mund të fitohet lehtazi. Për të ka rëndësi personi i dhëndrit si tregtar ose si arkëtar i një shume të hollash. Vlera morale pastaj, në sytë e tij, ka tjetër dukje, tjetër trajtë dhe tjetër ngjyrë.

Një i pasur, simbas tij, është i ndershëm, i mendshëm, i dashur, i pëlqyeshëm dhe i nderuar. Sa për dashurinë, që është themeli i lumturisë, ai s'do të dijë gjë dhe nuk e vë atë ujë në zjarr.

Prindër, si im atë, ka shumë Shqipëria. Këta njerëz, me mendësinë e tyre prapanike, vetë e ndjellin rrezikun dhe mjerimin e fëmijëve të vet. Këta janë skllevërit e primitivitetit e të zakoneve të egra, që janë në kundërshtim të rreptë me konditat e me rrymën përparuese të kohës së sotshme. Këta kanë qëndruar në vend dhe as që duan të shkojnë përpara, për t'i parë ndryshimet që imponon shekulli i sotshëm. Me fjalë të tjera, këta i përkasin shekullit të kaluar dhe nuk mund të pajtohen me frymën e re të kohës sonë, plot afsh gjallërie. Im atë e dha pëlqimin që të martohem me atë njeriun e panjohur prej meje dhe kadiu e bekoi në emër të Sheriatit. Këtë poshtërsi shembullore e bëri baba kundër fëmijës së vet dhe kadiu e aprovoi në emër të atij ligji hyjnor, që quhet myslimanizëm. Me këtë mënyrë, kadiu veproi kundër dispozitave të Sheriatit dhe e njollosi fenë që përfaqëson, sepse ajo, sikundër thotë dajë Haxhiu, nuk lejon martesë pa u marrë tri herë me radhë hiri i të dy palëve që do të kurorëzohen. Me gjithë këtë, ky turp u krye dhe im atë është i kënaqur për fitimin që pat. Por ai nuk mendon se e ka vrarë të bijën me dorë të vet dhe se e ka futur në varr për së gjalli. Ai nuk e gjykon se përfundimi i këtij mashtrimi apo i kësaj tradhtie do të jetë i kobshëm për të bijën dhe nuk i shkon ndërmend se dikur do të pendohet plotësisht për këtë padrejtësi që i bëri pjellës së vet. Dikur dhe ndoshta shumë shpejt do ta kuptojë gabimin. Atëherë do t'i bjerë kokës me grushte, por kot, se do të jetë shumë vonë. Atij nuk ia merr mendja se një copë femër, si unë, mund të ketë guximin me e rrokë për qafe më lehtas vdekjen shtrigë sesa atë burrë që i jepet përdhunisht si shok jete. Do të vijë dita e kësaj prove të hidhur dhe ai ka për të parë se si mbaron dashuria e asaj fatzeze, që shtrëngohet ta ndrydhë zemrën për hir të të atit.

Ne, femrat shqiptare, jemi krijesa të varfra, që duke kënduar, si të trenuara, shkojmë symbyllazi drejt greminës, drejt varrit që na përgatisin të tjerët dhe na shtyjnë të përplasemi brenda. Po. Na duhet të jemi të qeshura e gastore për t'i kënaqur kapriçiot e burrave, lypset të jemi pa zemër e pa shpirt, për t'i ngopur dëshirat e atyre që na kanë monopolizuar. Por edhe në paçim zemër e shpirt, këta lypset të funksionojnë simbas ëndjes së atyre që na kanë robinë e jo për ata që ne mund të dashurojmë. Oh, fatkeqësi! Sa e sa breza femrash, që erdhën para nesh, u bënë viktimat e këtij zakoni të egër dhe fli e asaj mendësie që ka për të vetmin qellim të kënaqë kapriçiot e një turme injoranteje, sunduese mbi fatin dhe jetën e atyre femrave të mjera. Kurrkush, deri më sot, s'pati guximin të marrë përsipër një përgjegjësi për t'i operuar e shëruar plagët e kësaj shoqërie, që lëngon prej shekujsh. Toka jonë, për fat të keq, nuk polli një gjeni që t'u jepte hov gjallërie turmave të mbetura nën thundrën e zakoneve primitive, për t'u hedhur tej me forcë; që t'i udhëhiqte për t'u vërvitur jashtë kaosit të errët të fanatizmit; që t'i lartësonte moralisht e intelektualisht, duke i shpëtuar nga robëria shpirtërore e disa qindra shekujve. Nuk doli një titan, që ta ngrinte grushtin e tij të fortë kundër atyre që e pengojnë zhvillimin tonë natyral e historik, kundër atyre që nuk na lënë të ecim drejt rrugës së madhështisë, të lirisë e të lumturisë. Ah, sikur të isha djalë e ta merrja përsipër këtë mision kaq delikat dhe t'i shërbeja shoqërisë njerëzore! Ne do t'ia puthim dorën me respektin më të madh dhe do ta deklarojmë shenjt atë njeri që do të na shpëtojë nga kjo robëri shekullore, duke e grisur edhe peçen, që t'i jepen femrës shqiptare e myslimane mundësitë për t'i parë rrezet e arta të... qytetërimit.

Unë, sa për vete, kam vendosur ta vulos jetën time me gjakun tim. Me këtë mënyrë besoj se do t'u provoj kundërshtarëve të lirisë sonë se ne kemi vendosur të vdesim, por të mos përulemi.

17 shtator

Im atë pret e përcjell njerëz që vijnë ta përgëzojnë dhe urojnë. Ime njerkë fluturon nga gëzimi, natyrisht jo sepse u fejova, por sepse u forcova me një njeri që s'e dashuroj dhe sepse do të më shporrë sysh. Mora vesh se kushëriri im Hamiti ishte zënë keq me tim atë për shkak të fejesës sime. Për pak nuk ishin rrahur. I shkreti Hamit! U përpoq shumë që të më bënte të lumtur, por nuk mundi ta mposhtë tim atë, që mundohet të më mjerojë.

Eh fat i zi, fat kobar!

Ata që nuk e pëlqejnë të bukurën, janë të vdekur. Çdo njeri, që ka një farë ndjenje, pjerr nga e bukura. Edhe njeriu primitiv e pëlqeu dhe e dashuroi të bukurën. Ata që nuk kanë dashuruar ose nuk dashurojnë, janë kafshë pa shqisa, pa zemër, pa ndjenja dhe pa as më të voglën rreze hyjnore. Këta kanë varfëri apo vobekësi shpirtërore. Janë kërma të lëvizshme, që enden në mes tonë si fantazma ose lugetër, që kërkojnë ta ulin vlerën e jetës, që përpiqen ta heqin shijen e rrojtjes. Edhe ata që e pengojnë zhvillimin e dashurisë, të asaj dashurie që shtjellohet brenda caqeve të një morali relativ e logjik, janë shokët e këtyre të verbërve, që s'e njohin dritën, që s'kanë fuqi e pajë natyrale për t'u ngjitur në sferat e larta e të ndritshme të bukurisë mendore e shpirtërore. Këta mëkatarë meritojnë të mëshirohen, se nuk e kuptojnë se shpirti e mendja ushqehet me të bukurën e jo me të shëmtuarën, pse kjo i vret e i mbyt. Edhe im atë, për fat të keq, bën pjesë në këtë turmë të varfërish e të verbërish, që formojnë ballin pengues në zhvillimin dhe përparimin e shoqërisë sonë. Këta janë si ferrat ndër lule, si njollat ndër pëlhura të bardha dhe si plagët në zemër. S'di në e ka marrë vesh Shpendi kobin që pësuam.

Në e ka marrë vesh, kush e di se sa fort do të jetë pikëlluar dhe sa lot do të ketë derdhur. Sigurisht do

të më pakësohej hidhërimi dhe do të më lehtësohej shpirti i brengosur, po të mundesha ta shihja ngandonjëherë. Por, s'ka mundësi dhe unë do të vdes, ndoshta, pa e parë edhe një herë.

20 shtator

Ai, me të cilin më kanë kurorëzuar, qenka i ve. Gruaja e parë, me të cilën paska jetuar shtatë vjet, i paska vdekur gjashtë javë më parë, pa i lënë asnjë fëmijë. Qenka një burrë nja dyzet vjeç. Pse, sikur të ishte i ri, a do ta pëlqeja? Jo, kurrë!

Përveç Shpendit, edhe një engjëll po të kishte marrë trupin e një mashkulli, nuk do ta pranoja e nuk do ta dashuroja. Por ai tregtari le ta shënojë qysh tani në pllakën e trurit të vet se edhe gruaja e dytë do t'i vdesë sa të shkelë në prag të derës së tij. Kurrgjë s'kam marrë vesh prej Shpendit. Dua t'i shkruaj, por me cilin t'ia dërgoj se? Më mungon çdo mjet. Shkurt jam e shkretë dhe e mjerë në çdo pikëpamje. Ah, unë korba!

23 shtator

Dasma ime do t'u bëka shpejt. Prandaj po bëhen përgatitje. Ditën e kurorëzimit qenka caktuar edhe një afat i shkurtër. Sot m'i njoftuan këto hollësira. Domethënë se edhe pak jetë më mbetet. Kur mendoj se jam fejuar me një të panjohur e të pa dashuruar prej meje, më rrëqethet shtati dhe më kapin rrebet. Mërzia më dyfishohet dhe dëshpërimi më shtohet kur e mendoj pikëllimin që do të ketë Shpendi, sidomos mbas martesës sime me... tokën e zezë. Kush e di se sa do të helmohet i ngrati mbas tragjedisë sime. Kush e di se sa do të më qajë. Shpirti im do të ngushëllohet vetëm sepse ka për të lënë mbrapa një zemër që do ta qajë me të gjithë fuqinë e saj. Mirë, por atëherë kush do ta ngushëllojë Shpendin? Kurrkush. Oh, i shkreti djalë!

Tani gjumi më është prishur fare. Netët i kaloj duke u menduar dhe duke qarë. Krejt trupi më është rraskapitur. Mjerimi po më përpin dalëngadalë, për të më përplasur pastaj në humnerë.

25 shtator

Kola i vogël, vëllai i Irenës, ishe futur sot në oborr të shtëpisë sonë dhe sillej rreth e rrotull.

- Ç'kërkon mor Kolë? - e pyeti njerka kur e pa.

- Kërkoj topin mori, më ra këtu, - gjegji ai, duke ardhur vërdallë dhe duke hedhur shikime andej e këndej. Asokohe unë isha lart, në dhomë time dhe po e shihja nga dritarja.

Kur më pa, më shkrepi syrin dhe nisi të fërshëllejë këngën "Sa bukur ne jetojmë, në male në Shqipëri". Pastaj e futi dorën në xhep dhe e tundi. E kuptova se diçka kishte. Zbrita poshtë dhe iu avita dalëngadalë.

- Eh, mor Kolë! Të ka humbur topi? - i thashë.

- Po moj Dije, - gjegji, duke ma shkelur syrin rishtazi.

- Kërkoje se e gjen! - ia bëra, duke e parë me një sy shqyrtues.

- Po moj. Tani e ka fshehur dreqi, por do ta gjej, - bëri dhe kërceu e u hodh pranë meje.

- Ja, e gjeta, - thirri ma andej.

Ndërkohë e kishte nxjerrë nga xhepi dhe vuri në tokë topin, të cilin e mori duke u kërrusur dhe duke brohoritur. Kur u drejtua pashë se edhe diçka tjetër kishte në dorë.

- Merre, se ma ka dhënë Shpendi. Tani vij më vonë të marr përgjigjen, - tha, duke më futur në gji një letër të bërë shuk.

U habita. Ai u largua duke e kënduar këngën:

Një motmot e disa muaj
Kena pas miqsi n'Tiranë

Tani do t'i kallzoj gjithkuji
Se vet ke ik e m'ke lanë.

Fjalët e kësaj kënge, s'di se pse, më bënë përshtypje të madhe dhe më ngjau sikur Kola i vogël më thoshte në vend të Shpendit se e kam tradhtuar. Çdo fjalë më binte në tru me forcën e një çekani dhe në zemër si një plumb. Shumë herë e kisha dëgjuar këtë këngë, por kurrë nuk më kishte lënë vragë sa sot. Për pak desh bërtita e desh i thashë Kolës se unë nuk e kisha lënë dhe nuk do ta lija kurrë Shpendin tim. E hutuar shkova dhe u mbylla në dhomë time. E lexova letrën. Ai e përshkruante dëshpërimin që kish pas qysh atë çast që e kishte marrë vesh fejesën time dhe, më në fund, më propozonte që të arratisemi në Itali.

E bëra gati përgjigjen dhe i thashë se jam gati të shkoj me të edhe në fund të ferrit. Gjithashtu i thashë se edhe unë, në mos mundshim të arratisemi, kam vendosur ta vras veten mu në atë çast që do të shkel në prag të derës së atij tregtari dhe nuk do të pranoj të bëhem gruaja e tij. Letrën e dërgova aty pak para se të perëndonte dielli.

Kam vendosur të arratisem. S'ka tjetër mjet shpëtimi. Fajin e ka im atë e jo unë. Më pastë në qafë!

26 shtator

Dje mbrëmë gati gjithë natën u përpoqa në shtrat. Fare pak fjeta. Shumë mendova dhe tepër qava. Mendoja se si do të arratisem, si do të largohem nga gjiri i familjes, nga fara e fisi dhe më në fund nga atdheu. Ndjenja të pashpjegueshme më gufonin nga zemra dhe më mbushnin me mall, më pezmatonin dhe në fund më bënin të derdh lot dëshpërimi. Jo një herë, por shumë herë u shkreha në vaj dhe qava me dënesë të madhe.

Sot gjithë ditën mbeta rënë në shtrat se isha e drobitur fare. Mbas dreke më shpërtheu gjaku nga goja si të ishte një çezmë. Kësaj radhe edhe im atë u shqetësua se demede hallë Hatixheja ia ka bërë tragjike sëmundjen time. Erdh e më pa. Më tha se nesër në mëngjes do të më sjellë një mjek. I thashë se nuk e dua mjekun, por besoj do ta sjellë. Ndoshta do të më ngjallë, se do të më çojë ke ai tregtari.

Nuk e dua mjekun, sepse po të jem sëmurë nuk munden të më martojnë. Me këtë mënyrë fitoj kohë për t'u përgatitur për arratisjen dhe, në rast të kundërt, e zgjas jetën.

Edhe sonte kam ethe dhe dhimbje kraharori.

27 shtator

Në mëngjes më vizitoi një mjek që kishte sjellë im atë. Pasi më pa, iku pa të më thënë gjë. Mbas një ore u kthye i shoqëruar edhe prej dy mjekëve të tjerë. Dukej se sëmundjes i kish dhënë rëndësi.

- Shiheni, - u tha shokëve frëngjisht mjeku që më kishte vizituar më parë dhe u tërhoq më një anë. Të dy mjekët më panë me kujdes të veçantë dhe më bënë një varg pyetje.

- Merr frymë! Mos merr frymë! Kollu! Mos u koll! - më thanë nja njëzetë a tridhjetë herë.

- Sëmundja është e rëndë dhe ka përparuar

shumë, - tha njëri, kur mbaroi vizita.

- Më duket se është në shkallë të dytë. Mushkëritë i ka në shkatërrim e sipër, - ia priti tjetri.

- Besoj se është në shkallë të tretë dhe mjekimi është i padobishëm, - vërejti i treti.

Doktorët flisnin frëngjisht. Kuvendonin në mes të tyre të shkujdesur se mos i kuptoja. Nuk ua merrte mendja se unë, për bela, kam mësuar pak frëngjisht dhe se mundesha t'i marr vesh bisedimet e tyre. Kur pashë se ata ishin në kundërshtim pikëpamjesh për mjekimet që duhej të më bëjnë, sa të ma zgjasnin afatin e rrojtjes në këtë jetë, u fola frëngjisht dhe u thashë:

- E kuptoj se sëmundja ime është e pashërueshme, mbasi jam tuberkuloze në shkallë të tretë, por ju mos u lodhni fort t'i zgjidhni barnat që do të më jepni, as edhe mos u shqetësoni nga gjendja ime, se unë do të jem më shumë e kënaqur nga vdekja sesa nga jeta.

- Oh! - ia bëni njëri në shenjë dhimbjeje, duke i rënë ballit me shpullën e dorës.

- Dini frëngjisht zonjushë? - pyeti pastaj si i hutuar e i harlisur.

- Fare pak. Sa t'ju kuptoj zoti doktor, - gjegja,

Dy të tjerët kishin shtangur, sepse nuk e kishin parashikuar se mund të zbulohej sëmundja prej meje. E humbën fare dhe s'dinin se si ta ndreqnin gabimin.

- Fjalët tona mbështeten vetëm në dyshime, zonjushë, dhe nuk mund të kenë bazë derisa të mos jetë bërë diagnoza e sëmundjes me mjetet e shkencës, - shpjegoi njëri, duke dashur ta riparojë atë që kishin prishur të tre së bashku.

- S'është nevoja të lodheni për ta bërë diagnozën e sëmundjes me mjetet e shkencës, sepse gjaku që kam nxjerrë, dhimbja e kraharorit, kolla e vazhdueshme, ethet e herë mbas hershme, si dhe të tjerat, janë, sikundër e pohuat dhe zotëria juaj pak më parë, simptomat e pakundërshtueshme të tuberkulozit. Pastaj duhet të dini se kjo nuk është e para ditë që jam sëmurë. Prej kohësh lëngoj dhe nxjerr gjak, - u thashë.

- Jo zonjushë, - ia priti njëri - s'duhet ta zmadhoni punën aq shumë, sa të kujtoni se lëngoni nga një sëmundje e pashërueshme.

- Unë e di dhe e kuptoj se jam dënuar me vdekje, por nuk e di se kur. Do t'ju isha mirënjohëse sikur të kishit mirësinë të ma caktonit afatin që më ka dhënë mortja për t'u zvarritur në këtë botë hipokrizish, gënjeshtrash, padrejtësish dhe poshtërsish, - u thashë, sikur të doja të shfryja në ta të gjithë pakënaqësinë e femrës së martirizuar.

- Përse flisni me kaq dëshpërim zonjushë? Nuk është e vërtetë se jeni aq e sëmurë. Nuk duhet ta humbni kurajën se fundi do të shëroheni e nuk do të vuani gjatë, - tha njëri, me një zë që tregonte se ishte përshtypur mjaft nga fjalët e mia.

- Po, po. E di edhe unë se nuk do të vuaj një kohë të gjatë. Sidoqoftë nuk do të shkojë shumë kjo, – thashë si me qesëndi, por edhe e trishtuar. Të tre mjekët kishin qëndruar në këmbë si të mpirë dhe po më shikonin me dhimbje të thellë. Ndoshta për të parën herë në jetën e tyre dhe gjatë karrierës kishin hasë në një të sëmurë që po u fliste kësodore. Dukeshin të habitur, aq më shumë nga mospërfillja me të cilën u flisja për vdekjen.

Natyrisht atyre nuk mund t'u shkonte mendja se unë kisha një zemër që dashuronte një yll dhe që mbas shkëputjes prej tij nuk dëshiroja të jetoja. Ata sigurisht kujtonin se gjuha ime e thekur ishte rrjedha e natyrshme e atij dëshpërimi që shkakton afrimi i vdekjes dhe jo një shprehje apo shfryrje e asaj zemre që iu mohua gëzimi i të drejtave të saj. Im atë kishte qëndruar në këmbë dhe vërente i habitur, pasi nuk kuptonte se ç'po flitej në mes tonë. Kur pa se u këput fjala, u drejtua nga unë e tha:

- E?!
- Kurrgjë.
- A s'të thashë se s'ke gjë.
- Pooo, - gjegja, duke i kafshuar buzët, - por do të bëje më mirë sikur të m'i kishe sjellë këta zotërinj doktorë qysh një mot më parë, kur të kërkova mjek, se do të ma hiqnin merakun qysh atëherë.
- Po të marrim doktor sa herë që ta zënë ethet njeriun, duhet të rrish me qese në dorë moj bijë! - tha im atë dhe i shikoi mjekët për të marrë edhe aprovimin e tyre. Ata e panë me një farë habie të trazuar me mëshirë e përbuzje.
- Ke të drejtë, - përgjigja dhe nuk u zgjata më shumë, se nuk doja të bëj fjalë me të para mjekëve. Ata më përshëndetën, duke më porositur që të mos dëshpërohem dhe duke më siguruar se do të shërohem.
- Unë prapë do të vij t'ju shoh zonjushë, – tha

njëri ndër ta.

- Ju faleminderit, zoti doktor, por s'ka nevojë, mos u mundoni kot, - gjegja.

- Jo, jo, do të vij, - përgjegji dhe iku bashkë me të tjerët.

Mbasi shkuan doktorët, mora dhe i shkrova Shpendit. I thashë se s'ishte nevoja të arratisesha për shkak se unë, simbas konstatimit të mjekëve, jam dënuar me vdekje si tuberkuloze dhe, edhe në më martofshin me atë tregtarin, do ta vras veten atë ditë që të më shpien tek ai, pse nuk do mundem ta duroj makar edhe për pak ditë. I shpjegova edhe se sikur të zhduken gjithë pengimet, unë nuk mund të martohem me të, sepse mund t'ia rrezikoj jetën meqë jam tuberkuloze. E jeta e tij, si për mua, ashtu për të ëmën plakë, është e nevojshme dhe e shtrenjtë. I thashë ta harronte atë femër që e dashuroi me të gjitha forcat e shpirtit të vet, pasi ajo është e dënuar me një vdekje që nuk i jep afat të gjatë në këtë botë. Më në fund iu luta të më dërgonte një fotografi, që të çmallesha duke e parë.

Letrën e dërgova me anë të Kolës, i cili ishte futur në shtëpi, duke pretenduar se prapë e kishte humbur topin.

30 shtator
Mora përgjigje prej Shpendit. Oh, se ç'më shkruante! Qava kur e këndova letrën e tij. Dëshpërimi i tij për sëmundjen time kishte arritur kulmin. Por, më anë tjetër, më siguronte se mund të shërohem fare lehtë po të bëj një kurë të rregullt dhe pa u mërzitur, gjë të cilën ma

këshillon në mënyrë të veçantë. Sa për pengimin që formon sëmundja ime për martesën tonë, ai s'e merr parasysh fare dhe thotë se, sikur të ishte e mundur, do të më priste me kënaqësi e me krahë hapur edhe sikur t'ia shpija mortjen me puthjen e parë. Prandaj insiston në mendimin e parë dhe kërkon që të bindem të arratisem. Gjithashtu më lutet të mos e zbatoj vendimin e vetëvrasjes edhe në mos u gjettë mundësia e arratisjes. Në është se jeta ime është e domosdoshme për time ëmë, sikundër më shkruan ti, edhe jeta e jote është ngushëllim, kënaqësi dhe gëzim e burim lumturie për mua, më thotë. Pastaj më kërcënohet duke më thënë se edhe ai do ta vrasë veten atë çast që do marrë vesh kobin tim dhe pret përgjigje që ta siguroj se nuk do ta vë në veprim atë mendim. Më në fund më siguron se, sido që të ngjajë, nuk do të më zëvendësojë me asnjë femër në botë dhe zemra e tij, sa të jetë gjallë, do të rrahë vetëm për mua. Edhe fotografinë që i kërkova ma kishte dërguar të mbështjellë në një shami të mëndafshtë. U kënaqa duke e parë dhe puthur.

Tani gjykoj se sa gabim kam bërë që e lajmërova se kam vendosur të vras veten ditën e martesës.

Ai, natyrisht, nuk e do vdekjen time dhe më mirë pranon të bëhem gruaja e atij tregtarit sesa prona e tokës së zezë. Mirë, por si do të mundem të duroj torturën e përditshme që do më shkaktojë martesa? Jeta e martesës, me atë tregtarin e neveritshëm, do të jetë e padurueshme dhe munduese. Prandaj më mirë do të ishte vdekja që bëhet në çast, sesa mbas shumë vuajtjesh. Për mua, më e ëmbël do të ishte vdekja sesa martesa. Ç'të bëj pra? Ai thotë se do ta vrasë veten porsa ta marrë vesh vetëvrasjen time. Atëherë si i bëhet halli i së ëmës, i asaj së gjorës që është përvëluar me vdekjen e tmerrshme të burrit e të dy djemve të vet, i asaj së ngratës që ka vuajtur si kurrkush? A me vetëvrasjen e të birit do t'ia shpërblej simpatinë që shfaqi për mua dhe që, me gëzim të madh, pranoi të më bënte të renë e vet? Kush do ta ngushëllojë të mjerën po t'i vritet edhe djali i tretë dhe i vetëm? Si do t'i lëbyri ditët e zeza të pleqërisë, të kaluar larg vendlindjes së shkretuar prej xhandarëve dhe me shumë plagë në zemër? Ç'faj më ka ajo e shkreta që t'ia nduk zemrën mizorisht, duke ia futur në tokë edhe dritën e syve dhe shtyllën e vetme të jetës së vet? Jo. Këtë nuk e duron zemra ime. Prandaj duhet të heq dorë nga mendimi i vetëvrasjes; lypset të rroj, që të rrojë edhe Shpendi im i shtrenjtë, ai që ma ëmbëlsoi jetën, duke më falë zemrën e vet. A nuk është mëkat që të vdesë ai farë djali në moshën më të mirë të jetës së vet? Përse ta tërheq rrëshqanas e ta fus në gropën e zezë, ku nuk ka për ta parë më e ëma? Me vdekjen e tij, për mua shuhet ylli i dashurisë, por për të ëmën perëndon dielli i jetës dhe i lumturisë.

A nuk është mëkat?

Për këto arsye më duhet të heq dorë nga mendimi i vetëvrasjes dhe të pranoj të vuaj shpirtërisht nën regjimin e ri që do më sjellë martesa me atë tregtarin. Le që unë mund të vdes më parë se të vijë dita e martesës. E po vlen të bëj një sakrificë që ta shpëtoj Shpendin nga vdekja dhe të ëmën nga mjerimi. Sa për propozimin e arratisjes që ma përsërit, do ta refuzoj, sepse bashkimi i tij me mua i ndjell vdekjen dhe një vdekje të dhimbshme.

Po i shkruaj, pra, dhe po e njoftoj se heq dorë nga mendimi i vetëvrasjes me konditë që edhe ai të më japë besën se nuk do të marrë një masë të tillë të egër në është se unë pësoj një vdekje natyrale. Gjithashtu po i them se nuk mund të arratisem.

E shkrova letrën, të cilën e mbylla duke i thënë që mbas sot të kënaqemi me ëndërrimet e argëtimet e një dashurie ideale, e cila për ne qe dhe mbetet e pastër, e pafajshme dhe e papërlyer.

3 tetor

Mjeku që më pat premtuar se do të vinte të më shihte, erdh sot. Më pyeti në kam pas ethe, a kam qitë gjak, a kam fjet dhe a kam oreks. Kur i thashë se vazhdoj të mos fle e të nxjerr gjak, u shqetësua dhe i rrudhi vetullat.

Bëri një recetë për do barna dhe iku duke më dhënë shpresa shërimi. Përnjëmend dëshiron të më shërojë mjeku. Përpiqet të më mbajë edhe më në këtë jetë. E përse? Ç'të gëzoj? Natyrisht kurrgjë të mirë e asgjë të këndshme. Në qoftë se rroj disa ditë më shumë, kjo nuk do të më kënaqë veçse kur të mendoj për Shpendin. Koha tjetër është dhe do të jetë e pashijueshme, e zbrazët dhe mërzitëse. Për këtë shkak, jeta për mua e ka humbur kuptimin dhe vlerën.

5 tetor

Për shkak të sëmundjes sime, dasma u shty për

më 20 të këtij muaji. Domethënë se edhe dy javë mund të rroj me një farë shprese, që xixëllon në qiellin tim të vranët si një yll i mektë. Kush e di. Çdo gjë mund të ngjajë brenda kësaj kohë; shumë ndryshime e çudia mund të bëhen brenda një nate e jo më gjatë këtyre ditëve. Por, ah! Fati im i lig është nopran, është shterp. Ai nuk më buzëqesh dhe as që e ka mendjen të ndërrojë drejtim. Prandaj, sido që të bëhet, gjendja ime nuk mund të përmirësohet. Kot shpresoj si foshnjë. Vetëm arratisja është mjet shpëtimi për mua, por është e rrezikshme për Shpendin. Prandaj nuk mundem ta pranoj. Po të mos kisha qenë e sëmurë, me kënaqësinë më të madhe do të hidhesha në krahët e tij dhe do të shkoja me të tej maleve e fushave, andej lumenjve e deteve për të gjetur vendin ku të preheshim, të argëtoheshim, të gëzoheshim dhe të shijoheshim me ëmbëlsitë që na ka dhuruar natyra. Por ja që jam e sëmurë dhe si e tillë nuk jam e përshtatshme për kurrgjë.

9 tetor

Dje, në kohë të zemrës, mora përgjigje prej Shpendit. Më betohet se nuk do ta neverisi jetën e vet në qoftë se nuk e vras veten dhe më këshillon t'i bindem asaj që na ka premtuar fati. Më njofton edhe se e ëma, me qëllim që t'ia pakësojë pezmatimin, e këshillon të shkojë në Itali, ku do të ndjekë mësimet në shkollën ushtarake. Kërkon ta largojë nga Shqipëria, me shpresë se do të mundet ta largojë edhe nga brengat dhe pikëllimet e pareshtura që e mësyjnë dita-ditës. Ai thotë se nuk do të largohet nga Shqipëria pa më marrë me vete edhe mua. Por në qoftë se ti s'do të bindesh të arratisesh dhe do t'i shtrohesh fatit të martesës, thotë ai, mund të shkoj në Itali për të kërkuar jo prehje e gëzim shpirti, por qetësimin e nervave të ndezura prej kobit që pësuam. Por, edhe në shkofsha, duhet ta dish se zemrën do e lë këtu, ke ti o engjëllushka ime, shton më andej Shpendi në letrën e tij.

E di se më dashuron përnjëmend dhe e kam provuar se ka karakter të fortë, por zilia ma bren zemrën dhe më bën të dyshoj se mos dashuron ndonjë tjetër po të largohet tej detit. Oh, po ç'them kështu? Megjithëse jam me një këmbë në varr, kërkoj t'ia monopolizoj zemrën Shpendit të ngratë. Oh, sa e marrë që jam! Oh se ç'qenka dashuria! Ja e dashuroj Shpendin dhe dëshiroj që të jetë i lumtur, por ajo fatbardhësi dua që të jetë pjella ime dhe jo e tjetërkujt. Dua që burimi i lumturisë së tij të jetë goja ime dhe magjja e dashurisë së tij të jetë zemra ime. Dua që ai të jetë vetëm i imi e i kurkujt tjetër. Nuk mund të duroj që zemra e tij të dashurojë ndonjë sylaroshe tjetër. Shkurt, s'dua shemër.

"Po ai si duron që të martohesh ti me një tjetër?", më tha zëri i ndërgjegjes.

M'u rrëqeth shtati me tmerr prej kësaj thirrjeje që m'u bë nga gjykata e lartë e vetes sime. U zmbrapsa dhe pranova se ai, me të vërtetë, është më i lartë se unë. Për hir të jetës sime pranon të rënkojë gjithë jetën nga dhimbjet e plagëve të rënda që do t'i hapen në zemër prej martesës sime me një tjetër. E unë? Unë jam koprace, bobozare dhe nuk jam aspak bujare për ta dorovitur zemrën e tij me dashuri e lumturi. Ah, Shpend! Më fal që jam e padrejtë kundrejt teje! Unë tani vetë duhet të të lejoj që të dashurosh një tjetër e të bëhesh i lumtur. Dhe këtë farë koncesioni lypset të ma imponojë ndërgjegjja, sepse orët e paka të gëzimit e të lumturisë që shijova në këtë jetë, ty dhe vetëm ty t'i detyroj. Por... por nuk mundem. Po, nuk mundem të të jap liri dashurimi, se të dua me gjithë shpirt, se ti duhet të jesh vetëm i imi. Dhe për këto arsye po vendos të arratisem me ty dhe të shpëtoj nga tortura e zilisë.

Vendosa të arratisem me të, se s'mund t'i duroj dhimbjet e ndryshme e të forta të zemrës, se vetëm duke qenë ngjatë tij do të jem e qetë, e kënaqur dhe e lumtur. Sa për shëndetin e tij do të kem kujdes të mos e rrezikoj duke i qëndruar larg. Mjafton t'i kaloj pranë tij këto të pakta ditë jete që më kanë mbetur dhe të vdes në krahët e tij. Me këtë mënyrë do të jem e kënaqur dhe më se e lumtur.

Po i shkruaj.

11 tetor

Gjëmon shtëpia prej atyre që hyjnë e dalin, sepse po bëhen përgatitjet e dasmës. Megjithëse dasma është caktuar për njëzetë të këtij muaji, disa nga hallat e tezet, nga kushërirat e mbesat, qysh tani janë grumbulluar këtu për të përgatitur nevojat dhe për të marrë pjesë në gëzimin e dasmës sime. Ato qeshin e gëzojnë. Unë qaj e rënkoj. Por më duket se edhe Fahrija e Xhevrija vuajnë, sepse të dyja e dashurojnë veshshpuarin, Shpendin, por nuk kanë pas fat t'ia fitojnë zemrën. Ç'përfitova unë që e fitova zemrën e tij? A nuk po vuaj edhe unë si ato dhe ndoshta edhe më keq? Po, por të pakën jam e kënaqur, pasi ai më dashuron, mbasi zemra ime është përkëdhelur prej tij.

13 tetor
Mora përgjigje prej Shpendit. Është gëzuar e entuziazmuar tepër nga pëlqimi që shfaqa të arratisem me të. Më njofton se e ka rregulluar punën që më shtatëmbëdhjetë të këtij muaji, nga mesnata, të arratisemi me një barkë të pajtuar posaçërisht për këtë qëllim. Do të shkojmë në Itali si të arratisur dhe kontrabandisht, për shkak se s'është e mundur të nxjerrë pasaportë për mua. Më shtatëmbëdhjetë të këtij muaji, në ora nëntë mbas darke, thotë Shpendi, do të më presë në cep të rrugës sonë, me një automobil që do të na çojë në Durrës.

Tani më duhet t'i numëroj orët dhe ditët nën ethet e padurimit për të ngrysur ditën e shtatëmbëdhjetë të këtij muaji. Oh, sikur të mundesha të flija katër ditë e katër net për mos ndjerë mërzinë përvëluese të pritjes! Ajo natë do të jetë e bardhur dhe më e shënueshmja në jetën time, sepse qysh atë natë do të fitoj lirinë, duke i këputur verigat e robërisë dhe duke u bashkuar përjetë me Shpendin tim të dashur. Po. Atë natë, nga mesnata, kur të nis të lundrojë anija mbi valët e gjelbra të Adriatikut, unë do të derdh lot gëzimi mbi kraharorin e Shpendit tim dhe ai do të m'i lëmojë butë e butë flokët. Rrezet e hënës asokohe do e prarojnë bujarisht anijen për ta festuar bashkimin tonë të përjetshëm. E kur të agojë mëngjesi i asaj nate të paharrueshme, do të mundohem ta depërtoj hapësirën e largët për t'i dalluar brigjet e Italisë, ku do të ngre folenë e lumturisë sime të ëndërruar prej kaq kohësh dhe me aq dëshirime. E atje, sigurisht, do të shërohem, sepse liria e fituar dhe dashuria e pazëvendësueshme e Shpendit do të jenë barnat më të dobishme për të më përtërirë në fuqi. Por edhe në vdeksha, nuk do të më vijë keq, pasi do ta kem shijuar sadopak lumturinë e lakmuar.

16 tetor
Nuk lejova të më venë këna dhe të më bëjnë nuse simbas zakonit të vendit. Punë e madhe në mos u zbukurofsha duke u mertisë dhe duke u lyer e ngjyer. Dhëntë zoti të mos më pëlqejë ai tregtari që më ka blindur.

Por ç'them kështu? Unë kam vendosur të arratisem me Shpendin dhe ai tregtari nuk do të ketë fat të ma shohë mua as gishtin e dorës e jo më fytyrën. Meqenëse jam e dobët nga shëndeti edhe këto nuk ngulën këmbë për të më nusëruar simbas zakonit, sepse druajnë se mos zemërohem e sëmurem. Vetëm këtë shërbim më ka bërë sëmundja.

17 tetor
Pritja e sotshme qe më e gjatë se çdo tjetër dhe muzgu i mbrëmjes dukej sikur nuk donte të

pllakosej mbi këtë anë të dheut. Darka u hëngër midis gazit, që shpërthente shpesh ndër ata që kanë ardhur te ne qysh prej kohësh të më nusërojnë e të më çojnë tek ai tregtari. Unë, megjithëse përpiqesha ta fshihja shqetësimin e brendshëm, herë-herë turbullohesha dhe humbja ndër vegime, duke menduar arratisjen dhe jetën e ardhshme. Natyrisht edhe buka nuk më shkonte. Kafshatat më ngecshin në fyt dhe nuk kapërdiheshin.

Ishte darka e fundme që po haja në shtëpinë time. Ky mendim i hidhur ma përvëlonte trurin dhe s'më linte të haja. Mosngrënia ime atyre nuk ua tërhiqte vëmendjen, sepse prej kaq kohësh janë mësuar të më shohin të sëmurë. Mbas darke u tërhoqa në dhomën time, kinse për t'u prehur dhe qetësuar. E mbylla derën dhe nisa të shkruaj në librin e jetës sime. Këtë libër do ta marr me vete, sepse është shok i tinëzive, i ndjenjave dhe i shfryrjeve të mia. Po, do ta marr me vete për t'i vazhduar shënimet, të cilat mbas sot, pa dyshim, do jenë të kënaqshme.

Deri në ora nëntë, kohë e caktuar prej Shpendit për t'u ndeshë me të në skaj të rrugës, duhet të pres edhe një orë e disa minuta. Im atë, njerka, fëmijët, emtet, kushërirat dhe mbesat janë mbledhur në dhomën e bukës poshtë dhe po qeshin e prrallin, të shkujdesur nga çdo e papritur. Tingujt e qeshjeve të tyre arrijnë deri këtu dhe, me forcën ngacmuese, rrasen në zemrën time për ta çuar peshë në tallaze ndjenjash. Ja më duket sikur i shoh të gjithë duke kuvenduar ëmbël: im atë thith duhan pa reshtur dhe herë-herë i aprovon, me një fjalë të vetme e me një nënqeshje, mendimet e shfaqura prej hallë Hatixhes, prej njerkës ose prej mëmë Sybes. Gratë flasin pa u lodhur dhe me aq shpejti, sa dëgjuesit shqyrtues do t'i dukej se nxitohen të shprehen sa më parë, për të nisë pastaj një punë me rëndësi të madhe. Të rejat, çupat, rrinë më një anë, kokë më kokë, dhe bisedojnë me njëra-tjetrën me zë të ulët e krejt buzëqeshje. Vetëm kur këputet fjala ngrenë kryet të shohin nga të tjerët dhe u venë veshin fjalëve të tyre. Shkurt, në atë dhomë përdhese fryn një erë kënaqësie dhe zotëron gazi e hareja. Oh, sa dëshiroja që edhe unë të isha aty në mes të tyre me zemër të kënaqur dhe të gëzuar! Oh, sa e lumtur do të isha sikur të isha fejuar me Shpendin e jo me atë tregtarin dhe tani, në netët e përgatitjes së dasmës, ta dëgjoja zërin kumbues e të qartë të urimeve që do të më bënin për një fatbardhësi të paperëndueshme. Në mes të gjithë atyre njerëzve që janë grumbulluar në dhomën e bukës, ndodhet një njeri që unë kam lidhje të ngushtë dhe më është më i afër se të tjerët. Ky është im atë. Po, im atë, në mes të gjithë atyre, fizikisht është më i afërt ke unë, por shpirtërisht është tepër larg, sepse ai ma dënoi me vdekje zemrën dhe tani po më dëbon edhe nga shtëpia.

Eh, fat i zi! Zemra më është çuar peshë dhe do të shfrejë duke qarë, sepse ajo s'do të largohet nga shtëpia ku lindi, ku u mbrujt, ku u rrit dhe ku ndjeu. Të pakën ky largim duhej bërë edhe me hirin e tim eti dhe të isha përcjellë prej urimeve e bekimeve të tij. Por, mjerisht po ngjan e kundërta. Do të përcillem e do të përmendem me nëme e mallkime, me fyerje e poshtërime. Ç'të bëj? Kështu qenka thënë ose kështu u desh bërë.

Grepi i orës, dalëngadalë, po avitet nga nënta. Tiktaket e zemrës sime po bëhen më të forta e më të shpejta se ato të orës. Jam e trazuar dhe e turbulluar fort. Valë mallëngjimi e pezmatimi, të bashkuara, mësyjnë nga magjet e zemrës së dhembur, për t'u furrë e për t'u zbrazur nga sytë. I kafshoj buzët që ta mbaj furinë e këtyre tallazeve, që duan të shpërthejnë nga brenda jashtë. Ligështohem duke i kujtuar, me një farë mallëngjimi të pashpjegueshëm, vitet e jetës sime të kaluar në këtë dhomë e në këtë shtëpi, në këtë qytet e në Shqipëri. Fytyra të ndryshme njerëzish të afërm e të dashur, skena të ndryshme ngjarjesh e ndodhish dhe pamje të ndryshme banesash e vendesh po më përvijohen para syve të mendjes, me bukuritë ose shëmtitë e tyre të veçanta, duke lënë vragë dhe duke më hapur plagë në zemër. Oh, sa ngushtë qenka i lidhur njeriu me njerëzit e me sendet që e rrethojnë dhe me viset ku ka jetuar. Një dashuri e pashans, e ruajtur në thellësitë e zemrës për të gjitha këto krijesa hyjnore e njerëzore, tani vjen të zgjohet nga djepi i ndjenjave e të ngrejë krye për të dalë jashtë që t'i kundërshtojë të gjitha ato forca që duan ta largojnë së këndejmi. Kjo dashuri e fortë, e trajtuar dhe e rritur bashkë me mua, tani po i përshkon magjet e zemrës sime si një stuhi rrënuese dhe shkallmuese, për të më bindur që të mos largohem prej këndej. Shkurt po më shungullon zemra nga një kryengritje e fortë ndjenjash, që po përleshen me njëra-tjetrën.

Dashuria e Shpendit mbi të gjitha, thirra më në fund dhe i frenova të gjitha të tjerat që më sulmonin. Po, dashuria e Shpendit mbi të gjitha, se im atë, për fat të keq, vetë e shkuli nga zemra ime atë lule dashurie që kishte mbjellë dora hyjnore. Tani, nga ajo lule e bukur dhe aromatike, pak degë dhe disa gjethe kanë ngelur; burbuqet e saja kanë nisur të vyshken përpara se të çelin, sepse nuk janë ujitur, nuk janë dielluar dhe i ka brejtur krimbi. E duke këputur me tim atë verigat e dashurisë, vetvetiu u shkëputën edhe me të tjerët. Megjithëkëtë dëshiroja ta rrok një herë për qafe tim atë dhe ta shtrëngoja me të gjitha fuqitë e mia, se vetëm atëherë do të ngopesha e do të kënaqej kjo zemër e plasur. Por mjerisht kjo është një lakmi e parealizueshme. Po.

Dëshiroja të ndahem nga kjo shtëpi pasi ta përqafoja tim atë, pasi t'i puthja vëllezërit e motrat, pasi t'i përshëndetja hallat e tezet, pasi t'u shtrëngoja dorën mbesave e kushërirave dhe pasi të

çmallesha me gjithë gjindjen e shtëpisë së xha Simonit e me Hamitin e dajallarët. Por, për fat të keq timin, po largohem si një kusare, si një e dëbuar, si një e neveritur, pa e kënaqur zemrën në asnjë mënyrë, pa marrë me vete as edhe zemra dashamirësh, as edhe tesha e sende që të ma mbajnë gjallë dashurinë dhe kujtimin e këtij vendi nëpër shtigjet e skutat e mërgimit.

Ora po avitet. Duhet të iki e t'i them lamtumirë kësaj jete, për të nisur një tjetër në dhe të huaj. Lamtumirë, pra, ti moj dhoma ime, që gjatë shtatëmbëdhjetë-tetëmbëdhjetë vjetëve të vajzërisë më përkëdhele; lamtumirë ti moj shtëpia e nënës sime zemërplasur e jetëshkurtër; lamtumirë o ju tesha e orendi, që më keni shërbyer gjatë jetës; lamtumirë o ju lulet e vyshkura të kopshtit tim të dashur, që ju shërbeva me kujdesin e nënës për fëmijët e vet; lamtumirë o ju dritare, mure, pullaze, hatëlla, trarë, tjegulla e gurë të kësaj banese, që kujtimin e saj të dashur kurrgjë dhe as furia e fateve më të liga nuk do të mundet të ma shlyejë nga mendja e nga zemra! Po falem para teje, o tempull i jetës sime; po gjunjëzohem para teje, o altar i ndjenjave të zemrës sime dhe, në shenjë miratimi e nderimi, po të truaj disa pika lot të përcjellë me lëngime të thekshme.

Lamtumirë!

19 tetor

Pardje, nga ora nëntë pa disa minuta, kur të gjithë robt e shtëpisë e mikeshat po bisedonin në dhomën e bukës, zbrita poshtë dhe, pa bërë as më të voglën zhurmë, dola jashtë me shpirtin pezull nga frika se mos diktohem. Në rrugë, pasi bëra disa hapa përpara, hasa në Shpendin që ishte strukur rrëzë murit dhe po përgjonte nën hijen e strehëve të një shtëpie përdhese. Menjëherë u avit. Më kapi për dore dhe, duke më dhënë zemër me fjalë inkurajuese, më tërhoq deri te këndi i rrugës, ku priste një veturë. Pasi u futëm brenda, i thirri shoferit:

- Marsh për Durrës!

Gjatë udhëtimit disa herë u trondita dhe u

tremba nga droja se mos na ndiqte kush. Shpendi më përkëdhelte dhe përpiqej të më trimërojë. Kur sosëm në Durrës, u futëm në hotel "Liria" për të pushuar, sepse barka do të nisej në mesnatë kontrabandë dhe kështu donte të mos binte në sy të rojeve kufitare. Koha deri në mesnatë kaloi e shqetësuar nga pasiguria që ndjeja. Shpeshherë iu desh Shpendit të dilte jashtë, në korridor, që të më siguronte se nuk ishim diktuar e përgjuar prej kujt. Çuditem se pse trembesha aq fort kur isha bashkë me Shpendin dhe për të isha gati ta bëja fli edhe jetën. Aty nga mesnata e lamë hotelin dhe u drejtuam nga buza e detit, duke kaluar përmes do rrugëve të ngushta e të pandriçuara mirë. Një copë herë ecëm në jug të molit, për të arrirë kundrejt barkës, që dukej si një laraskë atje poshtë. Kur sosëm në vendin e caktuar, fërshëlleu Shpendi tri herë rresht dhe nga barka mori përgjigje po në atë mënyrë. Mbas pak u duk të rrëshqasë mbi det një lundër, e cila po vinte drejt nesh. Diku ndaloi lundra. Njëri nga lundërtarët u hodh në det dhe po vinte nga ne.

- Hajde, - tha Shpendi - më hip në qafë.
- Përse?
- Sepse deri te lundra lypset të shkojmë në këmbë, pasi ajo nuk mund të avitet, meqë s'ka mjaft ujë këndej.
- Mirë, por ti do lagesh.
- Ani, se terem në barkë, - gjegji dhe u kërrus.

Ndërkohe një zë i egër dhe i fortë arriti në veshët tonë:
- Ndal!

- Ç'është? Kush thërret? - pyeta e trembur.

- S'ka njeri, jo, por ngjitu në qafë time, – bëri Shpendi, duke qëndruar i kërrusur, që t'i hypsha në qafë.

Lundërtari, që po vinte drejt nesh, menjëherë u kthye mbrapsht. U rras në lundër dhe u zhduk. Zëri urdhërues e kërcënues që na vinte nga mbrapa u përsërit. Ktheva kryet dhe pashë. Në gjysmerrësirën e natës dallova disa hije që lëvizshin atje tej, në bregun e detit.

- Shpend, na diktuan dhe po na ndjekin, - i thashë.

- Na tradhtoi dikush, por ti mos u tremb se do ta kapërcejmë rrezikun. Ngjitu shpejt, - ma bëri. U kërrusa dhe e rroka për qafe.

Kraf! kraf! Dy krisma pushkësh, që u zbrazën mbi ne. Plumbat e çanë ajrin mbi kokat tona me një fërshëllimë të thatë.

- Na vranë Shpend! - brita e tmerruar.

- Mos u frikëso! – u përgjigj dhe u ul pak që të mos më kapshin plumbat. Mbasandaj u ngrit, me mua në shpinë, dhe u fut në ujë.

- Ndal! Ndal! Prapa-kthehuni! - na bërtisnin mbas shpine.

Ktheva kryet mbrapa. Ç'të shoh? Një numër njerëzish po vraponin drejt nesh.

- E zeza! Na kapën! - klitha.

U ndal Shpendi dhe shikoi mbrapa.

- Oh, po afrohen. Na zunë, - ia bëri e gjëmoi.

- Ndaloni! Kthehuni mbrapsht! - na thirrën disa.

Disa vetë u futën në det. Na rrethuan dhe qarku

173

i rrethimit gjithnjë ngushtohej. Ne qëndruam në vend.

- Cilët jeni ju? - pyeti Shpendi me zë të plasur.
- Jemi rojtarë kufitarë. Jemi xhandarë, – qe përgjigjja.
- Oh, unë korba! - thirra me dëshpërim.
- Kthehuni! - urdhëroi njëri ndër ta.

U kthyem. Na futën në mes dhe na çuan në qark-komandë të qytetit. Prej andej na nisën për Tiranë. Na futën në një veturë dhe na përcollën me një kapter e dy xhandarë. Shpendit ia lidhën duart me kllapa hekuri dhe xhandarët kurrë nuk ia shqitshin sytë. Çdo lëvizje e tij ndiqej prej tyre me sy shqyrtues. Unë isha tmerruar fare dhe po dridhesha. Lotët më shkonin si gjerbat e strehëve. Shpendi i ngratë përpiqej të më qetësonte, duke më dhënë guxim. Kur mbërritëm në Tiranë, u ndalëm para Qark-komandës. Na zbritën dhe na futën në një zyrë. Mbas pak u duk komandanti i rojës. Hartoi një proces-verbal dhe, pasi na e këndoi, na shtyu ta nënshkruanim. Pastaj i dha urdhër një tetari, që të më çonte në shtëpi. Shtanga.

- Unë nuk dua të shkoj në shtëpinë time, – thashë me zë të dridhur. - Do të shkoj me Shpendin në shtëpi të tij.

- Ai sonte do të mbetet këtu dhe nesër do të çohet në burg, - gjegji komandanti zymtas.

- Si? Në burg the? - brita.

- Natyrisht në burg, zonjushë, - tha ai, pa u matur fare.

- Oh, kob! Ç'faj bëri ai që ta futni në burg? - thirra.

- Shko ti, Dije, në shtëpi, - më tha Shpendi, duke u kthyer nga unë.

- Pa ty të shkoj? Kurrë! - iu bëra.

- Shko, Dije, shko! Vetëm mbaje besën që më ke dhënë, se përndryshe do ma mjerosh time ëmë, - tha me një zë të mbytur.

- Oh, jo. Do të rri me ty, - përgjigja dhe e rroka për qafe. Lotët e mi u përzien me ata të Shpendit. Komandanti e përsëriti urdhrin për të shkuar në shtëpi. Një tetar u avit dhe më urdhëroi të ngrihem. Unë e shtrëngova Shpendin për qafe me gjithë fuqinë time dhe thirra:

- Jo. Nuk shkoj. Do të rri me Shpendin tim.

Më kapën dhe më shqitën me pahir. E humba fuqinë e qëndresës e të mendjes. U ligështova dhe u vilanosa.

Kur u përmenda, e pashë veten në shtëpinë time, të rrethuar prej të gjithë atyre që pata lënë aty disa orë më parë.

- Ç'bëre moj qyqare? Na e nxive fytyrën, moj të shpërlaftë mortja! - më tha njerka, kur pa se u përmenda.

- Shporru, mori shtrigë! - bërtita dhe doja të çohem e ta rrok flokësh atë bishë, por s'kisha fuqi.

- Rri, moj bijë, rri! - ma bëri hallë Hatixheja me një zë qetësues dhe e largoi njerkën.

Disa pika lot shpërthyen nga sytë e mi dhe u rrokullisën nëpër mollëzat e faqeve. Disa rënkime pastaj u shkëputën nga thellësitë e zemrës së helmuar dhe u shkreha mirë në vaj. Ktheva kryet nga muri dhe qava një copë herë qetë e qetë. Kisha të drejtë të qaj, se jo vetëm që dështoi plani i lumturimit tonë, por edhe Shpendi u rras në burg.

Kësisoj na mbuloi e zeza, na kapërtheu mjerimi dhe u bë kiameti. Mu në atë çast që do të shkelshim në pragun e anijes shpëtimtare për të shkuar në parizin e lumturisë sonë, na sulmoi fatkeqësia, duke na gjuajtur mizorisht. Tani të gjitha shpresat u zhdukën, të gjitha ëndrrat u kotësuan.

Si isha diktuar dhe si kishte rrjedhur puna?

Ja se si: natën e arratisjes, kur të gjithë kishin shkuar të flenë, hallë Hatixheja kishte trokitur në derë të dhomës sime, që të më jepte një bar për ta pirë. Kur nuk mori përgjigje, u largua duke kujtuar se më ka marrë gjumi. Mbas saj vjen njerka dhe troket më me forcë. Kjo paska lënë aty disa ndërresa të fëmijëve dhe dashka t'i marrë për t'i veshur. Fati im i lig e kishte shtyrë shtrigën të linte në dhomën time ndërresat e fëmijëve, se ajo kurrë nuk shkelte brenda. Edhe kjo prapset, por pasi trokiti shumë herë dhe me aq forcë sa zgjoi një farë interesimi tek të tjerët. Fillojnë pyetjet. Hallë Hatixheja bëhet merak, sepse e dinte se unë bija fare vonë dhe se gjumin e kam të lehtë. Nga droja se mos jam sëmurë rëndë, se mos jam vilanosur, se mos kam pësuar ndonjë të ligë, kthehet dhe troket rishtazi. Zhurma e përsëritur tërheq vëmendjen e të gjithëve. Të gjithë ngrihen dhe grumbullohen para dhomës sime. Njerka shkon dhe ngre tim atë nga shtrati, duke e theksuar rëndësinë e punës, kinse me dhimbje. Shqetësimi e dyshimi zotëron. Im atë ma thërret emrin disa herë. Më në fund u soset durimi dhe thyejnë derën.

Hutohen e pikëllohen kur shohin se nuk isha

brenda. Menjëherë vihen t'i kërkojnë të gjitha dhomat e skutat e shtëpisë, duke kujtuar se mos isha vilanosur ndokund. Kur nuk më gjejnë, nisin të shfaqin mendime e dyshime.

Ime njerkë, më në fund, e bën zbulimin dhe propozon të më kërkojnë te Shpendi. Shkon im atë në polici dhe lajmëron. Më kërkojnë në shtëpi të Shpendit. Meqenëse nuk më gjejnë as mua as Shpendin, dyshimet nisin të trupëzohen dhe besohet se jemi arratisur. Menjëherë dhe telegrafisht urdhërohen qarqet për të na ndjekur. Dhe me të vërtetë na ndoqën dhe na zunë, por ata që e kryen detyrën nuk e dinë se sa mëkat të madh i kanë ngarkuar vetes në këtë rast. S'e dinë ata se kanë mjeruar dy vetë dhe kanë mbytur dy zemra. Por edhe sikur ta dinin se veprimi i tyre do të ishte kobar për dy vetë, do t'i shkëmbëzonin zemrat që të mos i dëgjonin thirrjet e ndërgjegjes, sepse detyra, eprori dhe ligji urdhërojnë ndryshe. Shpesh qëllon që ligji të jetë në kundërshtim me ndërgjegjen.

Kur më kishin sjellë në shtëpi, im atë kishte dashur të më vrasë, por e kishte penguar hallë Hatixheja bashkë me gratë e tjera. Për pak gjë do kish bërë zjarr koburja. Me të vështirë kishin mundur t'ia ndalnin furinë e zemërimit dhe ta largonin prej dhomës sime. Oh, më mirë të më kishte vrarë, sesa më la gjallë e në këtë gjendje të mjerueshme. Do të më kish shpëtuar nga vuajtjet shpirtërore e trupore. Tani të gjithë më shohin me bisht të syrit dhe pëshpëritin vesh në vesh. Nuk më ha malli të kuptoj se ç'flasin. E di se më përbuzin si fajtore. Ani, s'kanë faj, sepse atë shpirt u kanë shartuar edukatorët e tyre për t'i mbajtur gjithmonë të robëruara. Shpendi, sigurisht, tani do jetë në burg. Edhe unë jam mbyllur në dhomë e nuk dal jashtë. Duke e menduar gjendjen e pikëlluar e të vajtueshme të Shpendit, më vjen të plas prej të keqit, por ja se nuk plaska njeriu! Më mirë të kisha plas, sesa arrita të shijoj hidhësinë e këtij kobi. Oh, sa mirë do të bëhej sikur të më vriste im atë. Porosia që më bëri Shpendi, pak para se të ndaheshim, që ta mbaj besën për mos e vrarë veten, më tingëllon në vesh dhe më bën t'i bindem fatit tim të lig, se përndryshe vdekja do të ishte kapak floriri për mua. Po i bindem fatit dhe nuk po e vras veten për ta çuar në vend besën që i kam dhënë Shpendit, por ç'ti bëj kësaj jete që më është bërë kaq e rëndë, kaq e padurueshme dhe mërzitëse? Ah, Shpend! Me tim atë ende nuk jam parë. Duket se më ka marrë mëri aq fort, sa s'do të m'i shohë as sytë.

Mjeruesi im njëkohësisht është edhe gjykatësi im, e ka në dorë të më gjykojë si fajtore ose jo.

20 tetor
Po të kishte pas një zyrë biografike për të mjerën, sikur ka për nëpunësit e shtetit, kush e di se sa për qind do kishin dalë fatzinjtë dhe unë sot do të regjistrohesha si një e mjerë që i është vrarë zemra dhe mbytur shpirti, sepse po më martojnë me atë tregtarin. Oh, sikur të më binte damlla ose pika që të mos bëhesha nusja e tij! Kob, mynxyrë!

Ja erdhën krushqit për të më marrë. Kur vdes kush e përcjellin me karroca deri te "Vorri i Bamit", por edhe kur martohet ndokush e përcjellin me karroca deri në shtëpinë e dhëndrit. Mos është martesa sinonim i vdekjes? Për mu edhe për shumë të tjera është më e hidhur se vdekja, sepse martohemi me njerëz të panjohur e të pa dashuruar prej nesh.

Qielli është i vranët. Re të zeza e kanë mbuluar. Pika shiu nisën të bien nga lart. A thua se edhe qielli merr pjesë në hidhërimin tim e po qan? Kush e di! Gratë e gocat janë futur në dhomën time të më thërrasin, të çohem e të shkoj tek ai njeri i huaj.

Oh, unë e shkreta! Më dridhen të gjitha gjymtyrët e shtatit dhe po më errësohen sytë.

- Hajde më! - thotë një grua.
- Hajde se po presin burrat në rrugë, - thotë një tjetër.

Oh, sa bukur e sa mirë do t'u përgjigjesha këtyre thirrjeve po të mos i kisha dhënë besë Shpendit se do të rroj derisa të më korri vetë drapri i vdekjes. Oh, se ç'mësim do t'i jepja skotës mashkullore, që tregton në kurriz të femrës së ngratë. Ah, unë e mjera, që s'jam në gjendje të bëj kurrgjë për t'iu përgjigjur zemrës së shitur.

- Hajde Dije, ma! - kjo është hallë Hatixheja që po më thërret.
- Po, - gjegja përvajshëm.

Lot që burojnë nga gurrat e zemrës e të shpirtit shpërthyen e nisën të zbrazen nga sytë. Lamtumirë o ju kujtimet e mia të pastra të foshnjërisë! Lamtumirë ti o jetë e dëlirë e vajzërisë! Lamtumirë o ju ëndrrat e lumturisë sime! Lamtumirë ti o frymë e shenjtë e nënës sime, që tani sigurisht endesh në këtë dhomë, ku më mojte, më përkunde e më përkëdhele! Lamtumirë ti o Shpendi im i shtrenjtë! Lamtumirë edhe ti moj zemër, që po të varrosin për së gjalli! Po më ngrenë me pahir.

Më duhet ta mbyll librin për....

21 tetor

Sot nuk jam më virgjëreshë. Nuk jam ajo Dija krenare, që mund të mburrej me pastërtinë e vet. Sot jam grua dhe një grua fatzezë me kuptimin e plotë të fjalës. Jam një femër, që rron vetëm për të vuajtur shpirtërisht e fizikisht.

Një njeri gati dyzetë vjeç, shtatmadh, mustaqeverdhë, turishëmtuar dhe i fuqishëm më rroku mbrëmë dhe më torturoi mizorisht e kafshërisht. Unë u mundova ta kundërshtoj e ta shporr atë bishë të egër, që më vërsulej dhe i thashë se nuk e dua. Por nuk bëri dobi. Klitha, bërtita dhe ulëriva derisa u vilanosa, por ai nuk u përshtyp, nuk u zmbraps. Kur i mbylla sytë, që të mos e shoh atë kuçedër, m'u shfaq Shpendi para syve të mendjes. Gdhiva duke e qarë vajzërinë time dhe e rraskapitur fare.

23 tetor

Qysh pardje, shtëpia është mbushur me gra e goca që kanë ardhur të shohin nusen. Disa janë mbuluar me manto, disa me çarçafë dhe disa me ferexhe e shohin me një sy. Ime vjehrrë i ka varur noçkat, sepse unë, duke pretenduar se jam e dobët nga shëndeti, nuk bindem t'i nderoj zakonet e nusërisë dhe nuk dal jashtë dhomës, veçse në të rrallë. Ajo do që të puth duar, të qëndroj në këmbë me sy të mbyllur, të mos flas, të ulem e të ngrihem sa herë që të hyjnë e të dalin njerëzit nga dhoma, qofshin këta edhe kalamaj. E kush mund të rrijë duke ua puthur dorën gjithë atyre që hyjnë e dalin, si të ishte dhoma ime një sallë ekspozite dhe unë një plaçkë e ekspozuar? E përse të qëndroj në këmbë e pa folur si ndonjë mumie Egjipti? Mbasandaj, përse të ulem e të ngrihem automatikisht sa herë që hyjnë e dalin bota nëpër dyert e këtij hani? Ama do të hidhërohet vjehrra. Aq më bën! A nuk ka plasur me gjithë të birin? I di këto zakone e këto marrëzira, por nuk mundem t'i bëj edhe sikur të shembet bota. Di edhe se në vendin tonë, bashkëshortët nuk flasin me njëri-tjetrin faqe të tjerëve; e kanë për turp ta thërresin njëri-tjetrin me emër, por e përmendin duke thënë ai ose ajo. Unë, këtë mustaqeverdhin tim - iu harroftë emri - as që dua ta shoh e jo më t'ia përmend emrin. Shkurt, të gjitha këto i di, por nuk i bëj dhe nuk do t'i bëj kurrë.

Vjehrra demede e ka marrë vesh edhe arratisjen time. Prandaj më sheh me një farë çudie të trazuar me përbuzje. Sikundër duket, do të më shajë e të më qortojë, por nuk i jepet rast i volitshëm. Edhe im shoq e kishte marrë vesh tentativën e arratisjes dhe ma përmendi mbrëmë, por e mbylli gojën e heshti kur pohova se doja të arratisem me Shpendin, që e dashuroj. E çfarë burrërie ka ky njeri, që pranon të bashkëjetojë me një femër që e përbuz? Nuk e marr vesh se si e kupton ky martesën. Oh, sa e sa burra të tillë ka vendi ynë dhe sa e sa turpe fshihen brenda katër mureve të shtëpive! Të gjitha ndryhen brenda për të mos dalë jashtë portës dhe për hir të turpit gëlltiten të gjitha poshtërimet. Sa keq! Sa turp!

28 tetor

Dje mbas dreke, simbas zakonit, më sollën këtu, te prindërit e mi. Them më sollën, sepse isha e përcjellë prej një gruaje plakë dhe dy burrave, sigurisht, të armatosur me kobure. Demede druajnë se mos arratisem përsëri. E ku të shkoj? Në burg? Po të më lejonin të rrija bashkë me Shpendin, jo në burg, por edhe në ferr do të pranoja të shkoja. Mirë, por ku të lënë!

Njerka u mundua të diftohet e gëzuar dhe e qeshur. Fëmijët përnjëmend u gëzuan. Im atë nuk më foli fare. Më shikoi egër e hidhur.

Sot në mëngjes u rras në shtëpinë tonë Kola dhe, me një mënyrë të padiktueshme, më futi në gji një letër që i kishte dhënë mëmë Gjystina. Letra ishte nga Shpendi. U çudita se si ka shpëtuar kjo letër nga thonjtë e censurës dhe mundi të bjerë në dorën time. Sigurisht, dashuria i ka dhënë krahë e fletë për t'i kapërcyer muret e burgut mizor dhe ato të shtëpisë sime. Shpendi, me një gjuhë rënkimesh e lutjesh, e përshkruan gjendjen e vet të mjeruar, që është krijuar mbas burgosjes së tij e martesës sime. Shpjegon se si valëvitet ndërmjet tallazeve të dëshpërimit, duke e kujtuar lumturinë që do të kishim po të kishim mundur të largoheshim nga ky rreth i helmatisur për ne. Duke bërë fjalë për mërzinë e madhe që e ka pushtuar, si një ankth i tmerrshëm, thotë se nuk mundet t'i qetësojë nervat dhe t'i frenojë trillet që i kërcejnë herë mbas here për të kryer punë të marrësh. "Pse ta fsheh, o shpirti im - thotë diku - dëshpërimi që ndjejmë duket se do ta tradhtojë vullnetin tim për të mos e shkelur vendimin e dhënë që ta duroj këtë fatkeqësi. Shumë herë më mposht dëshpërimi dhe shkrehem në vaj. Qaj si foshnje për engjëllushkën time që ma grabitën, qaj për zemrën time e tënden, që u dënuan me vdekje, dhe qaj për ato orë të pakta lumturie, që nuk mund të përsëriten më. Nana e motra kanë ardhur nja dy herë për të më vizituar. Shqetësohet nëna kur më sheh të zymtë e të trishtuar. E shoh se e pezmatoj dhe e vras duke mos e mbajt veten, të pakën para saj, por s'e kam veten në dorë dhe s'mund të bëj ndryshe. Ajo ka të drejtë të turbullohet e të mjerohet kur më sheh të anormalizuar, por edhe unë nuk kam se si të mos tronditem nga ky kob që pësuam. Së fundi kam të drejtë të dëshpërohem e të qaj, të pakën për ta përcjellë me lot e katërrime atë dashuri që u varros përjetë brenda kësaj zemre".

Më në fund më këshillon t'i bindem fatit, të bëhem e fortë dhe e durueshme, të kem kujdes për shëndetin tim dhe më siguron se do të më dashurojë derisa të jetë gjallë. Sa për çështjen e gjyqit thotë se do të vonohet, pasi ende nuk kanë nisur të zhvillojnë hetimet e para.

Letrën e tij e lexova në dhomën time të vajzërisë, aty ku i shijova orët e bardha të lumturisë dhe ditët e zeza të fatkeqësisë. E lexova letrën me lot, që shpërthyen nga shpella e zemrës dhe u zbrazën nga currilat e ballit.

Shpresa që ta shoh Shpendin mbas martese, natyrisht, ka qenë e ngrohtë, por tani që u burgos është akulluar fare. Pa dyshim do ndjeja një farë ngushëllimi po të mos ishte i burgosur dhe po të rronte brenda këtij rrethi, ku unë po dergjem. Sigurisht do të më dukej sikur ai i ndjen rënkimet e zemrës sime dhe unë i diktoj gulçimet e tij. Por tani që është mbyllur në burg, tani që vuan brenda asaj skëterre të tmerrshme, s'është e mundur të afrohet. Për këtë shkak, tani është vrarë e nxirë fare qielli i jetës sime. Ndoshta kurrë nuk do të shkëlqejnë rrezet e diellit tim dhe do të vdes në errësirë. Lumturia qenka si manushaqet, që mbijnë në mes të ferrave dhe, për të bërë një tufëz, lypset t'i mbledhësh një nga një dhe duke u gërricur e përgjakur duart. Vetëm disa orë e disa çaste mund të jetë i kënaqur njeriu në këtë jetë. Vetëm këto orë e këto çaste, të bashkuara, e përbëjnë lumturinë e robit në jetë. Ata që e kujtojnë ndryshe lumturinë, gabohen. Njeriu që vjen në jetë duke qarë, është fare e natyrshme që të mbarojë në dënesë dhe të mos jetë i lumtur.

I dhashë përgjigje Shpendit. I urova shëndet dhe lirim të shpejtë nga burgu. Gjithashtu i thashë edhe se unë, po të dojë ai, jam gati ta neveris këtë jetë dhe të arratisem përsëri me të.

Po t'i bjerë në dorë ndokujt kjo letër ose ky libër, sigurisht, do të përbuzem e do të mallkohem, duke thënë se unë sot, si gruaja e këtij tregtarit - më vjen efsh t'ia përmend emrin - nuk kam të drejtë të korrespondoj me një tjetër dhe të shprehem kësodore se... rrëzohem nga kurora! Atij do t'i përgjigjesha krejt duf e mllef dhe do t'i thoja se unë, në realitet, nuk kam kurorë, pasi jam martuar pa u pyetur dhe me një njeri që nuk e dashuroja dhe nuk e dashuroj edhe sot. Do t'i thosha se po të zbatohej ligji dhe Sheriati rigorozisht, unë nuk do të quhesha gruaja legjitime e këtij njeriu, por robinja e tij e vënë në dispozicion prej tim eti. Me fjalë të tjera, unë do të quhesha lavire, im shoq zuzar dhe im atë horr.

3 nëntor
Im shoq është i pasur, por nuk mund të blihet zemra me flori, sikurse s'mund të sigurohet lumturia me pasuri. Nuk sigurohet lumturia duke e ushqyer vetëm barkun, por duke e kalitur edhe zemrën. Ky njeri, që ma kanë dhënë për burrë, është plotësisht si majmun: ka një kokë gunga-gunga, një hundë që trashet duke u zgjatur poshtë, një fytyrë të kuqërremtë dhe qukalashe, dy sy të vegjël në ngjyrë hiri, buzë të trasha dhe një gojë që i qelbet përherë. Me këtë kafshë, të quajtur njeri, më kanë martuar dhe ai kërkon ta dashuroj në vend të Shpendit. Oh, ironi e fatit tim të pamëshirshëm!

7 nëntor
Jam ulur buzë dritares dhe po shoh jashtë. Fryn një murran i egër. Vërshëllima e tij e vrazhdët ngjan si jehona e fyellit të vdekjes së botës. Kjo është era e vjeshtës rrënuese. Pemët, lulet dhe gjithë ata që kanë shpirt i kanë zënë ethet dhe po dridhen prej tmerrit të mortjes. Lulet e vyshkura janë përkulur

nga toka, që duket sikur e ka hapur kraharorin për t'i përpirë e t'i fusë në gji të vet. Pemët janë zhveshur pjesërisht. Ato të paka zhele që u kanë mbetur, kanë ngjyrë të verdhë: të verdhën dhe të zbehtën e asaj që dergjet në shtratin e vdekjes. Sa fort më ngjajnë mua! Edhe unë lëngoj shpirtërisht e në trup. Ndoshta ato vuajnë vetëm fizikisht. Fusha duket si ajo e varrezave dhe bokat, kodrat e malet, si piramida apo varre martirësh. Zogjtë e verës janë arratisur e s'duken kund më. Rrezet e diellit janë të mekëta e të vakëta. Shkurt, çdo gjë po dergjet.

Vu... vu... bën murrani. Ky tingull i pashijshëm ngjan si urdhri hyjnor, që përhapet rreth e rrotull dhe që do të thotë: shuaju! Shuaju! Gjethet e pemëve, mbas një qëndrese kreshnike dhe mbas një lëkundjeje të bërë në shenjë jetike, shkëputen nga prindërit e vet dhe bien përdhe e përqafojnë nënën e vërtetë. Kraharori i tokës është bërë si një varr i këtyre vogëlusheve, që rrëzohen e rrasen njëri mbi tjetrin. Trungjet dhe degët lëkunden duke u përkulur nga toka, si të duan t'i falen krijuesit që sjell vdekjen. Zhurma e rëndë, e shkaktuar prej lëvizjes së këtyre frymorëve memecë, duket si gjëmë e një vajtimi apo e shkatërrimit, sepse ato po i dorëzojnë mortjes bijtë e vet të dashur dhe ndoshta shumë të dashur.

Kjo pamje neveritëse, që shfaqte përgatitjen e një kobi të zi për rruzullimin, më kishte mahnitur e tërhequr në gjirin e ftohtë të mërzisë. S'di se sa kohë mbeta humbur në këtë mënyrë, por sikur të mos përplasej me zhurmë kanati i një dritareje, ndoshta edhe shumë kohë do të kisha mbetur ashtu e mpirë dhe e mahnitur.

Kur u shkunda nga kjo jermi, mendja ime fluturoi te Shpendi dhe, duke u munduar t'i zhbirojë muret e trasha të burgut, donte të shihte se ku është strukur dielli i saj. Mbasi u orvat mjaft, qëndroi në një skutë dhe i dha të puthurën atij që i jep dritë, jetë e gjithçka. Në fund u largova nga dritarja për t'i fshirë djersët e ftohta që ma kishin mbuluar ballin dhe lotët e nxehtë që më rigonin nga sytë. Një kollë e thatë dhe disa pështyma gjaku, qenë çmimet që i dhashë asaj pamjeje.

10 nëntor

Doktorët që më vizituan, e këshilluan tim shoq që të ndahet prej meje, sepse e rrezikon jetën e vet dhe timen, por ai nuk bindet. Oh, sa mirë do të bëhej sikur të më shporrej ky njeri e të më linte të qetë! Më duket sikur po ma merr shpirtin me përdhunë me sjelljet e tija trashanike, sidomos me dashurinë që më shfaq. Oh, sa mërzitës e bezdisës që është! Megjithëse ia kam përplasur në fytyrë, duke i thënë se nuk e dua dhe se e urrej, prapë se prapë vazhdon të më mërzisë, duke kënduar këngën e Mukes. Oh, ç'lemeri! Këto ditë kam qenë mjaft e dobët dhe e rraskapitur. Nuk kam fuqi të end. Më pëlqen të ri shtrirë.

16 nëntor

Gjykata e Tiranës, disa ditë më parë, më ftonte që të paraqitesha dje para saj, si dëshmitare në padinë e arratisjes. Unë doja të shkoja e të deklaroja se pata ikur me hirin tim për t'u martuar me Shpendin, që e dashuroj, por nuk më lanë këta gogolë. Kur pashë se nuk do të mundesha t'ia mbërrija qëllimit, i shkrova një letër zotit gjykatës dhe i thashë se Shpendi nuk ka as më të voglin faj, pasi unë kam qenë ajo që e kam nxitur e shtyrë në arratisje. Letra kishte bërë bujë të madhe dhe im atë e im shoq, që ishin si paditës kundër Shpendit, ishin bërë për të vrarë veten. Dhëntë zoti t'u mbushet mendja që të më fusin një plumb kokës e të shpëtoj një herë e përgjithmonë! Sot erdhi në shtëpi një përfaqësues i gjykatës dhe më pyeti mbi rrjedhjen e arratisjes. I vërtetova dhe i përsërita ato që pata shkruar në letër. Çuditem me tim shoq. Habitem se si nuk më vret. Në mos qoftë i zoti të përdorë pushkën, të paktën duhej të më shkurorëzonte. Përse nuk më shkurorëzon e nuk e këput atë fill të hollë, me të cilin na kanë lidhur? Çfarë njeriu qenka ky? Unë, po të kisha qenë në vend të tij, kurrë nuk do ta duroja bashkëjetesën me një shoqe që dashuron një tjetër dhe menjëherë do t'i këputja marrëdhëniet me të, por ky s'merr vesh se. Çudi!

Këtu janë shqyer disa fletë.

6 mars
Prej kohësh nuk kam shkruar në këto fletë. E përse të shkruaj: çfarë vlere mund të kenë shkrimet e mia, pasi unë u mjerova plotësisht dhe tani, që të plotësohet tragjedia, mungon vetëm vdekja? Të shkruash në këto fletë, domethënë të flasësh

me gojën e të mjeruarës për ta llastuar më fort mjerimin. Sidoqoftë do të shkruaj ngandonjëherë që të shfrej, se s'kam kujt t'ia hap zemrën dhe ta zbraz vrerin. E me këtë mënyrë e nxjerr dufin. Pas? Po.

Pardje më sollën këtu, në shtëpi të tim eti, kinse për të ndërruar ajër. Menjëherë e pranova propozimin që më bëri im atë për të ardhur këtu, sepse më kandet të dergjem e të vdes në shtëpinë e nënës, ku kam një grumbull kujtime të ëmbla e të hidhura. Im atë tani është paqtuar me mua. Më flet, megjithëqë me seriozitetin më të madh, me një mënyrë të butë dhe sikur nuk ka ngjarë gjë në mes tonë. Por kurrë nuk prek nga arratisja, nga gjyqi ose nga dashuria ime. Ka kujdes që të mos i shpëtojë as më e vogla fjalë, që mund të ketë lidhje me to. Qëndron shumë larg.

Gjyqi i Shpendit u zhvillua në mungesën time. Ai u ndëshkua me një mot burgim të rëndë, simbas nenit 381 e me ndërhyrjen e paragrafit të dytë të kodit penal. I shkreti Shpend, e pësoi për shkakun tim dhe tani lëngon brenda atij ferri. Shpesh qaj për të. Nuk di a do mundem t'ia shpërblej vuajtjen me lotët që derdh.

14 mars

Sot bëra një farë vetëkontrolli.

E hapa librin e jetës sime dhe e shfletova qysh në fillim e deri në mbarim. Sa shumë paskam shkruar për një mot! Kush e di se sa volume do të lypeshin po të duhej të përshkruaja krejt jetën. Hodha një vështrim andej e këndej dhe në fund pata përshtypjen se jeta ime filloi me vaj e rënkime, vazhdoi me vuajtje e pësime dhe, duke u trazuar me një dashuri të pashijuar, mbaroi - po mbaron - me rënkime e ulërima. A kështu duhej të ishte jeta? Pa dyshim jo. Ajo lypsej të qe krejt ndryshe. Duhej të ishte e gatuar me gaz e hare, e kaluar me dashuri e lumturi dhe e mbaruar me mjaftësi e kënaqësi. Por s'qenka ashtu. Ndoshta vetëm për mua qe kështu, me kuptim të hidhur e të tmerrshëm. Ndoshta vetëm unë po tërhiqem nga kjo botë e pakënaqur dhe e dëshpëruar. Por, jo. Nuk jam unë e vetmja fatzezë.

Para meje sigurisht me mijëra fatzeza kanë ardhur e kanë shkuar pa e gëzuar dhe pa u qeshë zemra makar një herë. Kush e di se sa yje xixëllues pat në mes të tyre dhe u shqimën pa ndriçuar kënd; kush e di se sa dallëndyshe pat në atë varg, që u thyen krahësh mu në atë çast që donin të fluturonin për ta gëzuar lirinë dhe të shijonin jetën. Edhe unë u përplasa përdhe mu në atë çast që doja t'i jepja hov shfrimi dëshirës së argëtimit të ndjenjave të zemrës dhe ajo menjëherë u dënua me vdekje. Ka plot njerëz në këtë botë që qajnë kot, por ka edhe asi që qeshin fare kot. Njëra palë qan duke kujtuar se e lut dhe e ndjell lumturinë, kurse tjetra qesh duke besuar se e lufton dhe e dëbon fatkeqësinë. Të dy palët vijnë e shkojnë duke e gabuar veten. Unë, me sa kuptoj, ndodhem në mes të këtyre dy palëve dhe kam kaluar në shkallë të tretë, sepse kam qarë e kam qeshur mjaft për vete. Tash qaj e qesh më shumë për të tjerët sesa për vete, sepse unë i lava duart nga vetja. Shkurt jam bërë si ato që këndojnë ndër dasma të huaja dhe vajtojnë ndër morte të të tjerëve. Por, në mundsha të lë vragë ndër zemrat e atyre që do e dëgjojnë këngën ose vajin tim, do të jem e kënaqur, do të jem e lumtur.

19 mars

Ka mjaft kohë që jam shtrirë në shtrat e po dergjem. Besoj se kësaj radhe nuk do të çohem më, veçse kur të më ngrenë për të më çuar në banesën e përjetshme, ndër Varrezat e Bamit. Herë mbas here qis gjak. Çuditem se sa shumë gjak paska njeriu. Habitem se si nuk u shter ky burim gjaku, që qenka në kraharorin tim. Megjithëse jam e dërmuar fare dhe kraharori po më shkatërrohet nga gjaku që nxjerr, oreksin e kam të madh dhe ha me shije të veçantë. Gjithnjë e mbush stomakun me ushqime të ndryshme dhe gjithmonë kërkoj të ha diçka të zgjedhur nga dëshira që endet gjellë më gjellë e pemë më pemë. Vetëm se më vjen turp të kërkoj, se do të më quajnë llupëse. Megjithëkëtë, shpeshherë i mbyll sytë dhe kërkoj. Një javë më parë, për shembull, më shkoi mendja për rrush. E kapërdiva turpin dhe u thashë. E ku gjendet rrushi në këtë stinë? Megjithatë kërkuan dhe, më në fund, kishin gjet një vesh të vyshkur e pjesërisht të kalbur.

Tuberkulozët, përgjithësisht, dergjen e vdesin duke ngrënë dhe duke folur. Sa mirë se! Ngopen e shfrejnë. Demede edhe unë kështu u bëra. Natyrisht s'do të bëj përjashtim nga të tjerët, se s'kam rënë nga qielli de! Oh, sa gëzohem kur më sjell kush ndonjë ëmbëlsirë të mirë ose ndonjë pemë që tani rrallë gjendet. Dje më kishte sjellë dajë Haxhiu një shegë. Më shkuan jargët nga goja kur e pashë, por nuk mundesha ta haja, sepse atëherë këtu ndodhej xha Ceni e xha Meta. Më erdh turp prej tyre, por po plasja nga padurimi. Prandaj s'duhet ndenjur gjatë pranë të sëmurit.

21 mars

Dy-tri herë në ditë vjen im shoq për të më parë. Oh, sa fort më bezdis ky njeri! Prania e tij më mërzit shumë dhe më shqetëson. Nuk dua ta shoh më me sy këtë njeri, që ma grabiti lumturinë, dashurinë dhe vajzërinë time.

Sa i trashë dhe i pagdhendur është ky njeri! Nuk merr vesh as nga fjalët e tërthorta e thumbuese e as edhe nga vërejtjet e hapta që i bëhen. Ai është si ndonjë ka i mplakur, që s'luan vendit pa u shpuar me hosten. Disa herë vjen e më qëndron te kryet dhe nis të më torturojë duke e përsëritë njëqind herë këngën e dashurisë së vet. Unë kthej kryet më një anë dhe i zë veshët që të mos e dëgjoj, por ai nuk merr vesh fare. Dje i thashë hallë Hatixhes që ta dëbonte dhe të mos e fuste brenda, por ajo më qortoi, duke më thënë se është turp. Heshta dhe u shtrëngova të bindem. Sot prapë nisi të më mundojë me marrëzitë e veta. M'u sos durimi. I thirra me duf e mllef:

- Pusho, mor budalla, se ma plase shpirtin! Mjaft më! Hiqmu qafe e më lër të vdes e qetë!

Nuk bëzajti. U largua si ndonjë buall. Ky i marrë ndoshta shpreson se do të ngjallem që të më shijojë. Uh, ma shpërlaftë murtaja dreqin!

Vjehrra nuk bëzan fare. Herë mbas here më sjell ëmbëlsira e pemë. Ngandonjëherë më pyet se çfarë dëshiroj të më sjellë. Të them të drejtën, kjo sillet mjaft mirë.

27 mars

Im atë duket pak si i shtypur e i vrarë prej sëmundjes sime. A thua e ka kuptuar se, pjesërisht, ai është fajtor për këtë gjendje? Përparimi i shpejtë i sëmundjes dhe me hapa të mëdha, pa dyshim, i detyrohet dëshpërimit që më shkaktoi martesa me këtë tregtarin e jo me Shpendin tim. Ai ndoshta tani e ka kuptuar gabimin trashanik që bëri, por është tepër vonë dhe s'mund të ndreqet më. Megjithëkëtë më duket sikur më quan fajtore pse dashurova dhe për këtë shkak as nuk do të më darovitë me lëmoshën e ndjesës. Oh, sa të pamëshirshëm janë disa burra kundrejt femrave! Ani se vdekja do t'i lajë të tana ato që këta quajnë mëkate.

Sigurisht im atë kurrë nuk do të jetë trazuar prej ndonjë kujdesi tjetër veç atij të sigurimit të pasurisë, të grumbullimit të arit, të gjetjes së asaj mënyre që të mëson se si të mundesh të mbushësh barkun më mirë e më shumë. Zemra e tij kurrë nuk do të jetë mësyrë prej rrebeshit të dashurisë. Në sytë e tij kurrë nuk do të duket dëshira e zjarrtë për t'i përkëdhelur pjerrjet e zemrës, as edhe mallëngjimi i pambaruar i ndonjë dashurie të humbur. Prandaj është kaq i egër dhe i pamëshirshëm kundrejt meje. Për këtë shkak nuk do të më falë, megjithëse i vjen keq për vdekjen e trupit tim. Sa për zemrën dhe vdekjen e saj, s'di dhe s'kupton gjë.

Ata që vdesin duke dashuruar janë dëshmorë, thotë Muhameti dhe me këtë mënyrë e ka bekuar dashurinë, por im atë s'merr vesh dhe nuk do ta mëshirojë të bijën. Njerka nuk bëzan fare. Duket si e padurueshme dhe e mërzitur nga zgjatja e sëmundjes sime. Ndoshta uron që të shporrem sa më parë prej kësaj jete.

30 mars
Është natë. Errësira dhe heshtja mërzitëse e kanë kapluar e pushtuar botën mbanë. Tirana fle. Një qetësi e thellë zotëron në të katër anët. Vetëm fërshëllimë e fillimit të natës, herë-herë, e trazon qetësinë. Unë jam ulur buzë dritares, prej ku e shoh brendësinë e burgut që e shtrëngon Shpendin. Zemra ime e ftoftë rreh e rënkon për dëshirat që nuk i realizoi, për argëtimet që nuk i shijoi, për lakmitë që nuk i përkëdheli. Fati mizor qe i pamëshirshëm kundrejt meje. Ai nuk desh të më japë mundësinë që t'i korrja ëmbël lulet e vajzërisë, të rinisë dhe të jetës sime, ashtu si pata ëndërruar e dëshiruar dikur. Edhe në çastin e fundit, ai pa dyshim, do të më përqeshi dhe do të zgërdhihet pa ia vënë veshin ankimeve të mia, pa e peshuar sasinë e helmit që ka derdhur në zemrën time. Oh, sikur të ishte e mundur ta zhvishja fatin nga pushteti dhe nga fuqia shfaruese! Sikur të ish e mundur të porositej jeta në një fabrikë, që të gatuhej simbas dëshirës sonë. Në një rast të tillë, unë do të isha bashkuar me Shpendin dhe ky tregtari do ta kishte gjetur shoqen e vet të përshtatshme.

Përse nuk u lumturova e nuk e shijova edhe unë jetën? Ç'faj i bëra njerëzisë ose perëndisë që më ndëshkuan me mjerim? A nuk është mëkat që unë, në moshën më të bukur të jetës sime, të vdes pa u kënaqur me dhuntitë e natyrës? Edhe unë të kisha ngritur një fole lumturie, ku të jetoja sadopak me Shpendin tim dhe pastaj le të vdisja. Po, le të vdisja, por mbasi ta kisha shijuar jetën ndopak dhe duke lënë diçka mbrapa. Ah, po. Sikur të kisha pas fat të lija mbas vetes një krijesë, që të ishte pemë e dashurisë sime dhe e Shpendit. Sa me kujdes do ta kisha rritur, sa mirë do ta kisha edukuar, sa shumë do ta kisha mësuar dhe sa fort do ta kisha përkëdhelur. Edhe ai, padyshim, do të më donte fort dhe mbas vdekjes sime, sigurisht, do të vinte të qante mbi varrin tim me sytë e babës e me zemrën e nënës. Ndoshta ai, i frymëzuar dhe i injektuar prej meje, do të bëhej dalëzotësi i të drejtave të femrës shqiptare. Por, ah! Sa e mjerë dhe sa e shkretë jam!

U tërhoqa nga dritarja me lot ndër sy e me helm në zemër.

2 prill

Oh, sa më ka marrë malli për Shpendin! Oh, sikur të mundesha ta shihja edhe njëherë përpara se të vdes! Fotografisë së tij i është zhdukur shkëlqimi, sepse unë e kam qullur me lotët që kam derdhur mbi të herë pas here. Prandaj nuk ma ngop mirë syrin e zemrës së malluar.

Dashuria, ndoshta, nuk ka fuqi ta këmbejë helmin e vdekjes në nektar, por sigurisht e pakëson fuqinë dërrmuese të atij farmaku, duke e ulur gradën e hidhësisë. Besoj se po ta shihja edhe njëherë Shpendin tim, pa droje dhe me krahë hapur do ta prisja mortjen. Por ku është se?! Ah, unë e shkreta! Sot në mëngjes i dërgova një letër. Me sa më qe e mundur e përshkrova gjendjen e zemrës sime të mbushur me plot zjarr mallëngjimi e dashurie për të, por pena e shkretë, në raste të tilla, është e pafuqishme dhe e varfër. Nuk mundet t'i interpretojë ndjesitë e zemrës së goditur për vdekje. Iu luta të më dërgojë edhe një fotografi tjetër.

4 prill

Ditën e parë të këtij muaji u vu në zbatim kodi i ri civil. U vu në zbatim, por shumë vonë për mua. Femra shqiptare, simbas këtij kodi, fiton mjaft të drejta. Por, po të merret parasysh mendësia e ndryshkur e njerëzve, që janë futur në kthetrat e zakonit primitiv dhe po të gjykohet se zbatuesit e këtij ligji do të jenë vetë meshkujt, kuptohet fare lehtë se sa i vështirë do të jetë zbatimi i tij plotësisht e pikë për pikë. Pa u bërë fli edhe shumë femra dhe pa u kalbur nën tokën e zezë edhe shumë të reja, nuk mendoj se do të arrihet të zbatohet pikërisht ky ligj. Me fjalë të tjera, unë mendoj se duhet të kalojë edhe mjaft kohë që të lindë dielli i lumturisë për femrën shqiptare, sidomos myslimane, se lypset të edukohet populli sipas shpirtit të këtij ligji dhe të stërvitet ta respektojë si ligjin fetar.

Përndryshe, ndryshimi i gjendjes së femrës shqiptare do të jetë bërë vetëm mbi kartë. Bashkë me kodin civil është vënë në zbatim edhe ligji mbi mënyrën e aplikimit të tij. Meqenëse ky ligj është shumë i butë dhe në pjesën ndëshkimore parashikon disa dënime të lehta për kundërvajtësit, s'mendoj se do të mundet të disiplinojë ose edukojë shtetasit, nuk besoj se do mundet t'i shtrëngojë të veprojnë në përshtatje me dispozitat e kodit civil. Shpirti i këtij ligji lypsej të ishte aq i egër sa të arrinte në barbarizëm. Po, se vetëm atëherë do të sigurohej mirëzbatimi i kodit civil e jo sot që janë parashikuar disa ndëshkime të lehta për fajtorët e këtij lloji. Kodi civil, që u vu në zbatim, në mes të të tjerave, ka edhe një pikë me rëndësi kryesore për femrën: nuk lejon martesë pa u marrë hiri e pëlqimi i të dy palëve. Bukuri, por deri ku do të jetë e mundur të zbatohet kjo pikë, është e dyshimtë, sepse - si thashë edhe të lart - nuk ka ndërruar mendësia, sepse ligji nuk ka fuqinë magjike apo mistike që të bëjë vetë një ndryshim të njëhershëm e të mrekullueshëm në shpirtin e popullit.

E martesa që bëhet symbyllazi është e errët dhe në errësirë, pa dyshim, kalon jeta e bashkëshortëve. Po të më pyesin, pasi të vdes, se a dëshiroj të ringjallem, ndoshta do të them po, por me kusht që të jem e lirë ta zgjedh vetë bashkëshortin. Përndryshe nuk do të bindem dhe do të kërkoj të rrasem edhe më thellë në gjirin e tokës. Gjysmën e popullit shqiptar, natyrisht, e përbën femra, por ajo nuk gëzon asnjë të drejtë. Të gjitha të drejtat i ka mashkulli, ai që në çdo kohë e në çdo vend ka pas - ka edhe sot - privilegjin ta shtypë femrën. Por që të sigurohet lumturia e një kombi, lypset të pajiset femra me kulturë, duhet hequr dorë nga mendësia e skllavërimit të saj dhe është nevoja të shkundet pluhuri i asaj së shkuare plot përbuzje e mjerime për ne të gjorat. Me sa mundet të bëhet e mirë dhe e fortë një godinë që ndërtohet me lëndë të kalbur, aq mund të bëhet e lumtur një shoqëri që përbëhet prej të mjerësh. Ne sot jemi plotësisht si kafshët shtëpiake, që lindin vetëm për shërbime e nevoja shtëpie, jemi robnesha pa të drejtë mendimi e lirie, jemi kufoma të vdekurash që lëvizin simbas shtytjes së meshkujve. Por duhet mbajtur parasysh se prej këtij farë poshtërimi, dëmtohet krejt shoqëria shqiptare dhe se ajo është si një plagë e rrezikshme në shtatin e shëndoshë të shoqërisë së qytetëruar.

Prandaj lypset të veprohet me shpirtin e një heroi që të shpëtohet ky popull nga kobi që i kërcënohet, duhet të duket dora që t'i ndrydhë duart e murtajës së padukshme, që i kanoset ekzistencës sonë. Lypset forca e një mbinjeriu, që të ketë një vullnet të papërkulshëm dhe të jetë i frymëzuar idealisht e fanatikisht nga ndjesia e misionit që do të marrë përsipër. Në mos u bëftë kjo mrekulli, jemi të dënuar të vdesim e të shuhemi dalëngadalë, si ata që mbarojnë prej lemzës.

6 prill

Oh, sa dëshiroj t'i përkëdhel e t'i puth fëmijët! Ata vijnë rreth e rrotull shtratit tim dhe më shohin me...

dashuri e dhembshuri. Afrohen dhe kërkojnë, me vështrime lutëse, që t'i ledhatoj e t'i puth siç parandej. Por unë, nga droja se mos u ngjis ndonjë mikrob, i largoj pa i prekur fare.

Sot mbas dreke, në një kohë kur ndodhesha vetëm në dhomë, erdhi Meti dhe, pasi u avit ngjatë shtratit tim, më tha:

- Përse je hidhëruar, Dije, me mua?

Zëri i tij ishte i mbytur. Nga sytë zbrazej pezmatimi i zemrës së vogël.

- Kush të tha se jam hidhëruar me ty? - e pyeta,
- Kurrkush s'më ka thënë, por e ndjej vetë, - tha me sy përposhtë.
- Si e ndjen? Si e kupton?
- E kuptoj se as më përkëdhel dhe as më puth më, - gjegji, duke belbëzuar dhe me një zë gati të përvajshëm.
- Nuk të puth se jam sëmurë, - i thashë.
- E ç'ka se je sëmurë? Edhe tata dikur qe sëmurë, por më puthte, - ia bëri.
- Po, por...
- S'më do më. Je hidhëruar me mua.
- Jooo! Të dua dhe të dua shumë Met, - i thashë me një zë që dilte nga thellësitë e zemrës së trazuar.
- Atëherë më puth një herë, - më tha dhe, duke u rrasur e kërrusur mbi shtratin tim, ma zgjati faqen.
- Jooo! Largohu! - thirra dhe ktheva kryet më anë tjetër, që të mos e prekte fryma ime helmuese.

U zmbraps menjëherë dhe u shkreh në vaj. Iku duke ulërirë me të madhe dhe duke thënë me një zë të mbytur:

- S'më do më, s'më do.

Edhe unë shpërtheva në vaj dhe qava një copë herë.

9 prill
Në një kohë, kur isha vetëm, u çova ngadalë dhe shkova në fund të dhomës për t'u parë në pasqyrë. Ka shumë kohë që s'e kam parë veten. Prandaj më kapi një trill që më shtynte të shoh se çfarë ndryshimi kam bërë në fytyrë, sepse gishtat e duarve më janë tëhollur aq shumë, sa më duken të shëmtuar dhe si të ënjtur te kyçet.

U habita kur dola përpara pasqyrës, që është mbështetur për muri. Një farë mërzie, e bashkuar me habi, më kapi kur e pashë veten në atë gjendje. Ndryshimi që kishte pësuar trupi im ishte i madh: e gjithë bukuria e vajzërisë sime kishte perënduar. Flokët e mi, dikur të artë, ngjanin si fije bari të thatë. Sytë e kaltër e të qëndisur, që Shpendi i kishte pagëzuar sylaroshë, ishin gropuar e turbulluar, duke u qarkuar edhe prej një rrethi të zi. Qepallat kishin nisur të rrallohen e të ngjiten me njëra-tjetrën. Vetullat e holla dukeshin si dy nepërka, që rrinë gati t'i kafshojnë ata dy sy. Ngjyra e trëndafiltë e fytyrës ishte zëvendësuar me një bardhësi neveritëse, që duket vetëm ndër fytyra të vdekurish. Mollëzat e faqeve ishin skuqur pashijshëm, duke u grumbulluar gjaku ndër to. Flegrat e hundës ishin holluar dhe hapur jashtë mase. Buzët e kuqe ishin zbehur e gjelbëruar. Veshët ishin holluar shumë dhe ngjanin si fletë të verdha. Gusha ishte zhdukur dhe vendin e saj e kishte zënë një gropë. Qafa ishte zgjatur për së tepërmi dhe supet kishin rënë për poshtë. S'ishte kurrkund ajo Dija e parë. Aty dukej një skelet që ende nuk është zhveshur krejt nga mishi. Duket se po afron koha që t'i them lamtumirë kësaj bote. Oh, sa mirë do të ishte që të vinte sa më shpejt ajo orë, sepse do të shpëtoja nga vuajtjet, nga mundimet, nga brengat dhe dëshpërimet e kësaj jete! Ç'më duhet të rroj dhe përse të rroj? Jeta për mua s'ka kuptim më. Është e rëndë dhe e padurueshme. Ajo duhet të shuhet sa më parë.

Oh, sikur të vinte Shpendi e të më shihte se sa jam prishur e tretur, se sa jam denatyruar dhe sa fort më ka ndryshuar sëmundja. Pa dyshim do të derdhte lot dëshpërimi. Por ai është mbyllur brenda katër mureve për të mos u parë me mua, ndoshta përjetë. Oh, më mirë të kishte qenë larg, tej maleve e deteve, sesa i mbyllur në burg.

11 prill

Prapë erdhi pranvera. Përsëri nisi të këndojë bilbili. Oh, sa e sa pranvera do të vijnë, por unë s'kam për t'i parë më; sa e sa shekuj me radhë do këndojë bilbili, por unë nuk do ta dëgjoj më. Erdh, pranvera. Por sivjet më duket sikur nuk është e shkëlqyeshme si herët e tjera; më ngjan sikur nuk e ka sjellë me vete gazin dhe harenë e mëparshme. Ndoshta këto mungojnë, sepse Shpendi im vuan e gjëmon në burg dhe sepse zemrat tona u vranë e u varrosën. Këndon bilbili, por zëri i tij sivjet ngjan si ai i qyqes, që ndjell kob e mjerim. Nuk është i ëmbël e i këndshëm si herët e tjera, nuk është i butë dhe i përmallshëm si përpara. Ai nuk ma gicilon më zemrën dhe nuk ma kënaq shpirtin si parandiej. Ai duket sikur qan e vajton, ngjan sikur psherëtin e rënkon. I gjithë ky ndryshim, sigurisht, do të jetë shkaktuar nga mungesa e Shpendit tim, nga vuajtja e tij në thellësitë e burgut.

Thonë se këndon bilbili, por mua më duket se qan. E si mund të këndojë i gjori, kur trëndafili i tij është i rrethuar prej gjembash dhe fati i dashurisë së tij s'është pranë? Ai ndoshta ka kënduar dikur, por tani qan dhe qan për vete e për dashurinë e vet, plotësisht si unë e shkreta.

13 prill

Iu luta babës që të më lejonte të thirrja mëmë Gjystinën e të shihem me të. Ai e pranoi lutjen time dhe lejoi të takohem me të gjithë pjesëtarët e familjes së xha Simonit. U çova fjalë dhe i thirra. Erdhën bashkë me Irenën, që këto ditë ka ardhur këtu me të shoqin. Erdhën, por shumë pak folën, sepse u pikëlluan kur më panë të mbaruar dhe të nderë në shtrat. I mundi pezmatimi dhe u shkrehën në vaj. Xha Simoni ma fërkoi ballin, duke më folur me dashurinë e pafajshme dhe me dhimbjen e një ati të mirë. Iu mbushën sytë me lot. U tërhoq me një anë dhe vazhdoi të qajë ngadalë. Mëmë Gjystina dhe Irena më rrokën në grykë dhe më mbuluan me puthje. Aq fort qanë të shkretat, sa im atë u shtrëngua t'u lutet që të qetësohen. Sa ngushëllim ndjeu zemra ime prej vizitës së tyre e sidomos prej dhimbjes që shfaqën duke derdhur lot. Më kishte marrë malli shumë për ta. Jam mjaft e ngushëlluar sot, pasi munda të çmallem. Ndoshta mbas pak ditësh do t'i mbyll sytë e nuk do t'i shoh më. Sa mirë bëri im atë që më lejoi t'i shoh dhe sa bekime ka marrë prej zemrës sime.

Qysh nga kjo datë e deri në mbarim shënimet janë bërë me plumb dhe shkrimi është mjaft i keq.

15 Prill
Hajrija e Luçija, dy shoqet e mia të shkollës, kishin ardhur sot mbas dreke për të më parë, mbasi kishin marrë vesh se jam e sëmurë. Oh, sa u gëzova kur i pashë! Sa u kënaqa nga vizita e tyre. Sa mirë e ndjen veten njeriu kur është pranë atyre që e duan dhe që e dhimshurojnë. Sa të kënaqet zemra kur e sheh veten në mes të shoqeve të shkollës, të cilat janë më të dashura se të gjitha të tjerat. Në raste të tilla i duket njeriut sikur i përtërihet jeta dhe i përsëriten ditët e bardha të vogëlisë, që ka kaluar në shoqëri me to.

Ato më flisnin me dashuri dhe përpiqeshin të më bënin me gaz, sepse e dinë se gazi është i dobishëm për zgjatjen sadopak të jetës së një tuberkulozeje. Një dhimbje e thellë dhe një pikëllim i ndrydhur përbrenda pasqyrohej në sytë e tyre. Veç kësaj vura re se zëri i tyre, shpeshherë, kumbonte i dridhshëm dhe i venitur, ashtu siç tingëllon zëri i atyre që ndjejnë dhimbje në shpirt. Natyrisht ato u pezmatuan dhe u helmuan kur kuptuan se shoqja e tyre mbas pak kohësh nuk do të jetë më në mes të tyre. Ikën duke më uruar shëndet dhe duke më premtuar se prapë do të vinin të më shohin. Kush e di. Ndoshta s'do më gjejnë më. Ndoshta do të vijnë të më vizitojnë te Varrezat e Bamit dhe, në shenjë dashurie e mallëngjimi, do vënë disa lule mbi varrin tim.

18 prill

Më tha Irena se për së shpejti do të dalë Shpendi nga burgu, me liri të kushtëzuar. Ajo, duke parë se po më afrohet vdekja dhe duke e çmuar mallin e djegën që ka zemra ime për Shpendin, ka mundur të më shërbejë, duke trilluar një gënjeshtër të tillë. Ndoshta është e vërtetë, por nuk e di nëse lirimi i tij do të ngjajë përpara se unë të kem vdekur.

Herë mbas here më shkruan Shpendi. Në letrat e tij tani nuk shihet ai dëshpërim që zbrazej më parë. Duket se nuk do të më pezmatojë me mërzinë dhe dëshpërimin e vet. Flet më shumë për shëndetin tim dhe më siguron se më dashuron më fort se përpara, mbasi unë arrita të bëj sakrifica për ta kënaqur atë. Shton se, porsa të lirohet nga burgu, do të bëjë përgatitje për t'u arratisur rishtazi. Shkurt përpiqet të më mbajë gjallë, duke përdorur çdo mjet e mënyrë. I shkreti Shpend! Edhe ai qenka fatzi, që ndeshi në një fatzezë si unë.

Iku Irena për Shkodër. U ndamë me lot ndër sy, pse e ndjenim se nuk do të shiheshim më. Ajo më dha shpresë për lirimin e shpejtë të Shpendit. Oh, sikur të mundesha ta shihja më! E shoh se po më afrohet vdekja. Nuk më vjen keq që po largohem nga kjo botë munduese, por jam thellësisht e pezmatuar, sepse po shkoj pa u parë edhe një herë me Shpendin. Oh, sa ngushëllim të madh do të ndjeja sikur të vdisja në krahët e tij, në krahët e atij që i dhashë zemrën.

21 prill

Megjithëse trupi më është tretur e shkrirë fare,

zemra duket e fortë në dashuri. Ajo duket se nuk do të vdesë edhe pasi të vdesin të gjitha gjymtyrët e tjera dhe do të vazhdojë ta dashurojë atë që e magjepsi me një shikim.

Duke e kujtuar gropën e errët të varrit, duke menduar zhdukjen e përjetshme, e ndjej se më vjen keq të vdes, e kuptoj se po më dhimbset vetja. Por, duke gjykuar se rrojtja ime pa Shpendin është një vdekje më se mërzitëse, më shumë pëlqej vdekjen sesa rrojtjen. Në kohët e fundme, shpesh e kam parë në ëndërr time ëmë. Edhe mbrëmë e pashë. Ajo më përqafoi, më puthi, më shtrëngoi me dashuri të madhe dhe, duke më kapur për duarsh, më tërhoqi drejt një lulishteje të bukur, që thoshte se ishte e saja. A thua se me të vërtetë do të bashkohem me të në lulishtet e parajsës? Kush e di. Vetëm di se këto ëndrra janë shenjat lajmëruese të afrimit të orës së fundme. Edhe unë jam gati të nisem.

24 prill

Dje mbrëmë, aty nga ora dhjetë mbas darke, isha vilanisur dhe një kohë të gjatë nuk isha përmendur. Më vonë isha munduar dhe kisha folur shumë në kllapi, duke e përmendur shpesh e shpesh emrin e Shpendit tim. Sot jam këputur fare. Nuk mundem as edhe të shkruaj më. Nuk jam e zonja për kurrgjë më, veçse për të qarë e për të rënkuar vazhdimisht.

Çova të thërras kushëririn tim Hamitin, që t'ia dorëzoj këtë libër, ku kam shfryrë e qarë hallet e mia. Do t'i lutem që, pasi ta këndojë vetë, t'ia dorëzojë Shpendit me letrën dhe shaminë që po i dërgoj si kujtimin e fundit të dashurisë sime të pafat. Si prej Hamitit, ashtu edhe prej Shpendit, do të kërkoj që ta mbrojnë femrën shqiptare. Tirana e ka zakon t'i nusërojë vajzat që vdesin të parënduara. I mertisin dhe i stolisin si të jenë nuse për të shkuar te burri. Pastaj i çojnë me pikëllimin më të madh dhe i përcjellin për në varr. Ky zakon më pëlqen. Prandaj i thashë sot hallë Hatixhës që edhe mua të më përcjellin simbas atij zakoni, pasi nuk u martova me hirin tim dhe me atë që dashurova. Ajo nuk m'u përgjigj. U shkreh në vaj. S'mund të shkruaj më, se një tallaz gjaku po më shpërthen nga goja dhe dhimbje të forta po ndjej në kraharor. Duket se janë rrënimet e fundit që bën sëmundja. Po të lë o libër, përjetë. Lamtumirë, se po ndahem prej teje e prej jetës sime!

Këtu mbarojnë shënimet e Dijes.
Letra që më shkruante përmbante këto fjalë:

I dashur Hamit,
Në fletoren që po të dorëzoj, e kam shkruar shkurtazi jetën time. Pasi ta këndosh, jepja Shpend Rrëfesë, bashkë me letrën dhe shaminë e bardhë që po i dërgoj si shenjën e qefinit tim. Nga përmbajtja e fletores do ta kuptoni se sa shumë vuan femra shqiptare, se sa keq përdoret ajo e gjora dhe si është ulur në shkallën e robëreshës e të kafshës.

Prandaj kërkoj prej jush që të ndërmerrni një lëvizje të gjerë për emancipimin e vërtetë të femrës shqiptare dhe për lartësimin e nivelit të saj kulturor, moral e social. Pres të më zotoheni se do ta përmbushni dëshirën time të fundit, që të vdes e shkujdesur dhe e qetë. Përndryshe shpirti im kurrë nuk do të prehet, edhe sikur të mbahet me pekulet më të madha në lulishtet e parajsës. Shpirti im i pakënaqur do t'ju dalë në ëndërr dhe do të kërkojë ta përmbushni zotimin, do t'ju ndjekë kurdoherë dhe kudo që ta mbani premtimin. E çdo shkronjë ose fjalë e këtij libri do të jetë si një grerzë për t'i thumbuar e kafshuar ndërgjegjet tuaja, në rast se nuk do të qëndroni në besë.

Thuaji Shpendit se po vdes me emrin e tij në gojë dhe me mall të pashuar në zemër për të. Gjithashtu njoftoje se shamia që po i dërgoj është ajo që kam fshirë lotët ditën që më martuan me këtë tregtarin dhe ma vranë zemrën.

Ty të falem nderit, Hamit, për ndihmën e madhe që më ke dhënë gjatë jetës sime! Lus që të shpërblehesh me gëzime.

Po ju përshëndes për herën e fundme, duke ju uruar e bekuar me të gjitha fuqitë e mia, me të gjitha forcat e këtij shpirti, që po largohet nga ky trup i dërmuar dhe i kalbur.

Kushërira jote:
Dija

Kur e mbarova librin së kënduari, kishte nisur të zbardhte drita. Megjithëse gjatë leximit shpeshherë qava, bashkë me Dijen e shkretë, kur e mbarova prapë m'u mbushën sytë me lot. Një copë herë, kujtoj mjaft të gjatë, mbeta i mposhtur nën pushtetin e mallëngjimit e të dhimbjes dhe derdha lot. Nga pagjumësia dhe leximi i vazhdueshëm, isha lodhur aq shumë, sa s'kisha fuqi të lëvizja. Balli më digjej shumë dhe krejt shtati më ishte drobitur. Edhe sytë më ishin turbulluar dhe më qitshin xixa lodhjeje. E ndjeja nevojën urdhëruese për t'u prehur e qetësuar. E vura librin më një anë dhe u shtriva të fle, por nuk më linin mendimet. Si grerëza të kuqe më mësynin mendimet dhe më kafshonin pamëshirshëm, duke më shkaktuar dhembje në zemër. Po mendoja për Dijen e ngratë. Doja të mësoj se në ç›gjendje ndodhej aso kohe. Duke gjykuar se ajo priste prej meje një përgjigje zotuese, nisa të shqetësohem se mos vdes përpara se të jem takuar me të. Prandaj vendosa të nisem.

U çova, por pashë se nuk mundesha t'i qëndroja udhëtimit dhe besova se do të ngec në mes të rrugës. Dashur e padashur rashë rishtazi. Një kohë të gjatë u përpoqa në shtrat. Mezi më mori gjumi, që e ndolla shumë.

Bëra një gjumë shumë të keq dhe me ëndrra shumë të këqija. Edhe Dijen e pashë në ëndërr. E pashë sikur më lutej, me lot ndër sy, që t'u dilja zot femrave, sidomos femrës shqiptare. Shkurt, gjumi që bëra qe një kllapi e keqe.

Vonë u zgjova. Menjëherë u ngrita dhe nisa të vishem, sepse ora kishte kapërcyer dhjetët. Duke u veshur hyri brenda shërbëtori i hotelit dhe më dha këtë telegram, që vinte prej të atit të Dijes së mjerë.

"Eja shpejt, se të kërkon Dija."

Sulë Kërthiza

Punën, për të cilën kisha shkuar atje, e lashë

pa e kryer dhe pa humbur kohë u nisa për Tiranë. Por të nesërmen sosa, sepse na u prish automobili në rrugë. Kur mbërrita në kryeqytet, ajo kishte vdekur dhe ishte varrosur.

Më njoftuan se më kishte kërkuar shumë dhe kishte porositur të më thonë se kërkonte t'ia përmbush dëshirën për çka më ishte lutur. Shkova te varri i saj dhe, me lot ndër faqe, u betova se do ta përmbush dëshirën e saj.

Në marrëveshje me Shpendin, vendosa t'i shtyp shënimet e saj në formë libri, që janë si shpërblim për të dhe si mësim për të tjerët.

www.ingramcontent.com/pod-product-compliance
Lightning Source LLC
LaVergne TN
LVHW030343070526
838199LV00067B/6429